KB057781

기억과 증언

소설로 읽는 분단의 역사

더 생각 인문학 시리즈 10

스스로 생각하고 만드는 내 삶을 위한 실천

인문학의 존재 이유는 나를 둘러싼 세상에 질문을 던지고 내 삶과 존재하는 모든 삶의 의미를 확인하며 더 깊이 이해하는 데 있습니다. '더 생각 인문학 시리즈'는 일상의 삶에 중심을 두고 자발적인 개인을 성장시키며 사람의 가치를 고민하고 가치 있는 삶의 조건을 생각하는 기회로 다가가고자 합니다.

소설로 읽는 분단의 역사

기억과 증언

초판 1쇄 발행 2020년 03월 12일

지은이. 통일인문학연구단

발행. 김태영

ISBN

978-89-6529-227-2 (03810)

13,800원

이 도서의 국립중앙도서관
출판예정도서목록(CIP)은
서지정보유통지원시스템 홈페이지
(http://seoji.nl.go.kr)와 국가자료
공동목록시스템(http://www.nl.go.kr/
kolisnet)에서 이용하실 수 있습니다.
CIP제어번호: CIP2020006860

발행처. 도서출판 씽크스마트

서울특별시 마포구 토정로 222(신수동)

한국출판콘텐츠센터 401호

전화. 02-323-5609 · 070-8836-8837

팩스. 02-337-5608

메일. kty0651@hanmail.net

도서출판 사이다
사람의 가치를 밝히며 서로가 서로의
삶을 세워주는 세상을 만드는 데 필요한
사람과 사람을 이어주는 다리의 줄임말이며
씽크스마트의 임프린트입니다.

씽크스마트 · 더 큰 세상으로 통하는 길
도서출판 사이다 · 사람과 사람을 이어주는 다리

© 2020 씽크스마트

이 책에 수록된 도판 및 글, 사진의 저작권은 해당 저자와
작가에게 있습니다. 전체 또는 일부분이라도 사용할 때는
저자와 발행처 양쪽의 서면으로 된 동의서가 필요합니다.

*이 책은 2019년 대한민국 교육부와 한국연구재단의 지원을 받아 제작되었습니다.(NRF2019S1A6A3A01102841)

기억과 증언

소설로 읽는 분단의 역사

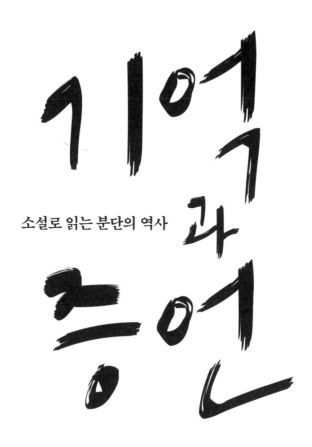

통일인문학연구단 기획
이병수, 윤여환, 남경우, 김종군, 김종곤,
박재인, 한상효, 곽아람, 박성은, 전영선
지음

씽크스마트

차례

머리말 • 008

상처 난, 침묵된, 지워진 분단의 역사를 문학과 사람으로 채워 읽다
김종군

1 불완전한 해방이 빚은 한국현대사의 비극적 존재, 빨치산 **이병수** • 016

조정래의 『태백산맥』은 분단 체제의 전사를 이루는 해방 정국의 숱한 사건들을 다루면서 한반도 분단의 뿌리와 분단 극복의 가능성을 모색한다는 데 문학적, 역사적 의의가 있다. 『태백산맥』은 우리 민족의 숙원이었던 민주주의와 민족통일을 총체적으로 형상화하려 한 작품이다.

2 메마른 하늘에 울려 퍼진 민중의 소리 **윤여환** • 046

그동안 단순 공산주의 폭동으로 왜곡되고 삭제되었던 대구 10월 사건. 그러나 전명선의 「방아쇠」는 해방 이후 최초의 민주화 운동으로서 9월 총파업과 대구 10월 사건을 다루고 있다. 「방아쇠」 다시 읽기는 곧 분단의 논리에 따라 삭제되고 왜곡되었던 해방정국의 역사를 제대로 기억하기 위한 시도다.

6 한국전쟁의 숨은 이야기, 마을전쟁 박재인 • 176

임철우의 「곡두 운동회」는 마을전쟁의 과정과 그 속에 놓인 사람들의 감정과 욕망을 잘 보여주는 작품이다. 전쟁 이전부터 존재했던 갈등과 원한이 폭력적으로 배출된 결과물인 마을전쟁은 한국전쟁 시기 곳곳에서 벌어졌다. 「곡두 운동회」 속 마을전쟁을 통해 여전히 대물림되고 있는 분단과 전쟁, 원한과 복수의 역사를 돌아본다.

7 전쟁의 또 다른 주체, 중국의 시각에서 본 한국전쟁 한상효 • 198

전쟁 미체험 세대인 김연수가 발표한 「뿌넝쉬不能說」는 '타자되어 말하기'를 통해 기존 세대들과는 다른 관점에서 한국전쟁을 바라보고 있다. 「뿌넝쉬不能說」는 한국전쟁 시기 중국군 참전이라는 역사적 사실을 바탕으로 역사에는 기록되어 있지 않은 전쟁에 참여했던 개인들의 이야기, 그 고통과 비참함에 대해 이야기한다.

8 회귀본능과 심리적 애착의 공간, 고향 곽아람 • 222

이호철의 「탈향」은 실향민으로 살던 저자가 갖고 있던 고향에 대한 귀향의식이 표출된 결과물이다. 우리 민족에게 있어서 고향은 삶의 터전이자 태어나서 죽을 때까지 함께하는 공간이었다. 그러나 흥남 철수작전 이후 발생한 수많은 실향민들은 살기 위해서 더 이상 돌아갈 수 없는 고향에 대한 회귀본능을 억제해야만 했다.

머리말

상처 난, 침묵된, 지워진 분단의 역사를 문학과 사람으로 채워 읽다

이 책에서는 문학작품으로 분단의 역사를 살펴보고 있다. 광복 직후부터 현재까지 지속되는 분단의 역사를 문학작품, 그중에서도 특히 분단역사를 다루는 현대소설 작품들을 통해서 상세하게 살펴보고자 했다.

문학을 통해서 분단의 역사를 살펴보려는 이유는 '문학의 진실성' 때문이다. 문학은 작가의 상상력으로 만들어진 허구의 세계이지만, 그것을 통하여 사람들의 참모습과 인생의 의미를 깨닫게 해준다는 차원에서 진실성(眞實性: reality)을 가지고 있다. 문학이 묘사하는 '역사를 마주한 사람들의 모습'은 역사를 박제된 과거의 사건이 아니라 사람들이 살아온 삶의 이야기로 되살아나게 한다. 그래서 문학은 역사적 사실보다 진실을 담지하고 있으며, 역사보다 생생할 수 있다.

김종군
건국대 통일인문학연구단 HK교수

특히 역사적 사건을 다룬 문학작품은 마구 얽혀 있는 사실들 속에서 특별한 인과관계를 뽑아 '이야기'로 만들어 내기 때문에, 무엇보다 '사람'에 집중할 수 있고 역사적 사건에 관한 특별한 의미를 발견할 수 있다. 단순한 사건 서술을 통해서는 드러나지 않던 당시 사람들의 생각과 감정을 읽을 수 있으며, 공적 역사가 미처 다 기록하지 못한 이야기들을 마주할 수 있다는 장점이 있다. 그렇게 문학의 리얼리즘이 가진 힘을 믿으며, '분단'이라는 묵직한 역사를 현재의 우리 가슴 속에 담아내기 위한 방법으로 문학작품을 선택했다.

분단의 역사는 복잡하다. 1948년 남과 북이 각각의 정부를 수립하고, 1950년 6월 25일 북한이 남한을 공격한 사건만 분단의 역사라고 할 수는 없다. 분단은 해방 직후부터 급격하게 그 실체를 드러내기 시작했다. 한국전쟁 이전부터 그 갈등은 첨예해졌고, 전쟁 후에는 서로를 미워하고 불신하는 '마음의 장벽'으로 더욱 심화되었다. 그리고 그 마음의 장벽은 외적으로는 북한, 내적으로는 좌파/종북/빨갱이로 분류되는 자들에 대한 분노 · 원한 · 증오 또는 혐오의 형태로 표출되기도 했다. 그렇기에 분단의 역사는 영토의 분단에서 국가의 분단, 민족의 분단, 그리고 남남갈등으로 확산되는 과정으로서 '분단시대의 역사'로 바라봐야 한다.

그래서 이 책은 흔히 분단사를 떠올리는 방식인 전쟁의 기록에만 집중하지 않았다. 분단의 역사 속에서 사람들의 삶을 살피기 위해 특별한 시각으로 분단사를 조망했다. 사람에 주목하며 실제 우리 삶에 일어났던 '분단' 문제에 주목했다. 그것은 공적 기억에 기록되지 못한, 상처 난, 침묵된, 지워진 분단의 역사였다.

우선 전쟁 이전부터 시작되었던 분단의 고통을 이야기했다. 빨치산의 출현 이야기부터 대구 10월 항쟁, 제주 4 · 3, 여순 사건, 국민 보도연맹 사건 등 해방 직후부터 한국전쟁 이전에 발생했던 사건들을 살펴보았다. 이 사건들은 전쟁이 발발되기까지 줄곧 계속되었던 남과 북의 대립과 내부적 갈등을 보여주는 동시에 한국전쟁만으로는 분단의 역사를 이해할 수 없다는 진실을 말해준다. 그리고 전쟁 이전부터 이념갈등과 상관없는 사람들이 분단을 주도한 통치권력으로부터 처절하게 고통 받았음을 확인하게 한다.

그 다음으로 한국전쟁의 내전적 성격을 강하게 보여주는 역사적 사건들부터 국제전 성격을 확인시켜주는 외부적 상황까지 살펴보았다. 이념갈등을 명분으로 내세워 개인적 원한을 폭력적으로 분출했던 마을전쟁과 한국전쟁의 국제적 피해 범위를 확인시켜주는 중국군의 이야기, 그리고 전쟁으로 인해 고향을 빼앗겼던 실향민들의 실제적인 고통을 살펴보았다. 전쟁의 피해와 상처가 어디까지 침투하고 어디까지 뻗어갔는지 주시한 것이다.

이어 분단의 역사를 현재까지의 진행형 역사로 이해하기 위해 전쟁 후 분단된 한반도에서 살아가는 사람들의 이야기도 함께 다루었다. 현재까지도 지속되는 분단 역사의 고통을 놓치지 않기 위해 수복지역에 살아가는 사람들과 이산가족들의 이야기를 살펴보았다. 이를 통해 우리는 북을 미워해야 한다는 통제된 자기검열 시스템 속에서 무엇까지 미워하며 밀어내야 했는지, 그 분단적 사고의 실체를 고발하고자 했다.

이렇게 분단 역사 속에서 살아가는 사람들에게 집중하다 보니, 결국 그 고통과 상처에 주목할 수밖에 없었다. 현재까지도 지속되고 재생산되는 분단 트라우마와 분단을 악용하여 명분을 만들어내는 폭력의 문제를 외면할 수 없었다. 분단의 역사를 승전(勝戰)의 역사가 아닌 다시는 재발하지 말아야 할 아픔의 역사로 바라보았기 때문에 더욱 그러했다. 우리의 과오를 지우려는 것이 아니라 기억해야 한다는 마음으로 분단 때문에 벌어진 왜곡과 폭력, 그리고 아픔에 주목할 수밖에 없었다. 그렇게 상처난, 침묵된, 지워진 분단의 역사를 문학적 기억으로 복원하기 위해 노력했다.

역사와 문학의 경계를 넘나들며 분단의 역사와 분단의 문학을 살펴보는 일은 쉽지 않았다. 이 책이 문학의 진실성을 중시한다고 해도, 문학을 역사보다 상위에 두려는 의도는 아니었기 때문이다. 왜곡의 위험을 염두에 두고 역사와 문학의 경계선에 서서 끊임없는 비교와 대조 작업을 해왔다. 역사적 진실과 문학적 형상화 그 어느 것도 가볍게 다루지 않기 위해, 역사와 소설작품을 교차적으로 해석하는 일에 힘썼다. 또한 문학을 통해 분단의 역사에 가깝게 다가가고, 역사를 통해 분단 문학을 진지하게 감상하기를 바라는 마음으로 어느 것도 가볍게 여기지 않도록 노력했다.

《기억과 증언》은 곧 역사에 대한 공감능력을 갖도록 하기 위한 책이다. 이 책은 무엇보다 분단의 역사가 누적해온 고통과 상처에 공감하길 바라는 마음으로 집필했다. 그래서 '역사적 사건'에서 한 단계 더 파고들어 사람을 주체로 한 '경험한 이야기' 형태로 분단의 역사를 이해하고, 분단과 전쟁이 우리에게 무엇을 남겼는지 그 실체에 다가갈 수 있기를 바란다. 그러한 마음을 담아 이 책이 분단의 역사를 성찰할 수 있는 시민들에게 읽히기를 바라고, 평화의 조건을 사유하게 하는 교육 현장에서 활용되기를 기대한다.

마지막으로 분단사 문학에 빠져서 그 고통과 아픔을 추적하고 고뇌하며 괴로워했을 집필진께 고마움을 전한다. 우리의 노력이 평화의 미래에 아주 작은 힘이라도 보태기를 바란다.

2020년 3월
지은이들을 대표하여
김종군 씀

1

불완전한
해방이 빚은
한국현대사의
비극적 존재,
빨치산

이병수
건국대학교 통일인문학연구단 HK교수

『태백산맥』 작품 배경: 빨치산 사태

여순 사건이 끝날 무렵부터 한국전쟁이 마무리 될 무렵까지는 평범한 시간이 아닌, 한국 현대사에서 급격한 정치적 변화와 전쟁 등 그야말로 이 땅의 운명을 결정한 중요한 사건들이 발생했던 시간이다. 그 시간 가운데 빨치산의 존재는 빼놓을 수 없다. 여순 사건(1948년)은 빨치산이 본격적으로 형성되는 계기였으나 대한민국 국군에 의한 지속적이고 강력한 토벌작전의 결과 거의 와해 직전에 이르렀다. 정지된 것이나 다름없던 빨치산 활동은 한국전쟁 발발로 전환을 맞아 활성화되었으나, 휴전 직후(1953년) 완전히 토벌되었다. 이 5년 동안의 비극적 현대사의 경험으로부터 빨치산은 우리에게 극렬한 빨갱이의 대명사로 각인되었다.

작가: 조정래

조정래(趙廷來, 1943년~)는 1970년 「현대문학」 추천으로 등단한 후 왜곡된 민족사에서 개인이 처한 한계에 이르기까지 다양한 영역을 아우르며 단편, 중편, 장편의 여러 작품들을 발표했다. 그의 후반기 문학은 『태백산맥』을 연재하기 시작한 1983년을 기점으로 한국근현대사를 치밀하게 파헤치고 새롭게 살려낸 장편소설들을 발표하는 특징을 보이고 있다. 광범위한 사전 자료 조사와 깊은 역사의식을 바탕으로 민족과 국가, 그리고 역사의 진실을 탐색하는 작가로 평가받고 있다. 대하소설 3부작을 완결한 후에도 장편소설 중심의 작품들을 꾸준히 발표하고 있다.

작품: 『태백산맥』(전 10권)

조정래는 『아리랑』(12권), 『태백산맥』(10권), 『한강』(10권)으로 이어지는 우리나라 근현대사를 아우르는 대하소설을 집필한 것으로 유명하다. 이 세 대하소설은 100여 년 동안의 한국 근현대사를 다루었기 때문에 '20세기 한국 현대사 3부작'이라 불린다. 그 가운데 빨치산과 좌익운동의 실상을 파헤친 『태백산맥』(1989)은 완간되자마자 문학평론가들에 의해 '1980년대 최고의 작품', '1980년대 최대의 문제작'이라는 평가를 받았다. 그동안 반공이데올로기에 의해 일방적으로 왜곡되어온 해방 직후의 역사적 진실을 총체적으로 파악하면서, 빨치산의 모습을 균형감각을 잃지 않고 다루었기 때문이다. 특히 당대 민중들이 빨치산이 되는 과정에 주목하고 지식인들의 성격과 사상적 경향을 다양하게 문학적으로 형상화한 점에서 주목을 받았다. 『태백산맥』은 1994년 임권택에 의해 영화화되었다. 1983년부터 『현대문학』에 연재되어 1989년 총 10권이 한길사에서 출간되었고 이후 해냄에서 다시 한번 발간되었다. 여기에서는 해냄에서 1996년에 발간된 책을 인용했다.

〈'빨치산'='빨갱이'〉 라는 등식

빨치산은 '파르티잔'(partisan)이란 러시아 말로 비정규 유격대를 말한다. 비정규 유격대란 적과 정면으로 싸우는 정규군과 달리, 적의 후방에서 교란 · 파괴 등의 피해를 입히면서 무기와 식량 등의 군수품을 적지에서 스스로 해결하는 소규모 전투부대를 의미한다. 한국 현대사에서 빨치산은 1946년 10월 1일의 10월 사건에서부터 1948년 10월의 여순 사건을 거쳐, 한국전쟁이 끝난 1년 후인 1954년까지 지리산지역을 중심으로 활동했던 좌익 유격대를 가리킨다. 그러나 우리 현실에서 빨치산은 유격대의 뜻을 상실한 채 이른바 '빨갱이'와 같은 의미로 사용되고 있다. 그 이유는 무엇일까? 빨치산의 본격적인 무장활동이 개시된 여순 사건 이후 빨갱이란 말이 확산되었기 때문이다.

우리 사회에서 빨갱이라는 말이 오늘날과 같은 의미로 널리 사용되기 시작한 때는 1948년 10월 19일에 발생한 여순 사건부터다. 해방 직후 짧게나마 공산당이 합법화되었던 시기가 있었다. 그때는 마음에 들지 않는 사람을 아무리 빨갱이로 몰아도 별 효과가 없었다. 그러나 여순 사건은 이승만 정부가 반공국가 건설을 본격화하는 결정적인 계기가 되었다. 이승만 정권은 지리산의 빨치산이 된 여순 사건 주모자들을 빨갱이로 규정하고, 양민을 무차별적으로 죽이는 학살자의 이미지를 유포했다. 여순 사건 과정에서 발생한 좌익의 비인간성을 확대함으로써 빨갱이는 '죽여도 무방한 존재'라는 극도의 적대적이고 부정적인 이미지를 갖게 되었다. 우리 사회에서 빨갱이란 단어는 단지 공산주의 이념을 따르는 사람을 지칭하는 것이 아니다. 빨갱이란 말은 짐승만도 못한 존재, 도덕적으로 파탄 난 비인간적 존재, 국민과 민족을 배신한 존재를 천하게 이르는 말이다.[1]

여순 사건이 일어난 지 한 달이 조금 지난 1948년 12월 1일 국가보안법이 제정되었고, 좌익세력을 전향시켜 이들을 '보호하고 인도한다(保導)'는 명분으로 1949년 6월 5일 보도연맹이 창설되었다. 강력한 반공국가의 탄생을 알리는 시작이었다. 여순 사건 이후 전 국민은 정부의 시책에 따르지 않으면 '잠재적인' 빨치산 혹은 빨갱이가 되는 위험에 처해졌다. 따라서 생존을 위해서는 빨갱이로 지목당하는 것을 극구 피해야만 했다. 이런 이유로 분단 이후 빨갱이란 말은 우리 사회에서 끔찍한 공포의 대상이 되었다. 빨갱이는 한국사회의 '적대적 타자', 아니 '절대적 타자'였다. 분단 이후 이 땅에서 민주화운동과 통일운동을 해온 무수히 많은 사람들은 군사정권을 비판했다는 이유로 빨갱이로 지목되어 수난을 받았다. 해방 공간에서 생겨난 빨갱이라는 말은 군부독재가 종식된 오늘

1 김득중, 『'빨갱이'의 탄생』, 선인, 2009, 559~560쪽.

날에도 우리의 의식과 행위를 통해 영향력을 행사하고 있다. 자기와 생각이 다르거나, 자기 마음에 들지 않는 사람들에게 빨갱이 혹은 '종북' 딱지를 붙이는 것을 일상적으로 목격할 수 있다.

1980년대 '빨치산'의 문학적 형상화

북한에 대한 적대적 증오가 지배하는 분단 체제하에서 빨치산에 대한 객관적인 탐구는 아예 엄두를 낼 수 없었다. 빨치산을 진지하게 논의하는 자체가 사상적 불온성을 드러내는 것이었기 때문이다. 이처럼 빨치산은 비판과 비난 외에는 그 어떤 언급도 허용되지 않았던 금기와 기피의 대상이었다. 그러나 1980년대에 이르러 빨치산에 대한 학술적 연구와 문학적 형상화가 봇물처럼 터져 나왔다. 왜 1980년대일까? 1980년대의 사회운동은 5·18 광주민주화운동에서 시작되었다. 5월의 광주가 준 충격은 현대사에 대한 관심을 고조시켰다. 광주민주화운동과 직접 관련된 미국의 행동은 그러한 관심을 불러일으키는 데 핵심적 역할을 하였다. 즉 광주 체험은 해방 직후 미군정기 역할에 대한 재해석을 촉구한 것이다. 현대사에 대한 관심이 1980년 광주민주화운동 이후 증폭된 것은 이러한 이유 때문이었다.

1980년대는 그동안의 '역사'가 외면했던 민중이 사회 변혁의 주체로서 등장하는 시기다. 지금 다룰 조정래의 『태백산맥』은 1980년대의 시대 분위기가 담겨 있는 작품이다. 『태백산맥』은 실존했던 역사적 인물을 다루기도 하지만 당대 농민들의 삶과 애환을 묘사하는 데 그보다 더 많은 지면을 할애하고 있다. 당대 농민의 삶을 생생하게 그려내는 한편 농민들이 빨치산이 되어가는 원인과 과정에 주목하고, 더불어 지식인들의 성격과 이념도 다양하게 묘사하고 있다. 총 4부로 구성된 『태백산맥』은 여순 사건이 일어난 1948년부터 빨치산 토벌이 끝나가는 1953년 휴전 직후까지 5년 동안 전남 벌교를 중심으로 진행된 해방 직후의 역사를 총괄적으로 다루고 있다. 『태백산맥』은 단순히 문학적 형상화를 넘어, 해방 후의 역사에 대한 총체적 이해에 커다란 영향을 미친 작품이다. 『태백산맥』을 바탕으로 하여 빨치산을 구성하는 양대 축인 농민과 지식인의 구체적 삶을 다루기 전에, 우선 빨치산의 형성부터 개관해보자.

빨치산의 형성:
10월 사건과 여순 사건

1946년 10월 1일 대구에서 시위 중인 노동자가 경찰 발포로 사망한 사건을 계기로 대구지역 노동자들이 경찰서로 들이닥쳐 군정경찰을 처단하는 사건이 일어났다. 이 10 · 1 사건 이후 남한 각지에서 크고 작은 농민 · 노동자들의 시위가 이어졌다. 특히 10월 말 이후에는 전남 일대에서 전국적으로 가장 규모가 큰 농민시위(추수봉기)가 일어났다. 시위가 전국적인 항쟁으로 발전한 것은 미군정의 식량정책에 대한 노동자 · 농민들의 불만과 친일경찰 득세에 대한 반감이 폭발했기 때문이었다. 특히 대중들의 공격이 경찰에게 행해졌던 이유는 경찰이 일제하에서는 일제의 앞잡이로, 미군정하에서는 미군정의 앞잡이로 행동했기 때문이다. 동료들의 참극을 목격한 경찰은 10월 사건에 참가했던 노동자 농민들에게 조직적으로 보복하였다. 이들 가운데 일부가 보복을 피해 태백 · 소백산맥 주변 산악으로 숨어들어 이른바 '야산대(野山隊)' 활동을 한 것이 빨치산의 효시가 되었다.[2] 따라서 해방 후 한반도에서 빨치산이 처음 등장한 것은 1946년 10월 사건 이후부터다.

정부 수립 후 2달 만인 1948년 10월 19일에 일어난 여순 사건은 여수에 주둔하던 국방경비대 14연대 소속

2 이기봉, 『빨치산의 진실』, 다나, 1992, 15쪽.

좌익 군인들이 제주 4·3을 토벌하라는 정부의 출동명령을 거부하고 봉기한 사건이다. 동포 학살은 군인의 사명이 아니라며 총구를 제주도가 아니라 여수로 돌렸다. 여순 사건 발생의 추축이 되었던 세력은 14연대 군인들이었으나, 이 사건은 단순히 군인 봉기로만 진행된 것이 아니라 전남지역의 광범위한 대중운동으로 전환되었다. 여순 사건의 주동세력은 무장군인이었지만 지역민이 대거 가세하였기 때문이다. 수많은 민간인이 봉기군에 협조하거나 가담했다는 이유로 정식 재판 없이 희생당했다. 살아남은 좌익 군인들과 지역민들은 토벌에 쫓겨 10월 사건 때 먼저 입산한 야산대와 합류하였다. 이들이 입산하자 야산대의 전투력이 대폭 상승하여 비로소 유격대라고 부를 만한 전력이 되었다. 빨치산의 무장유격활동이 본격화되었기 때문에 정부는 경찰이 아닌 군을 동원하는 토벌작전을 전개하기 시작했다.

여순 사건 때 살아남은 사람들이 지리산으로 들어가게 되는데 이들을 흔히 '구(舊)빨치(한국전쟁 전의 빨치산)'라고 부른다. 정부군의 지속적이고 강력한 토벌작전의 결과 '구빨치'가 거의 와해될 무렵 한국전쟁이 발발하였다. 1950년 9월 인천상륙작전의 결과로 퇴로가 막힌 북한의 정규군과 한국전쟁 초기 인공 치하 3개월 동안 인민위원회에 가담한 세력들은 입산하여 자연스럽게 유격대를 형성하게 되었다, 이때부터 한국전쟁기의 빨치산, 이른바

'신(新)빨치'의 역사가 시작되었다. '신빨치'는 '구빨치'와 달리 북한 정규군 등이 합류하여 규모도 확대되었고, 전쟁 수행을 위해 후방에서 적을 교란하는 임무 역시 명확해졌다. 그리하여 한국전쟁기의 빨치산 활동은 북한 당국의 전쟁 정책과 지시에 따르게 되었다.

소작농이
빨치산이 된 사연

『태백산맥』에 등장하는 빨치산은 여순 사건 때 가담한 '구빨치'도 있고 한국전쟁 시기에 가담한 '신빨치'도 있다. 그러나 270여 명이 등장하는 대하소설 『태백산맥』에서 빨치산은 무엇보다 기층민중(基層民衆)과 지식인의 두 유형으로 크게 나뉜다. 빨치산의 대부분은 소작농이다. 물론 이발사, 무당의 아들, 백정의 아들 등 다양한 직업의 인물도 있지만 농민이 대다수를 차지한다. 그런데 사회주의 이념과 무관하게 농사를 지으며 살던 농민들이 빨치산이 될 수밖에 없었던 이유는 무엇인가? 왜 평범한 소작농들이 빨치산이라는 전투적이고 처절한 삶의 방식을 택해야만 했는가? 『태백산맥』은 평범한 농민들이 어떠한 사연 때문에 빨치산이 되었는지를 분명하게 보여준다.

『태백산맥』이 여순 사건을 소설의 기점으로 설정한

이유는 사건의 밑바탕에 '땅을 둘러싼 지주와 소작인의 갈등'이 자리 잡고 있음을 드러내기 위한 것이다. 좌익 군인 몇 사람의 선동에 의해서 일어난 여순 사건의 대중적 폭발력과 영향력이 급속도로 확대된 것도 당시 8할을 차지하는 농민의 문제인 농지 소유의 불균형과 친일 경찰의 횡포에 연관되어 있었기 때문이었다. 많은 소작농이 빨치산 투쟁에 가담하는 작품 속 장면들에서 작가는 농지개혁에 대한 열망이 원인이 되어 소작농들이 사회주의에 동조하는 과정을 그리고 있다. 당시 농지개혁은 누구도 거스를 수 없는 시대적 흐름이었다. 지주들의 이익을 대변하는 '한민당'조차도 농지개혁에 직접적으로 반대한 적은 없었다. 다만 어느 시기에, 어떤 식으로 하느냐를 가지고 실질적인 반대를 한 것뿐이다. 1946년 3월 농지개혁을 전격 실시한 북한과 달리, 남한은 뒤늦게 1949년 6월 21일에 농지개혁법을 공포하기는 했으나 한국전쟁 직전까지 시행되지 못한 채 지지부진한 시간을 보내고 있었다. 그러는 동안 농지개혁이 실시될 것을 대비한 지주들이 땅을 빼돌리면서 소작농들과 극심한 갈등이 생겨났다.

> "지주양반덜이 양심적으로 혀야 믿제라. 농지개혁헌다는 말이 나돔스롱부터 지주덜이 뒷구녕으로 실금실금 무신 짓거리덜 허는지 서방님도 아시제라?" (중략) 농지개혁

> 에 대비해서 지주들은 자기네 농토를 가난한 친척들 앞으로 명의변경을 해서 은폐시키거나 타인에게 매도하거나 하는 일들을 벌이고 있었다. 그건 우선적으로 분양양도권을 가진 작인들에게 피해를 끼치는 일이었다. 지주의 법적 토지가 줄어드는 만큼 작인들은 분배를 받을 수 없게 되는 것이었다.[3]

농지개혁이 예정된 상황에서 많은 지주가 농지개혁을 피하기 위해 토지를 빼돌렸던 것이다. 지주들의 논 빼돌리기가 광범위하게 행해지자 소작농들의 집단행동이 줄을 이었고, 지주와 소작농의 갈등은 유혈충돌로 치닫게 되었다. 이 과정에서 지주를 편드는 경찰의 행위는 농민들의 관에 대한 불신과 불만을 증폭시켰다. 또한 경찰뿐만 아니라 해방공간 후 우후죽순 발생한 반공청년단도 빨갱이를 잡는다는 명목을 내세워 소작 농민들에게 갖은 폭력을 일삼았다. 지주들의 횡포와 경찰 및 반공청년단의 폭력에 의해 생존 위기에 직면한 가난한 소작농들은 입산하여 빨치산 투쟁에 가담하였다. 그들은 생존을 박탈하는 부당한 상황에 저항하여 맞서는 과정에서 빨치산이 된 것이다. 따라서 소작농이 빨치산이 된 이유는 사회주의 이념을 제대로 알고 매료되었다기보다는 그 이념의 방향이 농지개혁에 대한 자신들의 열망과 같았기 때문이라고 할 수 있다. 빨치산 투쟁에 참여한 소작농 대부분은

3 조정래, 『태백산맥』 1권, 해냄, 1996, 156쪽.

이념적으로 사회주의를 믿기 때문이 아니라, 살기 위해서 투쟁하다가 어쩔 수 없이 입산한 것이다. 일제시기 농지의 극심한 수탈을 겪었기 때문에 농지 소유에 대한 갈망이 더더욱 고조된 해방 정국에서 사회주의 이념이 농민들의 땅에 대한 열망과 서로 만난 것이다. 『태백산맥』은 일반 소작농들이 사회주의에 기울어지는 이유를 각각 소작농과 지식인의 입을 빌어 다음과 같이 명료하게 드러내고 있다.

> "사람덜이 어째서 공산당 허는지 아시오? 나라에서는 농지개혁헌다고 말대포만 펑펑 쏴질렀지 차일피일 밀치기만 허지, 지주는 지주대로 고런 짓거리 허지, 가난허고 무식헌 것덜이 믿고 의지헐 디 읎는 판에 빨갱이 시상 되면 지주 다 쳐읎애고 그 전답 노놔준다는디 공산당 안 헐 사람이 워디 있겄는가요. 못헐 말로 나라가 공산당 맹글고, 지주덜이 빨갱이 맹근당께요."[4]

> "설령 그들이 공산주의적 구호를 외쳤다고 하더라도 그건 어디까지나 생존권을 보호하기 위한 소작쟁의의 수단일 뿐이었어. 그들이 마르크스 철학에 대한 신조가 있었던 것도 아니고, 공산주의 사상으로 무장된 정치의식이 있었던 것도 아니야. (중략) 당장 농지개혁을 단행해 논밭을 무상으로 분배해 봐. 벌교지역을 예로 들더라도, 이

4 앞의 책(1권), 156쪽.

번에 입산한 농민들의 90퍼센트는 아마 하산하게 될 거야. 자기네들의 절대목적이 성취됐는데 공산주의를 추종할 이유가 없지 않는가 말야. 현 정부는 그 간단명료한 원인해결은 하려 하지 않고 공산주의만 척결하려 하고 있어."[5]

응어리진 한(恨)의 역사

"한이란 무엇입니까? 아까 김 동무가 말한 대로 분하고, 억울하고, 원통한 감정들이 쌓이고 쌓인 것임에 틀림없습니다. 그건 다름 아닌 핍박받고 착취당하고 살아온 계급들의 체험이 응축된 수난사인 동시에 정신의 응결입니다. 그것은 다시 말해 지배받은 계급들끼리 통하는 사상입니다. 다만 그것이 정치 이데올로기와 다른 점은 분석적 이론화와 실천적 논리화가 안 되었다는 점입니다. 체험적 사상의 덩어리라고 해야 할 것입니다."[6]

'한'은 단순한 감정이 아니다. '한'은 견디기 힘든 고통이 반복적으로 오랜 시간을 두고 인간의 삶을 억압하는 과정에서 쌓여 가슴에 응어리로 맺어진 것이다. 여기서 "분하고 억울하고, 원통한 감정들이 쌓이고 쌓인" 한

5 앞의 책(3권), 179~180쪽.

6 앞의 책(7권), 247쪽.

이란 구체적으로 땅을 둘러싸고 맺힌 체험적인 한이다. 인용한 글에서는 소작농들의 빨치산 투쟁도 땅을 빼앗긴 한의 표출이라고 말한다. 해방정국에서 분출된 소작농들의 한은 사실 오랜 역사를 거쳐 응어리진 것이다. 『태백산맥』이 형상하는 '한'은 한국 근현대사에서 한민족이 겪어야 했던 역사적 사건들을 배경으로 한다. 기나긴 역사 동안 작은 경지면적에 과도한 소작료 부담으로 농민들은 항상 생계문제에서 자유로울 수가 없었다. 긴 시간 동안 모순된 토지 소유관계는 농민들의 가슴 속 깊이 뿌리 깊은 '한'을 유전시킨 근본적 원인이었고, 그러한 한은 투쟁으로 표출되어왔다. 소작제의 불공정함은 하루 이틀의 문제가 아니었다. 그 기원은 아주 오랜 것이었다. 이런 이유로 작가는 '한'의 정서를 발생시킨 역사를 해방 정국부터 일제강점기를 거쳐 구한말까지 거슬러 올라간다. 작품 속에서 기독교 사회주의자 서민영은 빨치산 투쟁이 동학농민혁명과 연결되어 있음을 강조한다. 동학농민혁명의 원인 중 하나도 현재(해방정국)와 같은 소작제의 불공정함에 있었기 때문이다.

> "에에, 우리나라에 있어서 농민의 문제라는 것은 한마디로 말해서 바로 나라의 문제인 것이야. 왜냐하면, 조선시대로부터 지금에 이르기까지 국민의 8할이 농민이기 때문이야. 농민의 문제를 잘 푸느냐, 못 푸느냐에 따라서

나라의 안정과 불안정이 좌우되는 것도 다 그 까닭이지. 조선 500년의 곪고 곪은 농정(農政)의 실패와 관리의 타락이 결국은 동학란이라는 농민봉기를 일으키게 한 것인데…."[7]

농민들이 내세웠던 폐정개혁안 12개 조목에 토지를 평균적으로 나누어 경작할 것을 요구하는 내용이 들어 있는 데서 알 수 있듯이, 동학농민혁명은 봉건적 소작제도에 맞서 토지개혁을 주장했다. 그러나 동학농민혁명이 실패로 끝나고 15년 후 나라를 일본에 강탈당한 사건은 농민들에게 목숨과 같은 '땅'의 박탈을 동시에 가져왔다. 일본은 1910년부터 8년간 시행된 동양척식주식회사의 토지조사사업을 통해 글을 모르는 농민들에게 땅을 빼앗아버렸다. 그 결과 숱한 소작농들이 양산되면서 대지주제가 생겨났고, 각종 조세가 소작농에게 부과되었다. 이는 땅을 잃게 된 농민들의 삶에 한을 더욱 가중시켰고, 이는 일제 강점기 아래 수많은 소작쟁의로 분출되었다. 해방 정국의 빨치산 투쟁 역시 갑오년 동학농민혁명이나 일제강점기의 각종 소작쟁의처럼, 모순된 토지소유 관계로 생존이 위협받는 상황에서 농민들의 응어리진 한이 밖으로 분출된 것이다.

구한말과 일제 강점기를 거쳐 해방이 되었음에도 농민의 한을 지속시켜온 소작제도는 변함이 없이 굳건했

7 앞의 책(3권), 164쪽.

다. 이 때문에 빨치산이 추구했던 농지개혁의 열망은 동학농민혁명이나 일제 통치기간의 숱한 소작쟁의의 연장선상에 있었다. 대다수의 빨치산이 소작농 출신이거나 후손으로서 농지개혁에 대한 열망이 강하게 작용한 것처럼, 동학농민혁명과 소작쟁의 역시 소작농들의 봉기였다는 점에서 서로 통하는 것이다. 따라서 빨치산은 공산주의 사상으로 무장한 악질 빨갱이 집단이라기보단 갑오년 동학농민혁명에서 나타난 것처럼 생존이 위협받는 상황에서 농민들의 한이 자연스럽게 분출된 결과일 뿐이다. 오랜 기간 소작제도의 모순으로 인한 한의 역사는 개인적인 항거를 통해 해결되는 성질의 것이 아니었다. 농민들의 '한'이 잘못된 토지소유 제도로 인해 발생된 것이듯, 그 한의 해결 역시 토지소유 제도의 변화를 가져오는 집단적 투쟁을 통해 이루어질 수밖에 없었다.

이렇듯 농민들이 빨치산이 된 근본 배경은 잘못된 토지소유관계에서 비롯된 농민들의 한의 폭발이다. 그러나 해방 직후 농민들의 농지개혁 열망은 그 이전 어느 시기보다 엄청났다. 농민들은 지배자가 일본인 지주에서 같은 민족이 지주로 바뀌는 것을 해방으로 이해하지 않았다. 오랫동안 일제 강점기의 혹독한 식민지 지주제를 체험했기 때문에, 농민들에게 일제로부터의 해방은 무엇보다도 소작제로부터의 해방이었다. 소작농에게 해방은 삶의 근본적 개선을 가져오는 사건이자 자기 소유의 땅이 생기는 일이었다. 당시 남한 인구의 8할 정도가 농민이었다. 그들 대다수가 소작농인 상태에서 토지문제가 해결되지 않는다면 자주적 통일국가 수립은 사상누각에 불과한 것이었다. "농민의 문제라는 것은 한마디로 말해서 바로 나라의 문제"였던 것이다.

빨치산 지식인의 다양한 사상적 스펙트럼: 사회주의 지식인의 경우

『태백산맥』에서 빨치산의 구성원 가운데 소작농과 함께 중요한 비중을 차지하는 인물군은 지식인 계층이다. 크게 염상진이나 안창민 등의 사회주의 지식인과 김범우, 손승호 등의 중도적 지식인으로 나눌 수 있다. 물론 작품 속에서는 빨치산에 가담하지 않은 지식인도 상당수 등장하지만, 여기서는 빨치산을 구성하는 지식인에 대해서만 살펴본다. 『태백산맥』에서 빨치산이 된 지식인들은 오늘날 반공주의 시각으로 재단되는 골수 빨갱이가 아니라 다양한 사상적 스펙트럼을 지닌다. 우선 사회주의 지식인부터 살펴보자.

염상진이나 안창민 등의 사회주의 지식인은 이데올로기적 지향이 강하고, 빨치산 투쟁의 활동을 주도하는 인물이다. 반공이데올로기의 시각에서 보면 이들 지식인은 관념적 열정에 사로잡힌 이념 맹신과 현실을 무시하고 모험을 감행하는 소영웅주의자에 불과할 수 있다. 그러나 이들이 사회주의자가 된 동기는 비인간적인 삶을 강요하는 사회의 구조적 모순을 극복하고 민중들이 인간다운 삶을 사는 세상을 만들기 위해서다. 이를 전형적으로 대표하는 인물은 사회주의에 대한 강한 신념을 가지고 빨치산 투쟁의 리더로 활약하는 염상진이다. 빨치산 투쟁이 수세에 몰리는 상황에서도 사회주의에 대한 그의 믿음은 변하지 않는다. 빨치산 대원들이 투쟁에 회의를 느끼는 상황에서 그가 한 연설은 이 점을 잘 보여준다.

> "우리의 투쟁은 이제 현실 투쟁이 아니라 역사투쟁 속에 있습니다. (중략) 역사투쟁은 인민해방을 우리가 목숨을 바쳐 뒷날 역사 속에서 성취시키는 것입니다. 여러분, 역사투쟁은 바로 목숨을 바치는 죽음의 투쟁입니다. 우리 앞에 놓인 투쟁은 오직 한 길, 우리보다 먼저 역사투쟁을 벌이고 죽어간 수많은 동지들의 뒤를 따르는 것입니다."[8]

염상진이 말하는 '역사투쟁'이란 무엇인가? '인민해방'을 위한 정의의 투쟁이 긴 역사 속에서 반드시 승리한다는 혁명적 낙관주의 아래, 최후의 순간까지 투쟁하다가 깨끗하게 죽는 투쟁을 말한다. 1953년 7월 27일 판문

---

8 앞의 책(10권), 266쪽.

점에서 휴전협정이 조인되자, 염상진은 역사투쟁을 위해 대원 네 명과 함께 수류탄으로 자폭한다. 죽음의 투쟁조차 역사의 승리로 자리매김하는 그에게 역사는 어떤 의미를 지니고 있을까?

> 사회주의 건설을 위한 무산자 혁명, 그것이야말로 역사의 그늘이나 역사의 변두리로 내몰린 사람들을 역사의 중심에 서게 하고, 새로운 역사를 만들고자 함이 아닌가. (중략) 그 넓은 땅 러시아가 인민혁명을 창조했고, 그 넓은 대륙 중국이 성공적으로 인민의 깃발을 세워가고 있으며, 한반도의 반 북조선도 인민의 나라를 세우지 않았는가. 나머지 반마저도 인민의 나라로 통일시키는 날도 멀지 않았다. 새 역사는 인민의 편에서 진군하기 시작했다. 그날이 올 때까지 인민의 깃발을 세울 그날까지 혁명적 투쟁이 있을 뿐이다.[9]

염상진은 러시아와 중국에서 사회주의 혁명이 승리한 것처럼 한반도에서도 궁극적으로 사회주의 혁명이 성공할 것이라고 굳게 믿는다. 그는 "역사의 변두리로 내몰린" 대다수 피지배계급이 사회주의 혁명을 통해 "역사의 중심"에 선다는 계급사관에 충실하다. 민족이나 인간이 아니라 계급을 중심으로 역사를 인식하는 염상진의 입장은 당시 조선공산당 및 남로당 노선과 대체로 일치한다.

9 앞의 책(2권), 86~87쪽.

그러나 작품 속에서 사회주의 이론에 정통한 인물인 안창민은 다르다.

> (……) 모택동이 이끄는 홍군에는 계급이 없다는데, 그 난해함이 바로 이런 인간관계의 엮음에서 비롯된 것은 아닐 것인가. 그리고, 역사라는 것은 헤아릴 수 없이 많은 사람들의 삶의 베짜기이되, 그 분기점들은 의지로운 사나이들이 뜻을 합치시킨 슬기롭고 용기 있는 작당으로 이루어지는 것이 아닐까 싶었다.[10]

염상진이 계급사관에 충실하다면, 안창민은 계급사관을 부인한다기보다 역사를 보는 관점이 더 거시적이며 동양 전통의 흔적이 있다. 안창민이 찬양하는 "인간관계의 엮음"이란 혁명동지끼리의 유대감을 앞세워 계급을 두지 않은 중국의 홍군(紅軍)처럼, 빨치산 구성원들 사이의 "슬기롭고 용기 있는 작당", 곧 혁명적 연대를 이루는 관계들을 말한다. 그리고 이러한 유대관계는 "베짜기"처럼 숱한 인간관계들로 이루어진 역사의 한 분기점이나 혹은 인간관계의 여러 갈등매듭을 풀어 해결하는 아름답고 매력적인 관계다. 안창민은 사회모순을 해결하는 혁명적 실천에서 인간 역사의 진전을 읽으면서도, 나아가 이러한 혁명적 실천을 계급적 차원을 넘어 역사 속 인간관계의 갈등과 모순을 해결하는 고차적이며 아름다운 인

---

10 앞의 책(5권), 57~58쪽.

간행위로 인식하고 있다.

안창민은 계급의 문제에 천착하기보다 인간 사이에 맺어지는 굳건한 연대 관계를 중시한다. 사회주의 계급 혁명에 대한 확고한 신념과 의지를 지니며 당에 대한 신뢰가 굳은 염상진과 결을 달리하는 대목이다. 안창민 입장에서 염상진은 사회주의 혁명에 대한 신념만 굳셀 뿐 세상과 역사를 바라보는 시각이 제한적일 수 있다. 그러나 염상진 입장에서 보면 안창민은 〈감상적 사회주의자〉나 〈관념적 사회주의자〉일 수 있다. 이 두 인물의 차이는 사회주의 이념에 대한 해석의 차이뿐만 아니라 기질적 차이와도 관련되어 있다. 염상진이 계급적 적대와 이념에 대한 자기 확신이 강하다면, 안창민은 부드럽고 섬세한 기질과 더불어 서구에서 발생한 사회주의 사상으로 포착하기 어려운, 인간관계를 중시하는 동양적 전통의 영향이 짙게 드러난다.

빨치산 지식인의 다양한 사상적 스펙트럼: 중도적 지식인의 경우

『태백산맥』에는 김범우, 이학송, 손승호, 서민영, 민기홍 등의 중도적 지식인이 다수 등장한다. 이들은 극단으로 치닫는 이념 대립 사이에서 양쪽을 비판적으로 바라볼 수 있는 시각을 지닌 인물들이다. 이들 중 김범우와 손승호는 한국전쟁기에 빨치산이 된다. 염상진과 안창민이 '구빨치'라면 이 두 사람은 한국전쟁 시기에 가담한 '신빨치'에 해당한다.

김범우는 지주의 아들로서 어린 시절부터 소작농들의 헐벗고 굶주리는 비참한 생활에 대하여 자책과 죄의식을 느꼈다. 서민영의 영향으로 김범우는 사회주의 서적을 접하고, 염상진과 밤을 새워 책을 읽고 토론하면서 그의 사상은 사회주의로 기운다. 그러나 학병으로 끌려갔다가 하와이에서 OSS 첩보교육을 받지만, 일본의 항복 선언 이후 하룻밤 사이에 OSS 동지에서 미군의 포로 취급을 당하는 황당한 사건을 계기로 김범우는 사회주의 사상을 버리고 민족주의적 입장에 서게 된다.

> "미국은 제국주의적 팽창주의고, 쏘련은 그에 못지않은 공산주의적 패권주의라는 사실입니다. 그 두 개의 어마어마하게 큰 발에 짓밟히고 있는 것이 바로 이 땅과 우리 민족입니다. 이런 상황을 직시할 때 우리가 거기서 벗어날 수 있는 방법은 우리끼리 이념대립을 하는 것이 아니라 민족의 단합 아래 하나로 뭉치는 거라는 내 나름의 결론을 내리게 되었다 그겁니다."[11]

미국과 소련의 한반도 유린에 분노하던 김범우는 백

---

11 위의 책(1권), 84~85쪽.

범 김구의 민족주의 통일노선을 접하게 되면서 자신이 생각한 민족단합의 전망을 발견한다. 김범우는 그 어떤 사상보다 친일 세력을 완전히 제거한 상태에서 대다수 민중을 중심으로 재구성한 민족 집단이야말로 최우선적으로 내세워야 할 사상이라 보았다. 민족주의 통일노선에서 좌우익의 대립은 무의미했다. 그 어떤 이념을 선택하는 것은 통일국가를 세운 다음에 해도 늦지 않다고 본 것이다. 그러나 해방정국은 좌우가 서로의 이념을 정치적으로 실현하기 위해 폭력을 행사하는 극단적인 사태로 치닫고 있었다. 1947년 7월 19일 여운형이 암살되었고, 김범우가 존경했던 김구마저 2년 뒤인 1949년 6월 26일 흉탄에 쓰러졌다. 이처럼 좌우 통합을 주장하던 민족주의자들이 차례로 제거되고 이념의 대립만 강화되던 해방정국은 결국 한국전쟁으로 귀결되었다. 중도의 길을 걷고자 했던 민족주의자 김범우에게 한국전쟁은 이념의 선택을 요구했다. 좌우대립을 극복하려는 중도적 입장은 전쟁이란 극단적 양자택일의 상황하에서 더 이상 존립할 수 없었다. 김범우는 한국전쟁을 민족세력과 반민족세력 간의 전쟁으로 보면서 빨치산의 길을 선택하기에 이른다.

김범우와 마찬가지로 사회주의자였던 손승호는 1947년부터 우익의 탄압에 맞선 좌익 테러가 속출하면서 사회주의 이념에 회의를 느끼기 시작했다. 그는 인간의 삶이 목적이고 이념은 그를 위한 수단이라는 입장을 지니고 있었다. 그러나 좌우를 막론하고 이념의 이름 아래 행해진 해방정국의 숱한 살상과 폭력사태를 지켜보면서, 이념을 실현하기 위해 인간이 폭력의 대상이 되어버리는 '수단과 목적의 전도'가 이루어지고 있다고 판단했다. 인간을 위한 이념이 아니라 이념을 위한 인간이라는 수단과 목적의 전도는 좌든 우든 마찬가지라고 본 것이다. 이는 그가 좌우 어느 한 쪽을 편들지 않는 중도적 입장에 기울어진 이유였다. 이러한 손승호의 사상은 인간주의라는 말로 요약될 수 있다.

> 그는 사회주의를 버렸을 뿐 그 반대개념의 사상을 취한 것은 아니었다. 그러므로 그는 사상적 '전향'을 한 것이 아니라 사상의 공백상태에 있었다. 그가 괴로워한 것은, 세상의 그 어떤 주의든 인간을 위한 것이어야 하는데 그 사상의 실현을 위해서 인간을 폭력의 대상으로 삼는 점이었다. (중략) 그런 손승호의 생각은 김범우의 생각과도 거리가 있었다. 김범우가 관심하는 '민족'이라는 자리에 손승호는 '인간'을 놓고 있는 셈이었다.[12]

손승호와 김범우의 중도노선은 좌우 대립을 극복하지는 면에서는 동일하지만 그 기준이 '민족'인가 혹은 '인간'인가에 따라 구분된다. 손승호는 부당한 제도적 억압이나 구조적 모순에 폭력적으로 저항하는 '대항폭력'(counter-

12 위의 책(1권), 175~176쪽.

violence)을 인정하지 않을 정도로 이상주의적인 성향을 갖고 있다. 인간주의를 고수하던 손승호는 벌교지역의 보도연맹 대표를 맡으라는 집요한 압력을 피해 서울에서 김범우와 함께 생활하게 된다. 그러면서 친일문제를 비판한 책을 출간(『친일 문학과 민족정신의 훼손』)하는데, 친일경찰로부터 용공행위를 했다는 이유로 치욕스런 고문을 받고 친일파가 주도하는 남한현실에 절망하면서 심경의 변화를 일으킨다. 손승호는 서대문형무소에 갇혀 있다가 전쟁 중에 풀려나 서울시당 문화선전부에서 일하다, 인민군이 퇴각하는 와중에 입산하여 빨치산이 된다.

『태백산맥』의 의의

우리 민족에게 현대사의 기점은 1945년 8월 15일이다. 그러나 8·15 해방은 일제 지배로부터 독립된 해방이기는 하되, 민족 분열과 분단으로 이어진 불완전한 해방이라는 이중적 의미를 지닌다. 제주도에서 4·3이 발발하고 남북에서 분단 정부가 수립된 뒤 여순 사건이 일어나 진압된 1948년 10월부터 한국전쟁이 끝난 1953년 7월까지 5년간, 『태백산맥』이 다루는 역사는 이후 남북의 이념적 대립의 심화와 분단의 고착화를 가져온 결정적 배경

혹은 현재의 분단 상황을 창출한 직접적 전사(前史)였다. 이는 오늘날에도 여전히 막강한 규정력을 행사하는 남북 대립의 뿌리가 된 역사다.

이런 점에서 『태백산맥』이 지닌 문학적, 역사적 의의는 무엇보다도 분단 체제의 전사를 이루는 해방 정국의 숱한 사건들을 다루면서 한반도 분단의 뿌리와 분단 극복의 가능성을 모색한다는 데 있다. 한마디로 말해 『태백산맥』의 핵심 주제는 차별 없는 평등한 세상 건설과 외세에 의존하지 않는 자주적인 통일국가 건설이다. 통일된 민족국가 수립과 고착화된 경제적 불균형 해소는 당대에는 물론 오늘날도 여전히 실현되지 않은 미완의 과제이다. 『태백산맥』은 이러한 과제들이 왜 실현되지 않았는가를 이 시기의 사회적 상황을 중심으로 탐색하면서 분단의 원인과 동시에 그 극복 가능성을 모색한다. 민주주의와 민족통일을 총체적으로 형상화하려 한 작품이라고 할 수 있다.

나아가 『태백산맥』은 이 시기를 살았던 인물들, 특히 빨치산을 좌우 이념 도식으로 평가하는 편향적 인식을 극복한 점에서 또 다른 의의를 찾을 수 있다. 이 시기의 인물들을 좌와 우로 명백히 나누어 인식하는 것은 오늘날 분단 체제의 관점을 적용한 것이다. 즉 이 시기를 좌우 이데올로기의 측면에서만 바라보는 것은 남북 적대가 일상화되고 공고화된 오늘날 분단 체제의 시각에서 비롯된 것이다. 분단과 전쟁을 거치면서 형성된 냉전, 반공주의가 한국 사회를 압도하기 전에는 민족주의자와 좌익 세력의 입장은 지금 우리가 생각하는 것처럼 그 차이가 그렇게 크지는 않았다. 『태백산맥』은 반공 이데올로기에 의해 편향적으로 인식된 당시의 갈등 양상을 새롭게 재조명하여, '극렬한 빨갱이의 대명사' 빨치산을 우파와 전혀 다른 이념을 지닌 집단으로 획일적으로 재단하는 것이 얼마나 잘못된 일인지를 잘 보여준다. 빨치산의 다수는 사회주의 이념을 모르는 소작농들이었고, 그 리더격인 지식인 계층도 하나의 사상으로만 획일화하여 이해하기 어려운 다양한 사상적 스펙트럼을 보여주기 때문이다.

2

메마른
하늘에
울려 퍼진
민중의 소리

윤여환
건국대학교 통일인문학연구단 HK연구원

「방아쇠」 작품 배경: 대구 10월 사건

대구 10월 사건은 1946년 10월 대구에서 시작되어 전국으로 확산된 대규모의 민중항쟁이다.

1945년 8월 15일 일본의 항복으로 한반도는 해방을 맞이하였다. 곧이어 38도선을 기준으로 이북에는 소련이, 이남에는 미군정이 들어왔다. 이후 미군정은 신탁통치 실시와 함께 이남지역을 장악하기 위해 다양한 정책을 펼쳤다. 그중 미곡정책과 일제강점기 부역자의 재등용은 한반도 이남에 커다란 혼란을 몰고 왔다. 미군정은 1945년 10월부터 이듬해 8월까지 미곡시장의 통제와 자유화를 총 9번 거듭하였고 이로 인해 쌀값은 걷잡을 수 없을 만큼 폭등하였다. 이남지역의 주민들은 가난과 배고픔의 시간을 보내야 했다. 더 이상 버틸 수 없었던 사람들은 미군정에 대한 항의시위를 시작하였다. 이 시위는 전국적으로 확산되었고, 9월 총파업과 맞물려 대구에서 그 정점에 이른다.

결정적인 도화선이 된 것은 1946년 10월 1일 시위였다. 아이를 업고 나온 부녀자들이 대구부청 앞에 모여 쌀 배급을 요구하며 항의하기 시작한 것이다. 여기에 파업 노동자들까지 가세하며 시위 규모는 약 1,000여 명으로 늘어났다. 그러자 경찰은 공포탄을 발사하며 사람들을 해산시키려고 하였다. 하지만 사람들은 이에 굴하지 않고 더욱 거센 시위로 대항하였다. 늦은 오후 시위대와 경찰이 대립하는 가운데 다섯 발의 총성이 거리에 울렸고 경찰이 쏜 총에 시민 2명이 사망했다. 사람들의 분노는 더욱 거세졌고 시위 규모도 점점 확대되었다. 하지만 미군정이 선택한 것은 대화가 아니라 진압이었다. 이튿날 미군정은 계엄령을 선포하고 더욱 거세게 시위대를 몰아붙였다. 하지만 분노의 온도는 식지 않았고 시위는 전국 각지로 확산되었으며 같은 해 12월까지 산발적인 항쟁으로 지속되었다.

작가: 전명선

전명선은 조선문학가동맹(이하 문맹) 소속의 작가

이다. 문맹은 1945년 12월 6일 조선문학건설본부와 조선 프롤레타리아 예술동맹(KAPF, Korea Artista Proleta Federatio)이 통합해 결성된 진보적 성향의 문학운동단체이다. 이들의 활동은 그리 오래가지 못했다. 신탁통치와 남한의 단독정부가 수립되면서 좌익에 대한 정치 탄압이 거세지자 문맹 역시 막을 내리게 되었다.

작품: 「방아쇠」

이 글에서 주로 인용하는 「방아쇠」는 문맹의 기관지인 『문학』에 실린 작품으로, 대구 10월 사건을 다루고 있다. 이 작품은 1945년 해방 이후 대구 10월 사건이 발발하게 된 요인을 노동자 현술의 시선을 따라가며 조망한다. 현술은 일제의 식민지통치 기간 동안 가나가와의 비행기 공장에서 징용되어 고된 노동을 치르다 해방이 되어 조국으로 돌아온 노동자다. 귀국한 그는 구일 철공소에 새로 자리를 잡지만, 터무니없이 적은 임금 때문에 처자식조차 처가에 맡긴 채로 일을 하게 된다. 이에 현술은 공장 주인에게 임금 인상을 요구하지만 거절당한다. 현술을 비롯한 노동자들은 이윽고 총파업을 결의하고, 이 파업투쟁은 곧 대중들과 결합하여 민중항쟁의 형태를 띠게 된다. 하지만 해방된 나라는 그들에게 결코 관대하지 않았다. 시위 현장에 나선 현술은 진정한 민주주의 의식과 노동자로서의 의식을 자각하게 된다. 그러나 곧 민중들을 향해 사격 명령이 내려진다. 하나 둘 죽어가는 사람들 속에서, 분노에 사로잡힌 그는 무장경찰에게 맨몸으로 달려든다. 이 작품에 따르면 대구 10월 사건은 임금 인상과 자유로운 노조활동 등을 요구하는 노동자들의 9월 총파업으로 촉발되었지만 굶주림에 허덕이던 일반시민들이 결합한 대중투쟁이었으며 해방된 한반도의 민주주의를 요구하는 민중항쟁이었다. 전명선은 이 작품을 통해 대구 10월 사건을 흔히 말하듯 공산주의 폭동으로만 봐서는 안 된다고 이야기하고 있다. 그러한 점에서 소설 「방아쇠」는 분단의 논리에 따라 삭제되고 왜곡되었던 해방정국의 역사를 다시 기억하기 위한 시도라 할 수 있다.

조선의 모스크바를 아시나요?

대구는 한때 '조선의 모스크바'로 불렸다. 이는 대구의 도시 형태가 모스크바를 닮았다거나 러시아인이 많이 거주해서가 아니었다. 모스크바는 세계 최초의 공산주의 국가였던 구(舊) 소련(소비에트 사회주의 공화국 연방)의 수도였다(또한 현재 러시아 최대 도시이자 수도이기도 하다). 대구가 조선의 모스크바로 불린 것은 해방정국에 사회주의 사상가 다수가 이 지역을 중심으로 왕성하게 활동하면서 과거 공산주의 국가였던 구소련의 이미지가 투영된 결과였다.

그러한 대구에서 해방 직후 최초로 군과 경찰이 일반 시민들을 향해 집단 발포를 자행한 비극적인 사건이 발생한다. 이를 공식적으로는 '대구 10월 사건'이라 부른다. 이 사건은 70여 년이 지났음에도 불구하고 현재까지 제대로 알려지지 않았으며 진상규명을 비롯한 연구도 많이 이루어지지 않았다. 더욱 큰 문제는 여타의 과거 국가폭력 사건이 그랬던 것처럼 대구 10월 사건도 공산주의 폭동으로만 해석되는 경우가 많다는 것이다. 하지만 그렇게만 볼 수 없다. 이 사건은 일제식민지로부터 해방되었지만 미군정의 통치를 받아야 했던 해방정국의 모순들이 빚어낸 비극이었기 때문이다. 더욱이 이 사건의 핵심에는 민중들의 가난과 굶주림이 있었다는 점에서 더더욱 공산주의 폭동으로만 기억할 수 없다. '빵'을 요구하는 것은 사회주의나 공산주의로 해석될 수 없기 때문이다. 오히려 그러한 해석은 역사를 왜곡하는 일이며 지난 과거를 비추는 거울이자 미래를 위한 바로미터로서의 '역사'를 부정하는 꼴이 된다. 그렇기에 우리는 다시 민중의 함성이 울려 퍼졌던 '그때, 그곳'으로 돌아가 대구 10월의 역사를 다시 기억해야 한다.

일장기가 내려간 자리엔 성조기가 올라갔다

대구 10월 사건을 들여다보기 위해서는 일제로부터 해방된 해부터 역사를 더듬어가야 한다. 알다시피 1945년 8월 15일 한반도는 일제로부터 해방된다. 하지만 일장기가 내려진 조선총독부 앞 국기게양대에 다시 걸린 것은 조선의 국기가 아니라 성조기였다. 일제 치하에서 벗어나자마자 바로 미군정이 이남지역을 점령한 것이다. 미군정의 점령과 함께 1차적으로 문제가 된 것 중 하나는 바로 '경제'였다.

미군정이 들어서면서 한반도에 거주하던 일본인들은 급하게 재산을 처분하고 자기네 나라로 떠나야 하는 신세가 되었다. 일본인들은 너나 할 것 없이 무분별하게 예금을 인출했다. 일본 기업의 부실채권 또한 급증하였다. 이로 인해 조선은행에는 화폐가 부족해지고 조선 기업에 대한 신규대출마저 불가능한 상황에 이른다. 그렇다고 금융기관이 안전한 것은 아니었다. 일본계 기업이 도산하고 부실채권이 급증하면서 금융기관마저 파산 위기에 몰렸다.

문제를 더욱 심각하게 만든 것은 미군정의 통화정책이었다. 조선은행의 화폐발행권을 접수한 미군정은 주둔비에 지출되는 재정적자를 보전하기 위해 막대한 양의 통화를 남발했다. 조선 기업과 금융기관의 연이은 파산은 생산을 멈추게 하면서 실업자를 증가시킨 반면 과잉된 통화량은 물가를 상승시키면서 극심한 인플레이션을 가져왔다. 생필품과 식료품을 사지 못한 사람들이 부지기수로 늘어났다. 조선의 사람들은 해방 이전보다 더 빈궁한 상황에 처하게 된 것이다.

아울러 해방 직후 해외에 있던 동포들이 대거 귀환하여 인구가 급증한 것도 생활고를 더욱 부추긴 요인이 되었다. 인구의 급증은 범죄율을 높이기도 했다. 절도와 같은 치안 범죄는 해방 전보다 6배가 증가할 정도로 심각해졌다. 특히 대구에는 1946년 5월과 6월에 설상가상으로 콜레라와 수해까지 발생하면서 상황은 더욱 악화되었다. 경북지역의 콜레라 발병률은 전국 1위였다. 그중에서도 도시 지역인 대구는 방역을 위해 미군정이 교통과 식량

반입, 사람의 이동마저도 차단하면서 기아 상태가 지속되었다.

한편 미군정은 이남지역의 치안을 유지하려는 목적에서 경무국을 창설한다. 하지만 이는 명분에 불과했다. 실제로는 외교적 마찰을 피하면서 이북지역을 점령한 소련을 견제하기 위함이었다. 사실상 군대와 다름없던 경무국은 그 규모나 권한이 막강했다. 문제는 경무국의 주요 요직에 친일파들을 재등용했다는 점이다. 미군정은 과거의 제도와 인사를 활용함으로써 이남지역을 점진적으로 장악하려 했던 것이다.[1] 가뜩이나 배고픔과 굶주림 때문에 불만이 쌓여가던 차에 이러한 친일인사 재등용은 사람들의 공분을 샀다. 그 불만은 미군정으로 향할 수밖에 없었다. 결국 미군정에 대한 사람들의 불만이 고조되면서 전국 각지에서는 노동자들이 파업하는 등 시위가 일어난다. 대구 10월 사건은 이러한 해방정국의 혼란 속에서 각종 파업과 시위에 맞물려 서서히 시작되려 하고 있었다.

새로운 세상,
하지만 배고픈 삶

대구 10월 사건의 도화선이 된 것은 미군정의 식량정

1 박성진, 「한국의 국가형성과 미군정기 식량정책」, 『사회연구』 4, 한국사회조사연구소, 2002, 221쪽.

책이었다. 해방 당시 한반도에는 배급미가 턱없이 부족한 상황이었다. 일제의 전시 통제경제 체제하에서 실시된 배급미는 쌀의 암거래 시장을 활성화시키면서 그 가격이 계속해서 오르고 있었다. 또한 전시 통제경제 체제에 불만을 지닌 국내 대지주들이 자유시장 도입을 요구하고 있었다. 이에 식량정책의 근본적인 개혁의 필요성을 느낀 미군정은 1945년 10월 5일 "전시 경제체제를 해제하고 자유시장 경제원리가 적용되도록 미곡의 자유시장을 설치하였다."[2]

하지만 이 정책은 얼마 가지 않아 문제가 드러났다. 자유시장제를 실시하면 쌀의 공급과 수요가 만나는 지점에서 적절한 시장가격이 형성되리라는 기대는 보기 좋게 빗나갔고, 오히려 쌀의 자유로운 매매를 이용한 매점매석과 투기가 활성화된 것이다. 해방 직전 1말에 1원 5전 하던 쌀값이 10월에는 25원, 11월에는 70원, 12월에는 150원까지 상승했다. 쌀값이 해방 직전에 비해 150배가량, 자유시장제를 실시한 뒤에는 6배가량 오른 것이다. 사람들은 일제강점기 때 배급받던 하루 1파인트(약 두 홉 반 정도)는커녕 그 절반의 쌀도 구하지 못했다. 기아상태가 어느 한 지역이 아니라 전국적으로 발생했다고 해도 과언이 아닐 정도로 식량난은 심각한 상황에 이르게 된다. 특히 대구·경북지역은 수해와 콜레라 등 자연재해가 더해지면서 다른 지역보다 더욱 열악한 상태였다. 소설

2　부미선, 「1945-46년 美軍政의 米穀市場 自由政策」, 서강대학교 대학원 석사논문, 2002, 16쪽.

「방아쇠」는 당시 대구의 상황을 다음과 같이 잘 보여주고 있다.

> 해방의 만세소리가 채 가시기도 전에, 일본놈 틈바구니에 끼여서, 천량간이나 착실히 작만한 인간들은, 그 일본놈한테서 터득한 솜씨로, 또다시 조선을 휘감어 볼여고 설치기 시작하였고, 지천으로 먹고 남을 식량과 백사물종은, 떼돈을 꿈꾸는 장사치의 농간으로, 나날이 올나가기만 하여서, 약간 월급냥 타는 거 가지고는, 도저히 입에 풀칠하기가 어려운 세상으로 변하여 갔다. (…) 왼종일 엉거주춤하고 서서 뱃심으로 버티여 쇠를 깎어내는 목구로 작업에, 점심 없이는 지탕할 수 없는 그였으나, 그는 점심이라는 것을 단념한 지 벌서 오래되었다. 한나절이 지나 속이 쓰리기 시작하면, 눈앞이 아물아물하고 다리가 허전허전하여저서, 아파 실수하면 사정없이 도라가는 전기 쇠톱에 그대로 휩쓸려 드러갈 자기 자신에 깜짝 놀래여, 새 정신을 가다듬어야 하는 현술이었다. (…) "한 달 동안 죽도록 지랄을 해야, 쌀 한 말 거리가 안 되니 어떻게 사러?"[3]

소설의 주인공 현술은 처가에 아내와 자식을 의탁하며 살아가는 노동자이다. 식민통치 동안 일본 가나가와의 비행기 공장에 징용되어 고역을 치르고 해방과 함께

3 전명선, 「방아쇠」, 『문학』 삼일기념, 임시증간호, 1947, 205~207쪽.

돌아왔다. 그는 하고 싶은 일을 맘 놓고 할 수 있는 세상이 오리라는 부푼 기대를 안고 새로운 터전인 구일 철공소에 자리를 잡았다. 하지만 아무리 열심히 일해도 천여 원 남짓한 수입으로는 식구들의 입에 풀칠도 하기 힘들었다. 분명 풍년이라 하는데 배급은 이루어지지 않았고 쌀 한 톨 구경하기 힘든 나날이 이어졌다.

그렇다고 모든 사람이 굶주림에 허덕이지는 않았다. 길거리에 굶어 죽어가는 이들이 널리고 널렸지만 권력과 돈을 가진 자들은 배불리 먹고 마셨다. 더군다나 일제에 부역하던 친일파는 청산되기는커녕 오히려 바뀐 세상에서 더욱 살쪄갔다. 분명 한반도는 일제로부터 해방되었는데 사람들의 삶은 더 나아진 것이 없었다. 아니 오히려 더 못한 세상이었다. 현술은 그런 세상이 너무나도 어이가 없고 개탄스러울 뿐이었다.

> 스끼야끼(일본의 냄비요리, 스키야키)와 마사무네(일본의 청주, 정종)로 살찐 인간들은, 이번에는 삐후데끼(비프스테이크)와 우이스키(위스키)가 부러워서 넘성거리고, 해방으로 왕운이 틔인 신사 숙녀 지주 회사중역 장사치, 그리고 그들의 자손들은 시시덕어리며 돈을 물 쓰듯하는 세상이어서, 뻐스를 기다리다가라도 조곰만 지리하면, 탁시를 잡어타고 집히는 대로 몇백원식 언저주는 이렁 풍성풍성한 세월이였다. (…) 나라가 없어서 나라를

그리웠을 적에야, 다같이 잘살 수 있는 나라를 세워야 할 것인데, 일본놈들의 앞잽이와 부자와 제 배때기만을 채우려는 장사치들은, 그들의 재산과 권리만을 신주같이 떠받드는 인간들에게 총을 들려 거리에 내세우고, 또다시 이 땅에 일본놈의 뽄뵈기를 보이려고 머리 악을 쓰는 세상이였다.[4]

쌀 가격이 천정부지로 상승하고 기아자가 속출하자 미군정은 1945년 12월 19일에는 미곡 가격통제를, 1946년 1월 25일 미곡수집령을 공포하기에 이른다. 하지만 이 역시 사태를 수습하기에는 역부족이었다. 시장가격보다 낮은 공출가에 쌀을 팔려고 하지 않았을 뿐더러 강제성을 띤 공출은 되레 농민들의 불만을 극대화시킬 뿐이었다. 더구나 미곡수집이 지역적 특수성, 예를 들어 쌀 생산량이 적은 제주 등을 고려하지 않고 천편일률적인 할당량을 적용하여 이루어졌기에 원성은 더 커질 수밖에 없었다(이는 이후 제주 4·3이 발생한 요인 중 하나가 된다). 사람들은 근본적인 해결책을 내놓지 못하는 무능하고 무책임한 미군정에 대해 노골적으로 불만을 드러내며, 미군정의 통치가 일제 치하에 있을 때보다 못하다고 야유하였다. 3월이 되자 불만은 현실로 나타났다. 서울, 부산, 대구, 광주 등에서 굶주린 사람들이 직접 식량창고를 습격하는 등 민중들의 분노가 폭발하기 시작한 것이다. 그렇

4 위의 책, 206~207쪽.

게 서서히 역사의 시간은 대구 10월 사건의 도화선이라 할 수 있는 9월 총파업으로 다가가고 있었다.

무엇이 그들을 총파업으로 이끌었나?

1946년 당시 서울 기준으로 소비자물가지수는 해방 전에 비해 100배 이상으로 증가하였고 실질임금은 거의 40%나 하락하였다.[5] 이런 상황에서 민중이 살 수 있는 길은 쌀값이 하락하든지 아니면 더 많은 임금을 받든지 둘 중 하나였다. 하지만 미군정은 근본적인 해결책을 내놓지 못했고 일관성 없는 식량정책을 펼치면서 도탄에 빠진 민중들의 삶을 더욱 불안정하게 만들었다. 그렇다고 개별 공장들이 노동자들의 처지를 고려해 임금을 순순히 올려줄 리도 만무했다. 자신의 몸을 제외하고 가진 것이 없는 노동자들이 선택할 수 있는 최대의 무기는 '파업'뿐이었다.

소설 「방아쇠」는 파업을 둘러싸고 공장 주인과 사람들이 대립하는 상황을 잘 보여준다. 현술은 공장 주인에게 자기네들이 처한 상황을 말하며 임금 인상을 요구하고 나섰다. 하지만 공장 주인은 현술이 철공소 노동자들을 철도국의 파업과 함께 동맹파업으로 유도한다며 도리

---

5 김낙년·박기주, 「해방 전후(1936-1956년) 서울의 물가와 임금」, 『경제사학』 42권, 2007.

어 화를 낸다.

> "저이들 공전(품삯) 가지고서는 배가 곱하서 견딜 수 없으니 얼마간 더 생각을 해주서야 되겠읍니다."
> "뭐 어째 이놈들아 누구 망하는 꼴을 볼 작정이냐? 구구루 일하기 싫거든 나가! 너이 아니고라도 그 공전으로 일할 사람 얼마든지 있어!"
> (…)
> "별 아니꼬운 놈들 같으니라구! 너이들이 누굴 손아귀에 넣고 맘대로 휘두를 작정이냐? 너이들이 동맹파업하자구 충동였지?"[6]

현술은 공장 주인에게 배고픔을 호소하면서 임금 인상을 요구했다가 면박만 당했다. 현술은 배고픔을 호소했다는 데서 수치심을 느꼈고 그런 현술의 처지를 헤아리기보다는 되레 협박을 하며 파업주동자로 몰아가는 공장 주인에게 화가 났다. 현술처럼 수치심과 분노를 느낀 사람이 전국에 그 하나뿐이진 않았을 것이다. 1946년 8월이 되자 전국 각지에서 산발적으로 파업이 일어났다. 그리고 산발적 파업의 기운은 결국 9월 총파업으로 이어졌다. 그 시작은 9월 13일에 있었던 서울 철도국 파업이었다. 3,000여 명의 서울 철도국 노조원들은 이날 노동자대회를 열고 미군정청 운수부에 일급제 폐지와 점심의

---

6 전명선, 「방아쇠」, 『문학』 삼일기념, 임시증간호, 1947, 207쪽.

제공, 미곡 가격에 상응하는 임금 인상, 식량 배급 등을 요구하고 나섰다. 하지만 이는 곧바로 거부당한다. 이에 노조원들은 즉각 태업에 돌입했다. 열흘 후 9월 23일 미군정 운수부장인 코넬슨이 "인도사람은 굶고 있는데 조선사람은 강냉이라도 먹으니 다행"[7]이라 발언하면서 사태는 더욱 악화된다. 분노한 철도 노동자들은 모든 작업을 즉각 중단하고 전면파업에 들어갔다. 같은 날 철도노조를 비롯한 출판 · 금속 · 체신 · 섬유 · 전기 · 해운 등 전국 단위의 노동자들이 식량 배급, 임금 인상 등을 요구하며 적극적으로 파업에 동참하였다.

당시 전국평의회(이하 전평) 통계에 따르면 9월 총파업 과정 동안 472건의 파업이 있었으며 그 참가인원은 무려 17만 3,400여 명에 달한다. 이는 전평 소속의 절반 이상(이남의 전평 소속 전체분회의 64%, 전체조합원의 55%)이 파업에 참여할 만큼 노동자들 대부분이 굶주림과 고용 불안에 시달리고 있었다는 뜻이다. 해방된 세상에서 다른 것도 아닌 생존이 급선무가 된 아이러니가 펼쳐진 것이다.

9월 총파업,
해방 이후 최초의 민주화 운동

그렇다고 9월 총파업이 단지 생존 투쟁이었다고만은

7 한국민족문화대백과사전, 「구월총파업(九月總罷業)」, 검색일 : 2019.07.30. http://encykorea.aks.ac.kr/Contents/Item/E0005960

할 수 없다. 이들은 '노동운동의 절대자유'과 '언론 · 출판 · 집회 · 결사 · 시위 · 파업의 자유 보장'도 함께 요구했다. "9월 총파업은 미군정과 자본이 만들어 놓은 비인간적 상황을 벗어나 노동자 대중이 생존권과 생활권을 확보하여 사람답게 살 수 있는 세상을 만들려던 의지와 투쟁의 과정"이었다. 이러한 관점에서 보자면 9월 총파업은 해방 이후 한반도에서 최초로 전개된 '민주화 운동'이었다고 평가할 수 있다.

그러나 미군정은 이들의 총파업을 '전쟁'으로 받아들였다. 당시 미군정청 운수부장이 9월 총파업을 두고 "그것은 전쟁이었다. 우리는 적어도 전쟁으로 생각했었다." 고 말한 데서 알 수 있듯 미군정은 이 사태를 대화를 풀어갈 생각이 없었으며 파업 대오를 맞서 싸워야 할 적으로 간주했다. 그렇기에 미군정은 파업이 전국적으로 확산되자마자 곧바로 무력진압을 강행한 것이다. 심지어 9월 30일 서울철도 파업현장에는 탱크와 기관총으로 무장한 경찰과 반공우익청년단을 투입하여 공격하기 시작했다. 특히 김두한이 이끄는 대한민청(대한민주청년동맹, 大韓民主青年同盟) 소속의 청년들은 시가전을 벌이며 무참히 노동자를 진압했다. 철도노조 간부 16명과 1,200명의 노동자가 검거되고 2명이 목숨을 잃었다.[8]

강형구의 「연락원」은 당시 진압 현장의 긴박함과 처참함을 생생하게 재현하고 있다. 파업이 시작된 지 6일째

8 김상웅, 『해방후 양민학살사』, 가람, 1996, 23쪽.

되던 날 밤 경성역과 용산역에서 보낸 정보가 통신국 연락정보실로 들어온다. 그 내용인즉슨 경성역과 용산역에서 파악한 무장한 경찰의 이동경로였다. 연락원은 이 사실을 파업 대오에게 전달해서 경찰의 진압에 대비하게 하려 했던 것이다. 하지만 그 순간 정보를 전하던 통신국이 공격을 받는다. 그리고 마지막 통신이 전해지고 수화기 너머로 들려오는 것은 무자비한 폭력에 쓰러져가는 사람들의 비명소리였다.

> 파업이 시작된 지 엿새째 되는 날 밤 세 시였다.
>
> 경성역에서 들어오는 정보
>
> "무장경관을 실은 츄럭 경성역 통과"
>
> (무장경관 도착)
>
> 용산역에서 보내는 정보 인동이는 가쁜 숨을 억지로 눌르며 역시 이번에도 그것의 수효가 바뻤다.
>
> (한 떼는 한강뚝으로, 한 떼는 북쪽 철뚝으로)
>
> (통신국 테로단 습격)
>
> 고중이 함께 고함치는 소리와, 그중에서도 소녀의 째지게 질르는 비명에 석겨서 쨍그랑하고 연거푸 유리창 깨지는 날카로운 소리가 전선을 타고 들어왔다.
>
> (정당방위로 방어, 그러나 저쪽 수료가 많어서 막기 어려운 형세)
>
> (전원 방비, 통신 이것으로 마지막)

사람들의 고함치는 소리가 소낙비 몰리듯이 이리로 와- 몰리고 저리로 와- 몰리며 발굽소리가 천동같이 우루루 둔탁한 소리로 들렸다.

도대체 로동자들 파업에 무장경관이 덤벼들 하등의 리유가, 그러나 그런 것을 따질 만한 남조선이 아니다.[9]

인용한 소설에서 보았듯 9월의 마지막 날, 총파업이 시작된 지 일주일 만에 무장경찰과 우익세력이 철도노조 용산기관구를 습격하면서 총파업은 끝이 나는 것처럼 보였다. 하지만 그것은 끝이 아니었다. 특히 대구지역은 상황이 달랐다. 대구는 서울과 함께 9월 총파업이 가장 강력하게 진행된 곳이었지만 서울에 비해 노동운동이 탄압을 덜 받았던 터라 노동조합이 탄탄한 조직력을 갖추었고, 또 9월 무장경찰과 우익세력의 공격이 서울에 비해 강하지 않은 탓에 파업이 완전히 분쇄되지 않았다.[10] 투쟁의 불꽃은 완전히 꺼지지 않은 것이다. 그리고 꺼지지 않은 불꽃은 대구지역을 뇌관 삼아 이후 폭발적인 10월 항쟁으로 번져갔다.

9 강형구, 「연락원」, 『문학』 삼일기념, 임시증간호, 1947, 240~242쪽.

10 23일 총파업이 시작되면서 대구철도 노조원 1,000여 명이 파업에 돌입하여 24일에는 대구철도쟁의단을 구성했고, 25일에는 대구우편국과 섬유공장 및 조선중공업대구지부가 파업에 들어갔다. 그리고 30일에 이르러서는 30여 개 업체의 5,000여 명이 참여하여 조직적이면서 강력한 총파업을 이어갔다. 이재영, 「전평의 9월 총파업과 10월 인민항쟁의 역사적 성격」, 『레프트대구』 10(2015), 2015, 15쪽 참고.

처참한 삶,
광장으로 모인 사람들

9월 총파업 당시 대구 상황을 들여다보자. 대구에서 9월 총파업이 본격적으로 시작된 것은 9월 24일이었다. 이날 서울철도 쟁의단으로부터 파업지령을 받은 대구철도 기관구는 대구철도 쟁의단을 구성하고 일급제 반대 · 임금 인상 · 쌀 배급 · 해고 반대 · 급식 부활 등 5개 요구조건을 제시하며 파업을 시작한다. 같은 날 대구지방 금속공장 노동자 900명이 파업에 동참했다. 26일에는 교환수 · 배달원 · 공사원 · 사무원 등 공공부문 노동자 700명이 동맹파업에 나섰고, 섬유 · 금속 · 출판 · 교통 · 화학 등 각 산별 부문의 총파업이 시작되면서 대구지역은 그야말로 투쟁의 열기로 가득 찼다. 27일에는 5개 직물 공장과 조선중공업 대구지점, 출판노동조합이, 다음날 28일에는 대구전기회사 노동자들이 파업에 결합했다. 그리고 29일이 되어서는 대구지역의 '모든' 공장이 파업에 동참했다. 일찍이 발터 벤야민이 "혁명은 기차를 타고 여행하는 사람들이 잡아당기는 비상 브레이크"라고 하지 않았던가. 그와 같이 대구지역 모든 공장이 총파업에 돌입하면서 노동자들은 최소한의 인간적인 삶조차 고려되지 않는 세상을 멈춰 세운 것이다.

소설 「방아쇠」에서도 이 과정이 잘 나타난다. 현술은

'없는 사람'은 죽어도 상관없는 세상을 바꾸기 위해서는 노동자들이 그리고 일반 시민들이 힘을 모아야 한다고 생각한다. 철도국의 파업은 철도 노동자만의 일이 아니라 자신들의 일이면서 굶주리고 죽어가는 모든 사람의 일이기도 했다. 그래서 그는 "우리는 이 문제가 해결될 때까지 쓰라린 파업을 해야 되겠다. 여러분 이게 모도 여러분의 일입니다."라 외치며 일반 시민들을 향해서도 총파업에 결합할 것을 요청한다.

> "우리는 여러분 노동자와 일반 시민들과 같이 이 급박한 식량문제를 해결식히기 위해서, 하로 사홉식 식량 배급을 요구하였읍니다. 그런데도 불구하고 배급은 어떻게 될 줄 모른다고 무작정하고 참으라고만 하니, 우리는 이 이상 더 참을 수가 없읍니다. 오늘은 우리들의 이 절실한 요구를 관철식히기 위해서, 여러분과 같이 협력할 것을 이 자리에 맹서해야 되겠읍니다. 여러분 우리들에게는 오늘 열두 시까지 도에서 그 하회를 알려주기로 되여 있읍니다. 우리가 삼천만 동포를 대신해서 이것을 싸와 얻는 여기에, 우리들의 죽고 사는 문제가 해결될 것입니다. 끝까지 우리의 요구를 위해서 싸워 주시기를 바람니다."[11]

실제로 대구에서는 노동자들의 총파업과 아울러 일

11 전명선, 「방아쇠」, 『문학』 삼일기념, 임시증간호, 1947, 210쪽.

반 시민들도 쌀 배급을 요구하며 시위를 지속해왔고, 10월 1일부터 노동자들의 파업투쟁은 본격적으로 대중투쟁과 결합하게 된다. 이날 대구는 민중항쟁에 돌입한 것이다. 우선, 부녀자와 아이가 중심이 된 1,000여 명의 군중이 대구부청 앞에 모여 "배고파 못살겠다. 쌀을 달라!"고 외치며 시위를 벌였다. 경찰은 시위대를 해산시키기 위해 공포탄을 발사했고 이에 분노한 군중들은 그 경찰을 폭행하고 부청에 난입하여 현관과 유리창을 파괴하면서 더욱 격렬하게 맞섰다. 이러한 격렬함은 경찰이 시위대를 향해 공포탄을 쏜 것에 대한 저항도 있지만, 친일경찰이 해방 이후 버젓이 재등용되었다는 점에 대한 묵혀둔 분노의 표출이기도 했다.

꺼지지 않은 민중투쟁의 불꽃, 10월 항쟁

한편 대구역 광장에서는 오후 1시부터 1,000~1,500여 명의 노동자가 모여 집회를 시작했다. 그리고는 대구시투쟁위원회 간판을 대구노동자평위회 본부에 설치했다. 이에 경찰은 시위대를 해산하고 간판을 철거할 것을 요구했다. 투쟁위원회는 모든 검속자를 석방하고 파업단의 합법성을 인정받은 후에 해산을 결정했다. 하지만 오후 6시경 남아있던 파업단과 경찰이 충돌했다. 경찰은 군중들을 향해 발포했고 군중들이 이에 대항하여 경찰을 공격하면서 사상자가 속출했다. 이날 경찰의 발포로 2명이 목숨을 잃었다.

전날 경찰의 발포와 시위대의 사망 사건이 발생한 터라 다음날의 상황은 더욱 긴박하게 진행되었다. 10월 2일 오전부터 대구경찰서, 대구역, 대구부청 세 곳에서 동시다발적인 대규모 시위가 일어났다. 대구의과대학, 대구사범대학, 대구농과대학 학생들은 전날 사망한 노동자 2명의 시신을 메고 대구의전에서 대구경찰서까지 가두시위를 벌였다. 그리고 이미 대구경찰서 앞에서 시위를 하던 군중들과 합세하여 경찰의 발포중지와 무장해제 그리고 체포된 사람들의 석방을 요구하며 대구경찰서를 포위한 후 경찰관의 무장을 해제시켰다.

이미 미군정과 경찰은 전날의 사태를 폭동으로 규정했기에 상황은 일촉즉발로 치닫고 있었다. 아니나 다를까 곧이어 이들을 진압하기 위해 150명의 무장경찰관이 오전 11시경 현장에 출동하여, 마침 연설 중이던 여성노동자를 사살하고 군중들을 공격했다. 다음은 진실화해위원회가 수집한 당시 학생의 증언이다.

"점심시간쯤 됐는가 몰라요. 중앙통이 인산인해라요. 우리 학교 학생들은 대구역 쪽으로 쭉 갔는데 거기에 마루

보시 노동자들이 나와 고함지르고 시민들도 북적거리고 있고, 경찰들도 총을 들고 설쳐샀더라고. 그래서 우리는 대구공회당 쪽으로 돌아서 경상북도 대구경찰서로 가려고 하는데 뻥, 뻥, 빠빠빠빠빵 총소리가 마구잽이로 납디다. 그러자 바로 우리 앞에서 사람이 피를 흘리며 총상을 입은 거예요. 놀란 시민들이 뿔뿔이 흩어지고, 우리도 어린 마음에 겁이 안 납니까? 나는 그 길로 학교 돌아가 가방 챙겨서 쎄가 빠지도록 집으로 도망쳤지요."(2013. 7. 20. 진실화해위원회)

소설 속 현술 역시 10월 2일 그날 대구의 어느 시위 현장에 있었다. 현술은 해방된 나라의 주인이 바로 자신들이며, 파업은 노동자의 당연한 권리라는 점을 분명히 하고 싶었다. 총파업 투쟁이 현술로 하여금 해방된 나라의 주인이 누구인지를 자각하고 노동자로서의 의식을 가지게 만든 것이다. 현술은 군중 속에 섞여 식량 배급과 임금 인상, 노동자의 자유, 민주주의의 수호를 외치며 경찰들을 향해 걸어갔다. 그 순간 몇 발의 총성이 거리 전체에 울렸다.

"이놈들아 잔소리 말고 헤저라, 안 헤지면 쏜다."
이러면서 드디어 팔을 들어 사격 명령을 나리고야 말었다.
탕탕탕 탕탕탕, 탕탕탕탕……[12]

---

12 앞의 책, 212쪽.

갑작스러운 총격에 현술과 사람들은 순간 아찔함을 느꼈다. 어떻게 제 나라 경찰이 제 나라 국민들을 향해 총을 쏠 수 있는지 현술은 이해가 되지 않았다. 하지만 마냥 정신을 놓고 있을 수는 없었다. 총에 맞아 피 흘리며 죽어가는 동료를 보며 분노와 복수심이 죽음에 대한 공포를 넘어서게 했다. 현술은 이내 정신을 가다듬고 "누가 인민에게 총질할 권리를 준 것이냐?"라며 분노 섞인 목소리로 호통을 쳤다. 그리고 무장한 경찰을 향해 죽을 각오로 몸을 날렸다.

> 이렇게 하여서 흐터진 아우성은, 이번에는 복수의 불길로 변하였다. 사나운 즘생과도 같이, 또다시 퍼붓기 시작한 탄환 속으로, 최후의 목숨을 내던지고 달려들었을 때, 거기에는 살이 먹고 쇠가 쇠를 먹고, 피투성이 싸움이 벌어지고 만 것이다. 사오십 명 무장대의 비 퍼붓듯하는 그 속으로 쓰러진 희생자의 시체를 딛디고 달려들어, 총자루를 빼서 잡고 서로 목숨을 빼앗는 그 싸홈! 이 싸흠에서 현술이의 동무 최상길이는 가슴에 총을 맞어, 피를 동동이 쏫고 죽어 가고 있었다.[13]

유혈 사태가 발생하자 미군정은 오후 2시경 장갑차를 앞세운 병력을 현장에 출동시켰다. 그리고는 곧바로 군중들을 향해 해산명령을 내린다. 더 이상의 유혈사태

13 앞의 책, 212~213쪽.

를 막기 위해 시위대 지위부(파업대책위원회)는 헤론 지사와의 협상자리를 마련한다. 지위부는 시위대 해산의 조건으로 파업의 합법성을 인정하고 체포한 사람들을 석방할 것과 무장탄압을 중단할 것을 요구했다. 요구사항이 받아들여지면서 시위대는 탈취한 무기를 자진 반납하고 해산하기에 이른다. 사태는 그렇게 진정되는 듯했다. 하지만 경찰과 미군정을 향한 증오와 분노는 지위부의 통제로는 억제하기 힘든 수준이었다. 대구경찰서를 제외한 도청과 대구역 인근 등지에서는 여전히 경찰과의 충돌이 벌어졌고, 또 몇몇 시민은 경찰과 친일파의 집을 습격하고 파괴하면서 폭발적인 시위를 이어갔다.

이에 헤론 지사는 협상과 달리 투쟁과 시위가 지속되는 상황을 이유로 들어 시위대의 요구 수용을 거부하고 급기야 전술부대의 출동을 요청한다. 아울러 경북 미군정은 오후 7시경 대구를 비롯한 달성, 경주, 영일 일대에 계엄령을 선포한다. 10명 이상의 집회와 행진 시위는 전면 금지되었고 오후 7시부터 오전 6시까지의 통행도 금지되었다. 또 신문, 포스터를 포함한 인쇄물의 발생과 배포도 금지되었다. 또 대구 지역 곳곳에서 검거열풍이 불었다. 항쟁을 이끌었던 지도부(윤장혁, 최문식, 이목, 손기채 등)가 구속되었고 10일까지 대구 시내 각처에서 1,000여 명이 검속되었으며 600여 명이 경찰에 구금되었다.

대구를 넘어 한반도 이남 전역으로 이어지는 항쟁의 불꽃

계엄령 선포와 함께 파업이 불법화되고 지도부가 해체되면서 항쟁의 중심은 대구에서 주변 지역으로 이전되는 양상을 보인다. 그중 가장 강력한 항쟁을 이어간 지역은 대구와 지리적으로 인접한 영천과 칠곡이다. 이미 대다수의 지도부가 체포된 상태였지만, 시민과 농민들로 구성된 1만여 명의 군중이 자발적으로 모여 10월 3일 영천 경찰서를 공격하고 우체국을 불태우면서 항쟁을 이어갔다. 대구 항쟁이 인접 지역으로만 파생된 것은 아니었다. 강원지역의 군중들은 18일 횡성 경찰서를 공격하고 10월 말에는 묵호에서 시가행진을 벌였다. 경기도에서는 20일 수천 명의 군중이 광주경찰서를 습격하는 등 강도 높은 투쟁을 전개했다. 또 충청지역에서는 군중들이 4일 영동경찰서, 7일 청주경찰서, 18일 당진경찰서를 공격했다. 전남지역에서는 10월 30일 화순군 광부들이 광주로 행진하는 것을 시작으로 31일에는 나주 농민들의 시위가 있었으며, 11월 11일에는 해남에서 농민과 경찰이 충돌하기도 하였다.

이를 통해 우리가 알 수 있는 것은 첫째, 9월 총파업을 계기로 시작된 대구 10월 사건은 그 성격상 대중 투쟁의 성격을 지닌 '민중 봉기'였다는 점이다. 그것은 단지 공산주의자들의 선동에 의한 이데올로기적 투쟁만으로 설명할 수도 없고 '빵'을 위한 생존 투쟁만으로 설명할 수도 없다. 대구 10월 사건은 해방 정국 식량난과 실업, 친일 미청산과 친일인사의 재등용, 식민지적 수탈과 폭력의 지속 등에 대한 민중들의 불만이 폭발적으로 표출되면서 발생한 민중항쟁이었다. 둘째, 대구 10월 사건은 대구를 중심으로 시작된 것은 맞지만, 경북지역은 말할 것도 없고 경남 · 충청 · 강원 · 경기 · 호남지역까지 확대되고 파생되었다는 점에서 대구를 넘어 이남 전역에서 발생한 '전국적' 민중항쟁이었다.

대구 10월 사건,
다시 쓰여야 할 역사

오늘날 대구 10월 사건은 '대구 10 · 1 폭동', '10 · 1 소요' 등으로 불리며 그 역사적 과정이나 의미가 제대로 알려지지 않은 채 공산주의자들의 폭동으로 거론된다. 이는 9월 총파업을 시작했던 철도노조가 사회주의 계열의 전평이었고, 또 파업 지도부에 좌익인사들이 포함되어 있었기 때문이기도 하다. 그렇더라도 대구 10월 사건은 이남지역을 전복하겠다는 정치적 의도에서 일으킨 어떤 폭동이나 소요사태로 해석할 수 없다. 또한 전평 소속만이 아니라 대구의 모든 공장이 총파업에 동참했고 부녀자와 어린아이를 포함한 수많은 일반 시민들이 대중투쟁을 전개했다는 점에서 그러한 해석은 설득력이 떨어진다.

그럼에도 불구하고 대구 10월 사건에서 죽어갔던 사람들은 지난 70여 년 동안 빨갱이로, 유가족들은 빨갱이의 가족으로 불명예스럽게 낙인찍혀 사회적 배제와 가난 속에서 힘든 삶을 버티며 살아야 했다. 물론 대구 10월 사건에 대한 진상규명 시도가 아예 없진 않았다.

4·19 혁명이 일어난 1960년, 제4대 국회에서 진상조사특별위원회가 설치되어 대구 10월 사건에 대한 조사를 시도한 적이 있다.[14] 하지만 1961년 5·16 군사쿠데타가 일어나고 박정희 군사정권이 들어서면서 지속될 수 없었다. 제주 4·3을 비롯한 여타의 과거사에 대한 진상규명도 마찬가지였다. 이후 2005~2010년 사이에 진실·화해를위한과거사정리위원회에서 진상조사를 실시했지만 일부 지역에 한정되어 조사가 진행되었고, 항쟁의 배경과 영향에 대해서도 제대로 밝혀내지 못했다. 그마저도 정권이 바뀌면서 진상규명 활동 자체가 중단되어버렸다.

따라서 무엇보다 대구 10월 사건에 대한 진상규명과 함께 사자(死者)의 명예회복과 유가족에 대한 배상 및 보상이 필요하다. 이러한 작업이 비단 대구 10월 사건에 직접 연루된 사람들과 유가족만의 문제는 아니다. 그것은 '역사적 정의'를 바로 세우는 일이라는 점에서 우리 모두

14 이때 제4대 국회에 신고된 대구·경북지역 피살자 중 군경에 의해 피살된 민간인 수는 총 5,082명이었다. 김상숙, 『10월 항쟁』, 돌베개, 2016, 256쪽 참고.

의 책임이자 공동체의 의무다. 유산을 상속받을 때 선조의 재산만이 아니라 빚도 상속받듯이 우리는 역사가 만들어 놓은 '과오'에 대해서도 책임져야 하기 때문이다. 대구 10월 사건이 해방기 이남에 살아가던 노동자와 민중이 굶주리지 않고 평등하고 자유롭게 살아가는 세상을 꿈꾸며 일어났던 항쟁이라고 한다면, 그리고 그들이 불편부당한 힘에 의해 죽어갔다면 실제 그들이 어떤 이데올로기를 가졌는가를 따지기 전에 우리에게는 그 역사를 바로 쓸 의무가 있다. 그래야만 우리는 과오의 역사가 만들어진 요인을 파악하는 동시에 그것이 오늘날 우리에게 남아있지는 않는가를 반성할 수 있고, 다시는 그러한 비극이 일어나지 않도록 재발 방지를 위한 사회적 장치를 마련할 수 있다. 따라서 대구 10월 사건은 대구만의, 또 1946년 그해만의 일이 아닌 바로 지금 우리의 일이다. 그래서 대구 10월 사건은 다시 쓰여야 한다.

3

순이 삼촌의

일생으로

비극의 역사를

말하다

남경우
건국대학교 통일인문학연구단 HK연구원

「순이 삼촌」 작품 배경: 제주 4·3

1947년 3월 1일, '3·1절 기념 제주도 대회'에서 경찰의 오인사격이 발생했고 이를 기점으로 군정의 사과를 요구하는 민관총파업이 발생했다. 미군정과 경찰은 제주도민의 70%가 좌익단체에 동조하는 자이거나 그와 관련이 있다고 보았으며, 제주도를 좌익분자의 거점으로 지목하고 파업 참여자들을 잡아들였다. 제주도의 민심이 악화되는 와중에 1948년 4월 3일, 남로당 제주도당 350여 명은 단독정부 수립을 위한 5·10 총선거를 저지하기 위해 무장한 채로 제주도의 경찰지서와 우익인사들을 습격했다. 미군정과 경찰은 토벌에 나섰고, 남한 단독정부 수립 후 이승만 정부는 계엄령을 선포하고 초토화 작전에 돌입했다. 1954년 9월 21일 한라산 금족령 해제까지 이어진 토벌과정에서 수만 명에 달하는 민간인이 학살되고 피해를 입었다. 근래에 와서 제주 4·3의 학살에 대한 사실이 밝혀졌고 대통령이 나서서 사과하기까지 했지만, 아직도 피해자들은 왜곡된 역사와 편파적인 시각으로 고통 받고 있다.

작가: 현기영

1941년 제주에서 태어난 현기영은 서울대학교 사범대학 영어교육과를 졸업 후 서울사대부고에서 영어 교사로 지내다 1975년 단편 「아버지」로 동아일보 신춘문예에 당선되어 등단했다. 1978년에는 자신이 7살이 되던 해에 겪은 제주 4·3을 조명한 「순이 삼촌」을 발표했다. 그간 문학계의 금기였던 제주 4·3을 다룬 이 책은 금서로 지정되었고 작가 현기영은 보안사에 끌려가 고문을 받기도 했다. 그는 진실을 말하며 고난을 겪었지만, 지금까지도 왜곡된 역사적 사실들을 바로잡는 데 작품과 행동으로 앞장서고 있다.

작품: 「순이 삼촌」

작품의 주인공 상수는 할아버지의 제사를 지내기 위해 고향인 제주도로 향했다. 그곳에서 가깝게 지냈던 순이 삼촌이 자살했다는 말을 듣게 된 상수는 서울에서 자기 집 일을 봐주던 순이 삼촌에게 신경증이 있었음을 떠올린다. 신경증과 자살의 원인은 30여 년 전 할아버지 기일에 일어난 제주 4·3의 민간인 학살이었다. 두 아이를 잃은 학살극에서 기적적으로 살아 돌아온 순이 삼촌은 모진 삶을 버티다가 결국 스스로 생을 마감한 것이었다. 상수는 제삿날 밤에 가족들과 그날의 일을 이야기하면서 죽은 순이 삼촌과 함께 그 사건을 겪은 가족들 모두, 그리고 자신에게 말로 표현할 수 없는 깊은 상처가 남겨져 있음을 확인한다.

말하기 꺼려지는
이름

1978년, 유신의 한 가운데서 현기영 작가의 단편 「순이 삼촌」이 발표되었다. 이 작품은 발표와 함께 큰 반향을 일으켰다. 그동안 말하지 못했던 제주 4·3을 다루었기 때문이다. 국내와는 달리 한국 문제를 다루는 데 비교적 자유로웠던 일본에서는 1957년 김석범의 「까마귀의 죽음」에서 이미 제주 4·3을 언급했다. 그러나 그것은 외국이라서 가능했을 뿐, 1960년 오영석의 「후일담」 이후로 한국에서 제주 4·3을 말하는 것은 금기에 가까웠다. 이후 20년에 가까운 시간이 흐르고 현기영 작가는 「순이 삼촌」으로 제주 4·3에 대해 다시 말하기 시작했지만, 정보기관에 끌려가 모진 고초를 당해야만 했다.

2018년, 제주 4·3은 70주년을 맞이했다. 광화문 광장에 그때의 제주를 기억하는 많은 사람이 모였다. 이 사건을 언급했다는 이유만으로 고문을 당했던 1970~1980년대와는 사뭇 다른 모습이다. 하지만 시간이 이만큼이나 흐르고 세상이 많이 바뀌었다고 해도 여전히 제주 4·3은 많은 사람에게 부담을 주는 이름이자 꺼려지는 이름이다. 어째서 제주 4·3은 사람들의 입에 오르지 못하게 되었을까? 왜 지금까지도 말하기 꺼려지는 이름일까?

제주도에서는 촌수를 따지기 어려운 먼 친척 어른을 남녀 구별 없이 '삼촌'이라고 부른다. 현기영의 「순이 삼촌」은 제주 4·3 당시 구사일생으로 목숨을 건졌지만 30년 후 스스로 생을 마친 여성 순이 삼촌의 삶을 따라간다. 제주도 출신인 '나'(상수)는 서울 여성과 결혼하여 서울에서 살아가고 있다. 8년이나 제주 땅을 찾지 않았던 상수가 가족묘지 문제 등으로 상의하자는 큰아버지의 부름에 하는 수 없이 할아버지의 제사에 맞추어 제주도에 돌아오면서부터 이야기는 시작된다.

30년 전 그날,
순이 삼촌의 마음이 죽었다

일가친척이 모인 자리에 보이지 않는 순이 삼촌 소식이 궁금했던 상수는 '삼촌이 자신의 밭에서 스스로 목숨을 끊어 시신으로 발견되었고 그 장례를 치른 지 얼마 되지 않았다'는 말을 듣는다. 순이 삼촌이 1년여간 서울에 올라와 상수의 집안일을 돌보아주고 내려간 지 얼마 되지 않아 그런 일이 일어났기에 상수는 걱정이 앞섰다. 순이 삼촌의 서울살이가 순탄치만은 않았기 때문이다.

순이 삼촌은 사소한 일에도 자기가 그런 것이 아니라며 '결백'을 증명하기 일쑤였다. 아무리 공손히 대하려 해도 자신이 억울하게 누명을 썼다거나 의심받았다는 삼촌의 오해는 그치지 않았다. 순이 삼촌을 모시러 서울로 왔던 삼촌 사위의 말로는 제주도에서 지낼 때도 그런 일이 빈번했고, 결벽증 같은 삼촌의 행동들은 갈수록 심해졌다고 했다. 순이 삼촌은 사위가 다녀간 이후 석 달이나 더 집안일을 보아주다가 내려갔고, 그 후에 이런 일이 일어났으니 삼촌에게 나름 잘한다고 했던 상수는 왠지 모를 가책을 느끼지 않을 수 없었다.

순이 삼촌은 30년 전 마을 학살극 속에서 구사일생으로 살아남은 사람이었다. 30년 전 군인들이 마을로 들어와 모든 마을 사람들을 국민학교 운동장에 모은 뒤, 군경 가족과 공무원 가족, 우익인사 가족을 제외한 마을 사람들을 몰고 나가 총질을 해댔다. 마을 사람들이 총에 맞아 쓰러지던 곳은 순이 삼촌네 밭이었다. 총소리를 듣고 기절했던 순이 삼촌은 켜켜이 쌓인 사람들의 시신 아래서 정신을 차렸고 겨우 목숨을 건졌다.

상수의 할아버지 제삿날은 음력 선달 열여드레인데, 이날은 바로 서촌 사람들이 군경에 이끌려 학교 운동장에 모여들었던 날이다. 상수의 할아버지는 이날의 학살극 속에서 돌아가신 것이다. 학살 이후 순이 삼촌은 마음에 병을 얻어 군인이나 순경을 멀리서만 보아도 피해 다니던 '신경 증세'가 있었다. 그러던 중 4~5년 전 동네 이웃이 자기가 말리던 콩 두 말이 없어진 것을 그간 사이가 좋지 않던 순이 삼촌에게 뒤집어씌우는 일이 일어났다. 순이 삼촌은 자신이 하지 않았다고 말했지만, 이웃은 경찰서에 가서 이야기하자며 삼촌의 팔을 잡아끌었다. 순이 삼촌은 못 간다며 다리가 풀려 그 자리에 주저앉을 수밖에 없었고, 마을에는 순이 삼촌이 콩을 훔친 것으로 소문이 나버렸다. 이후로 순이 삼촌은 절에 들어가 두어 달 요양을 해야 할 만큼 큰 충격을 받았다. 이런 순이 삼촌에 대해 이야기하던 큰당숙어른과 작은당숙어른의 말이 의미심장하다.

> 순이 아지망은 죽어도 발쎄 죽을 사람이여. 밭을 에워싸고 베락같이 총질해댔는디 그 아지망만 살 한점 안 상하고 살아나시니 (중략) 그때 발쎄 그 아지망은 정신이 어긋나버린 거라 마씸.[1]

이 말을 들은 상수는 "순이 삼촌은 한 달 보름 전에 죽은 게 아니라 이미 삼십 년 전 그날 그 밭에서 죽은 게 아닐까" 하는 야릇한 착각에 사로잡힌다. 그러나 이것은 착각이라기보다는 그 참혹한 인생사, 제주의 비극적 역사에 대한 정확한 판단이었다. 순이 삼촌을 넘어 제주도민 거의 모두가 경험했다고 할 수 있는 제주 4·3의 그때는 죽음이 사람들의 삶 곁에 있다고 말할 정도로 잔혹했기 때문이다.

---

1 현기영, 「순이 삼촌」, 『순이 삼촌』, 창비, 2015, 62쪽.

제주 땅에 새겨진 비극의 역사, 제주 4·3[2]

1947년 제주 북국민학교에서는 3·1절 기념 제주도 대회가 열려 3만여 명의 제주도민이 모였다. 대회를 마친 후 도민들은 거리시위에 나섰고, 시위 대열이 관덕정을 지나는 와중에 기마경찰의 말발굽에 어린아이가 차이는 일이 일어났다. 말 위에 있던 경찰은 그 사실을 몰랐지만, 그 장면을 목격한 군중은 경찰을 비난하며 몰려들었다. 이에 경찰은 경찰서로 급히 도망쳤고 대열을 이루던 군중들은 경찰을 쫓기 시작했다. 경찰서에 있던 경찰들은 기마경찰을 쫓아온 군중들에게 총격을 가했다. 이로 말미암아 아이를 안고 있던 여인을 포함한 6명이 죽고 8명이 다쳤다.

이 사건에 분노한 제주도민들은 경찰의 사과를 요구하며 총파업을 단행했다. 제주도 내 거의 모든 관공서의 직원들과 공무원들이 파업에 참여했다. 기업과 그 공장은 물론이고 학교와 교직원, 노동자와 학생들까지 파업에 참여하고 경찰의 책임 있는 사과를 요구했다. 그러나 미군정과 경찰은 사과 대신 파업에 참여한 사람들을 막무가내로 체포했다. '제주도는 인구의 70%가 좌익단체에 동조한 사람이거나 관련이 있는 좌익분자의 거점'이라는 명목이었다. 육지의 응원경찰 병력과 서북청년단까지 합

2 여기에서 정리하는 제주 4·3의 역사는 제주4·3사건진상규명및희생자명예회복위원회에서 발간한 『제주4·3사건진상조사보고서』를 참고하였다.

세한 '검거선풍'이 휘몰아쳤다.

관덕정 발포 사건 이후 약 한 달 사이에 2,500여 명에 달하는 사람들이 체포되었다. 그러나 제주도의 감옥 시설들은 그들을 모두 수용할 만한 크기가 아니었다. 당시 미군의 보고서에 의하면 3평의 방에 35명이 갇혀 있을 정도였다고 한다. 여기에 자백을 받기 위한 경찰의 고문으로 사망하는 사람들이 발생하면서 제주도의 민심은 더욱 흉흉해졌다.

이 과정에서 지속적으로 탄압받던 남조선노동당 제주도당은 무장대를 꾸려 1948년 4월 3일 12개의 경찰지서와 우익인사 등을 공격했다. 350여 명으로 이루어진 무장대의 봉기에 경찰 4명과 우익인사 등 민간인 8명이 목숨을 잃었고, 무장대 2명도 목숨을 잃었다. 무장대는 지속해서 습격을 반복하며 5·10 총선거 거부와 공산주의의 수용을 주장했다. 5·10 총선거를 한 달가량 앞두고 있던 미군정은 이를 '폭동'으로 규정하고 강력하게 대응했다.

그러나 무장대의 투표소 및 관련 인물 습격과 주민 인솔 등으로 5·10 총선거 당시 제주도의 3개 투표구 중 2개의 투표구의 선거가 무효처리되었다. 군경은 무장대 진압과 토벌을 더욱 강화했다. 무장대의 공격과 군경의 토벌이 반복되는 과정에서 제주도 내에서는 평화적 문제 해결을 요구하는 목소리가 높아졌고, 상황은 소강상태에 접어들었다. 이후 대한민국 정부가 수립되고 주한미군으로부터 임시군사고문단이 파견되었다.

이 와중에 제주도경비사령부의 부사령관이었던 송요찬은 10월 17일에 '10월 20일 이후로 해안선 5km 이외의 지역에 통행금지를 포고하고 이를 위반하는 자에 대해서는 이유 여하를 막론하고 폭도로 간주하여 총살할 것'이라는 포고문을 발표한다. 해변 쪽이 아닌 산 쪽에 있는 '중산간 마을'에 거주하는 제주도민들은 서둘러 해안으로 내려와야 목숨을 구할 수 있었던 것이다. 그러나 중산간 마을과 산에 사는 사람들을 무장대의 협력자로 보던 군경의 시각 때문에 이들은 쉽게 내려오지 못했다. 심지어 포고문 발표 다음 날인 18일부터 해안은 전면 봉쇄되었고 군경은 해안 5km 이외의 지역을 적지(敵地)로 간주했다. 한편, 10월 19일 여수에서 제주도로의 파견을 거부하던 14연대의 군인들이 반란을 일으키는 여순 사건이 발생하면서 수많은 서북청년단이 제주도로 들어와 군경 행세를 했다. 제주도를 '빨갱이의 섬'으로 보는 군경의 시각은 더 강화되기만 했다.

이후 이승만 대통령은 1948년 11월 17일 제주도에 계엄령을 선포했다. 언론이 마비되고 제주도가 고립된 상황에서 이른바 '초토화 작전'이 실행되었다. 중산간 마을과 산지를 대상으로 한 초토화 작전은 토벌을 위한 작전이 아닌 학살 그 자체였다. 군경토벌대는 중산간 마을을 찾아 주민을 학살하고 마을에 불을 질렀다. 어린 상수와 순이 삼촌이 있던 서촌 또한 토벌의 대상이었다. 상수가 기억하고 순이 삼촌이 살아남은 학살극은 초토화 작전의 한복판이었던 것이다.

순이 삼촌은 자신의 눈으로 사람들의 죽음을 목격했다. 하지도 않은 일로 인해서 빨갱이로 몰려 군인과 경찰이 쏘는 총에 쓰러지는 사람들을 직접 보았을 뿐만 아니라, 그 죽음의 상황 속에서 자신이 학살의 대상이기까지 했다. 살아남았다고는 하지만 어지간한 마음으로는 편안히 살 수 없을 만큼 커다란 정신적 상처를 입을 수밖에 없었던 것이다. 그 상처는 오랜 시간이 지난 후에도 순이 삼촌이 군인과 경찰을 마주할 때 언제나 도망 다니게 만들었다. 억울하게 죽은 사람들의 시체 아래에서 살아남은 순이 삼촌에게 있어서 아무리 사소한 일이라 해도 자신이 하지 않은 일로 누명을 쓴다는 것은, 죽음을 경험했던 과거를 현재에 그대로 재현하는 상황이었을지도 모른다. 군인과 경찰만 보면 피해 다녀야 하는 마음 상태는 그야말로 순이 삼촌이 30년 전 그날 정상적인 삶을 놓을 수밖에 없는 일종의 '죽음'이 선사한 마음일 터다. 그런데도 배 속의 아이를 지켜내며 살아왔던 순이 삼촌의 삶은 제주도의 검은 돌밭보다 더욱 거칠었을 것이다.

야,
기맨 다 기랬어

당시를 겪은 제주도민의 증언에 따르면 초토화 작전의 참상은 그야말로 지옥과 같았다. 무장대로 오해받아 잡혀갈까 봐 산으로 도망친 남성들의 가족은 그들이 숨은 곳을 말할 때까지 가족이 마주 보고 앉아 서로의 뺨을 때려야 했다. 심지어 처형 대상인 사람이 없으면 그 가족을 데려다가 죽이는 일이 빈번했으며, 한곳에 마을주민을 모아놓고 일부를 살해하면서 남은 주민들이 보게 하는 '관광 총살'도 잦았다. 어떤 토벌대는 주민들을 대상으로 사격연습을 했다는 증언까지 있을 정도다.

이런 학살극의 첨병에서 서북청년단이 활약했다. 토지개혁이나 몰수 등을 피해 월남한 지주, 이북 출신 폭력배, 탄압을 피해 월남한 개신교도, 극우세력 청년 등으로 구성된 서북청년단은 극단적으로 공산주의와 좌익 등에 분노하는 모습을 보였다. 이들에게 중산간 마을 사람과 산지에 숨은 도피자들은 빨갱이에 지나지 않았고, 죄책감을 가질 필요가 없는 잔학한 학살의 대상일 뿐이었다. 「순이 삼촌」에서 상수의 고모부는 서북청년단원 출신이다. 할아버지가 자식이 억울한 죽임을 당하지 않게 하려고, 또 다른 피해를 보지 않게 하려고 서청단원 중 한 사람을 골라 시집을 보낸 것이다. 고모부의 말 속에서 당시 서청

단원이 제주도를 어떻게 바라보았는지 엿볼 수 있다.

> 도민들이 아직두 서청을 안 좋게 생각하구 있디만, 조캐네들 생각해보라마. 서청이 와 부모형제들 니북에 놔둔 채 월남해왔가서? 하도 빨갱이 등쌀에 못 니겨서 삼팔선을 넘은 거이야. 우린 빨갱이라문 무조건 이를 갈았디. 서청의 존재 이유는 앳세 반공이 아니가서. 우리레 무데기로 엘에스티(LST) 타구 입도한 건 남로당 천지인 이 섬에 반공전선을 구축하재는 목적이었디. (중략) 이 섬 출신 젊은이를 주축으로 창설된 향토부대에 연대장 암살이 생기디 않나, 반란이 일어나 백여 명이 한꺼번에 입산해설라무니 공비들과 합세해버리디 않나… 그 백여 명 빠져나간 공백을 우리 서청이 들어가 메꾸었디. 기래서 우린 첨버텀 섬사람에 대해서 아주 나쁜 선입견을 개지구 있댔어. 서청뿐만이가서? 야, 그땐 다 기랬어.[3]

당시 제주도에서 서청단원과 딸자식을 결혼시키는 것은 드문 일이 아니었다. 특히 산으로 도망한 도피자의 가족들은 목숨을 부지하려는 방법으로 이러한 '정략결혼'을 많이 시도했다. 이후 제주도 주둔 연대가 교체되며 서북청년단은 육지로 떠났고 이후 제주도에는 아버지 없는 아이들이 많아졌다. 그러나 이북 출신이었던 고모부는 휴전이 된 후 다시 제주도로 돌아와 지금까지 30여 년

3 현기영, 「순이 삼촌」, 『순이 삼촌』, 창비, 2015, 80~81쪽.

간 제주도 사람이 되어 살고 있을 만큼 괜찮은 사람이었다. 말투도 완전히 제주도 사람이 다 되어 제주도 사투리를 쓰고 있을 정도였다.

길수가 당시 서촌 학살의 책임자 이름이라도 밝혀야 한다고 하자 어른들은 지나간 일이라며 만류했다. 긁어 부스럼을 만들 필요가 없다는 생각이었던 것이다. 그럼에도 길수가 주장을 굽히지 않자 고모부는 갑자기 이북 사투리를 써가며 "야, 그땐 다 기랬어"라고 말한다. 당시에는 제주 전체를 빨갱이의 소굴로 보는 시각이 팽배했다고 대변한 것이다. 상수는 고모부의 얼굴에서 갑자기 30년 전의 서북청년단을 발견한다. 한자리에 있던 어른들 또한 고모부의 말투를 무척이나 불쾌해하고 부담스러워한다.

고모부가 하는 말에서 은연중에 드러나는 빨갱이에 대한 적개심은 초토화 작전이라는 무자비한 폭력으로 현실에 표출되었으며, 그 자리에 있던 가족들은 모두가 그 폭력을 목도한 사람들이었다. 서청 출신의 고모부가 이북 사투리를 쓰며 당시의 적개심을 표출하는 모습은 그런 가족들을 불편하게 했다. 그 이면에는 이런 상황이었으니 어쩔 수 없었다 여기고 넘어가라는, 무언으로 전달되는 '함구'의 메시지가 담겨 있었다. 이 메시지를 수신한 가족들은 잠시간 담배만 피울 뿐 아무도 말을 하지 않았다.

강요된 침묵
그리고 상처

제주 4 · 3을 말하지 못하게 하는 힘은 '그땐 다 그렇게 생각했다'는 고모부의 말에서 여실히 드러난다. 죽음을 선사할 수 있는 압도적인 폭력의 경험은 수많은 시간이 흐른다 해도 어느 순간 불현듯 살아난다. 삶이 멈출 때까지 계속되는 그 폭력의 공포는 심지어 자신들을 학살하는 데 앞장선 사람들을 가족으로 받아들여서라도 목숨을 부지하게 만든다. 이런 부조리한 상황들은 시간이 흐를수록 중첩되고, 그 속에서 살아가는 사람들은 자신이 혹시라도 빨갱이로 몰릴까 두려워 어떠한 말도 하지 못하게 되는 것이다.[4]

순이 삼촌의 삶은 이런 부조리한 상황의 중첩을 여실히 보여준다. 자기 밭에서 숱한 사람들이 목숨을 잃었다. 그 비극의 현장에서 살아 돌아와 학교 교실의 유리창을 두드리던 순이 삼촌은 더 이상 예전의 순이 삼촌이라 할 수 없었다. 교실로 들어온 순이 삼촌은 사람들과 멀찍이 떨어져 혼자 몸을 웅크리고 어둠을 보냈다.

학살극 이전에도 남편이 산으로 피신하였기에 서청 단원들은 순이 삼촌을 욕보이며 남편의 행적을 캐려 했다. 산에서 남편이 내려왔으면 반드시 '그 짓'을 했을 거라며 증거를 찾아야 한다는 이유로 삼촌 옷을 모두 벗기

---

4 권귀숙, 「제주4 · 3의 기억들과 변화」, 『4 · 3과 역사』 제3호, 제주4 · 3연구소, 2003, 176쪽.

고 음부를 살폈다. 소개(疏開)[5] 이후에는 학살당할 뻔한 사람인데도 도피자의 가족으로 지서에 불려가 모진 고문을 당한 후 닷새 만에 진흙투성이에 맨발로 돌아왔다.

학살극 속에서 피 같은 아들딸을 잃었지만, 태중의 아이만은 살려야겠기에 악착같이 살아왔다. 사람들이 흘린 피를 머금고 있는 땅을 다시 일구며 호미 끝에 자식들을 죽인 탄피들이 걸려 나와도 농사를 지었다. 제주에는 흉년이 들었지만 순이 삼촌네 감저(고구마)는 풍년이었다. 그러나 사람들은 먹을 것이 없는데도 송장 거름을 먹고 자란 것이라며 도통 순이 삼촌네 감저를 사갈 생각을 하지 않았다.

이런 모진 삶을 견뎌낸 순이 삼촌이라도 죽음을 경험하게 했던 군인과 경찰을 똑바로 대면할 수는 없었다. 신경증이 악화되어 환청과 의심에 시달리는 고통의 시간을 겪어야만 했다. 끝까지 살아남아 목숨을 이어온 순이 삼촌이라 하더라도 그날의 기억을 이야기할 수는 없었던 것이다. 아픔을 말하지 못하고 그저 속으로 감내해온 30년의 세월은 그녀의 상처를 아물게 하지 못하고 오히려 그 상처를 더욱 키워냈다.

사람들은 순이 삼촌의 그런 고통의 삶을 곁에서 지켜보면서도 아픔을 말하지 못했다. 그들이 스스로 '말할 수 없음'을 느끼는 순간 그들에게는 다시금 비극의 현장이

5 공습·화재 등의 피해를 덜기 위해 한곳에 집중되어 있는 주민·시설 등을 분산시킨다는 뜻이다. 제주도에서의 '소개'는 주민들의 안전을 위해서 실시된 것이 아니었다. '무장대', '빨갱이'를 잡아야 한다는 명목 아래 그 지역을 비우고 무장대와 빨갱이가 사용할 수도 있다고 여겨지는 건물, 식량, 옷가지 등을 모두 태워버리는 작업을 진행하기 위한 것이었다. 이러한 목적의 '소개'는 제주 전역에서 이루어졌다.

그려진다. 죽음의 공포는 사람들의 입에 재갈을 물리고 그들의 눈앞에 학살의 현장을 재현하는 것이다. 어떤 영화는 사람들에게 그저 화면에 스치는 지나가는 장면의 연속일지 모르지만, 그 장면을 직접 경험한 사람에게는 그때 그 시간과 장소로 자신을 소환하는 주문과도 같다. 순이 삼촌의 역사는 어떤 사람들에게는 단지 지인의 죽음에 그칠 수도 있겠지만, 제주의 주변 사람들에게는 마치 피비린내가 느껴지는 것처럼 다시 과거를 경험하게 만든다.

상수는 '말하지 않는 게 좋다'는, '그때는 다 그랬다'는 고모부의 말에 울화가 치밀었다. 고모부에게 대거리도 해보지만 결국 바뀌는 것도, 속이 시원해지는 것도 없다. 이는 다른 친지들도 마찬가지이기에 결국 사랑방의 대화 주제는 농사일로 바뀐다. 없었던 일처럼 언급하지 않는 것은 괜히 마을 학살의 기억을 다시 꺼내 그 비참함에 다시 빠져들지 않기 위한, 아물지 않는 상처를 다시 벌려 더 상하게 하지 않게 하기 위한 피난의 방식일지도 모른다.

막연한 기피증

고모부의 말은 70여 년이 지난 지금까지도 적용된다. 당시 제주도를 빨갱이의 소굴로 본 것은 서북청년단만의 시선이 아니었다. 군부도, 경찰도, 육지의 많은 사람도 제주도를 그렇게 바라보았다. 그것이 사실이 아님을 아는 사람들도 국가적으로 제주도 자체를 빨갱이로 몰고 가는 상황 속에서 아니라는 말을 꺼내지 못하는 구조 속에 놓여 있었다. 그리고 그런 시선과 그런 구조는 지금까지도 영향력을 발휘[6]하고 있다.

> 순이 삼촌이 하는 사투리를 아내는 알아듣지 못했다. 이해해보려고 애쓰는 것 같지도 않았다. 저게 무슨 말이냐는 듯이 고개를 돌려 나를 바라볼 때 나는 나 자신이 무시당한 것처럼 얼굴이 붉어지는 것을 느껴야만 했다. 그건 신혼 초에 아내가 무슨 일로 호적초본을 뗐다가 제 본적이 남편 본적인 제주도로 올라 있는 당연한 사실을 가지고 무척 놀란 표정을 지었을 때 내가 느낀 수치감과 비슷한 것이었다. (중략) 그날 이후 나는 여태 막연히 기피증 현상으로만 나타나던 고향에 대한 선입견을 대폭 수정하기로 했다.[7]

---

6 건국대학교 통일인문학연구단, 『통일인문학 - 인문학으로 분단의 장벽을 넘다』, 알렙, 2015, 173~176쪽.

7 현기영, 「순이 삼촌」, 『순이 삼촌』, 창비, 2015, 53~54쪽.

상수는 서울 여성과 결혼하고 제주도를 떠나 서울에서 살아왔다. 그러나 그에게 고향 제주도는 자랑할 만한 곳이 아니었던 듯하다. 순이 삼촌이 상수에게 억울함을 말할 때 상수가 느꼈던 것은 '무시당한다'는 감정이었다. 아내의 반응에 느껴진 일종의 수치심 같은 것은 제주도를, 그리고 제주도 출신을 업신여긴다고 느낀 결과로 받아들일 수 있다. 이후 상수는 제주도 사투리를 더 사용하고 아들인 민기에게도 사투리를 많이 가르쳐주게 되었다. 허나 문제는 이러한 분노의 감정이 단순히 아내의 행동에 대한 반응이 아니라는 점이다. 실상 상수가 분노를 느낀 것은 아내의 반응이 아니라 서울에서 생활한 15년간 고향인 제주를 잊으려 했던 자신의 모습이었다.

> 아, 한날한시에 이집 저집에서 터져나오던 곡소리. 음력 섣달 열여드렛날, 낮에는 이곳저곳에서 추렴 돼지가 먹구슬나무에 목매달려 죽는 소리에 온 마을이 시끌짝했고 오백위(位) 가까운 귀신들이 밥 먹으러 강신하는 한밤중이면 슬픈 곡성이 터졌다. 그러나 철부지 우리 어린것들은 이 골목 저 골목 흔해진 죽은 돼지 오줌통을 가져다가 오줌 지린내를 참으며 보릿짚대로 바람을 탱탱하게 불어넣어 축구공 삼아 신나게 차고 놀곤 했다. 우리는 한밤중의 그 지긋지긋한 곡소리가 딱 질색이었다. 자정 넘어 제사시간을 기다리며 듣던 소각 당시의 그 비참한 이야기

도 싫었다.[8]

어린 시절, 진설할 음식이 없어도 어렵게 제사를 지내면 상수네 집뿐만 아니라 마을 이집 저집에서 '청승맞은 곡성'이 터졌다. 학살 당시에 가족을 잃은 집들이 한날한시에 제사를 지내기 때문이었다. 제사 때면 이어지는 소각 당시 학살극의 재현은 어린아이들에게도 기피의 대상이었다. 당시 상수는 비록 일곱 살이었지만 비극적인 사건을 모두 기억하고 있었다. 심지어 어머니가 폐병으로 돌아가시고, 아버지는 도피자로 낙인찍혀 일본으로 밀항해 천애 고아가 되어버린 상수는 어머니를 떠올리며 매일 울었지만, 마을 소각과 학살을 목격한 뒤로 울음을 그쳐버렸다.

무언가 잘못되었음을 알고 있지만 아픔과 슬픔과 억울함을 말하지 못했다. 제주도 안에서도 그렇거니와 제주도를 떠난 곳에서도 그것은 말할 수 없고 이해받을 수 없는 상처였다. 결국, 상수가 애써 제주도의 흔적을 지워냈던 이유는 고향을 떠나기 위함이 아니라, 또 다른 상처를 받지 않기 위해서였다. 상수 스스로 진단하던 "막연히 기피증 현상으로만 나타나던 고향에 대한 선입견"은 그저 고향을 잊어가는 상황이 아니라, 상수의 기억 속에 상처로 남아 있던 제주도를 떠오르지 않게 하여 더 이상 아프게 하지 않기 위한 대처였던 것이다. 이처럼 참상을 직

8 앞의 책, 60~61쪽.

접 경험한 사람들마저도 말하지 못하게 만드는 상황에서 어느 누가 국가적 금기를 어기고 그것을 말하며 기억하려 노력할 수 있었을까. 결국 제주 4·3은 단지 제주도에서 일어났던 하나의 사건으로 다루어지며 수많은 사람의 기억 속에서 멀어져갈 수밖에 없었다.

다시 기억하고 아파해야 하는 상처, 제주 4·3

제주 4·3이 남긴 상처는 순이 삼촌의 삶을 앗아갔다. 그것을 경험한 상수의 삶에도 영향을 주었다. 순이 삼촌과 상수로 대표되는 제주도 사람들, 제주 4·3의 피해자들은 지금까지도 그 상처를 안고 살아가고 있다. 너무나도 무서운 것은 어떠한 변화가 생기지 않는다면 이 상처가 절대 아물지 않을 것이라는 점이다. '대통령이 나서서 사과까지 했는데, 무엇을 더 바라느냐?'고 묻는 사람들의 목소리도 존재한다. 그러나 국가 수장의 사과가 이들의 상처를 낫게 할 것이라고 생각하는 자세 또한 그동안 제주 4·3을 말하지 못하게 해왔던 사람들의 시선과 다를 바가 없다.

순이 삼촌의 죽음은 제주 4·3이 남긴 상처 그 자체를 보여준다. 사람들이 그때의 상처를 말하지 못하는 것은 순이 삼촌과 같은 상처를 겪지 않고 싶기 때문이고, 그것을 말할 수 없다고 생각하기 때문이다.

> 이 말에 큰당숙어른이 고개를 절레절레 흔들었다.
>
> "거 무신 쓸데없는 소리고! 이름은 알아 무싱거(무엇)허젠? 다 시국 탓이엔 생각하고 말지 공연시리 긁엉 부스럼 맹글 거 없져."
>
> 고모부도 맞장구쳤다.
>
> "하여간 그 작자들이 아직 퍼렇게 살아 있는 동안은 아마 어려울 거여. 그것들이 우리가 그 문제를 들고나오게 가만 놔둠직해여? 또 삼십년 묵은 일이니 형법상 범죄 구성도 안될 터이고."[9]

고모부의 말속에 등장하는 '그 작자'들은 학살을 주도한 사람들과 학살을 실행한 사람들을 가리킨다. 그러나 70여 년이 지난 지금에 와서 '그 작자'는 주동자들에게만 해당하는 말이 아닐 수 있다. 제주 4·3이 빨갱이 소탕 작전이고, 많은 제주 사람들이 빨갱이였다는 편향된 시각의 발언이 지금까지도 생명력을 유지하도록 내버려둔 모든 사람에게 해당하는 것일지도 모른다. 제주도를 빨갱이 소굴이라 여기는 말들이 잘못되었다는 것을 사회적으로 지적받고 비난받지 않는 이상 제주 4·3은 과거의 일로 묻혀갈 것이다.

9 앞의 책, 78쪽.

물론 한국의 민주화 이후에 그간 말할 수 없는 일이었던 제주 4·3에 대한 공식적인 말하기가 가능해졌다. '제주 4·3 사건 진상규명 및 희생자 명예회복에 관한 특별법'이 제정되고, 「제주4·3사건 진상조사 보고서」가 발행되었다. 제주도에는 제주4·3평화공원이 조성되고 수많은 사람들이 그곳에서 제주 4·3에 대해 알아가고 있다. 그러나 제주 4·3으로 생긴 상처에 대해서 모든 사람이 공감하고 이해하는 것은 아니다. 많은 사람이 아직도 제주 4·3을 폭동이자 반란이라 하고, 그 피해자들을 빨갱이이자 빨갱이 가족이라 말하고 있다.

심지어 이제는 그 상처를 덮고 '화해'하여 '상생'의 미래로 나아가야 한다고 말한다. 그런데 화해는 가해자와 피해자의 관계 속에서 피해자의 '용서'를 통해 이루어진다. 용서를 할 수 있는 사람은 피해자뿐이다. 아무리 피해자들의 고통을 공감하려 해도 그 모든 것을 함께 느낄 수는 없다. 그러므로 피해자들의 용서에서 비롯된 화해가 아니라, 다른 사람들이 강요하는 화해는 근본적으로 불가능하다. 이런 강요는 오히려 피해자들이 가해자들을 용서할 권리와 기회마저도 빼앗아버리는 것[10]과 다름없다.

솟구쳐 올라라 하늘 끝까지
총알보다 더 깊이 박힌

10 이재승, 「화해의 문법-시민정치의 관점에서-」, 『민주법학』 제46집, 민주주의법학연구회, 2011, 136쪽.

이 아픔들

솟구쳐 올라라 하늘 끝까지

원한으로 덮힌

이 섬구석 구석까지

4월 꽃비로 내려 적셔라

적시지 못할 혼이 있으랴

풀지 못할 원한이 있으랴

4월 꽃비로 내려 적셔라[11]

이청리 시인의 시 「꽃비」에서처럼, 제주 4·3의 상처는 희생자들의 몸에 박힌 총알보다 더욱 깊이 그 마음속에 남아 있다. 제주도를 덮고 있는 그 원한은 자기의 아픔과 슬픔을 말하지 못하는 상황 속에서 더욱 깊어져만 간다. 적어도 순이 삼촌이 자신의 슬픔을 말할 수 있었다면, 편견 없이 들어주는 사람이 곁에 있었다면 비극적 죽음이라는 결말로 이어지지는 않았을 것이다.

우리가 해야 할 일은 아픔을 겪는 사람들에게 모든 것을 잊고 화해하라고 말할 것이 아니라 그 아픔을 최대한 공감하고자 노력하는 것이다. 그들이 거리낌 없이 자신의 상처를 말할 수 있는 사회를 만들고, 그들의 이야기를 들어주는 자세를 견지해야 한다. 하늘에서 내리는 비가 조금씩 몸에 닿다 보면 결국 온몸을 적셔가듯이, 그들의 슬픔에 공감하는 사람들이 하나 둘 늘어갈 때 상처를

11 이청리, 「꽃비」, 『제주 4·3의 노래』, 도서출판 이룸신서, 2016, 18쪽.

안고 있는 수많은 사람을 좌시했음을 사죄하고 그들의 상처를 보듬을 수 있을 것이다.

그런 의미에서 보았을 때, 제주 4·3과 그 이후를 그저 지켜보던 우리 모두도 일말의 책임을 느껴야 한다. 그리고 앞으로의 역사에서 더는 순이 삼촌과 같은 상처받은 사람을 만들지 않기 위해 우리는 순이 삼촌의 역사를, 제주 4·3의 역사를 기억해야 한다. 한순간의 추모로 그치는 것이 아니라 끊임없이 기억하고 그 아픔을 함께해서 제주 4·3이라는 역사가 박제되지 않고 살아 숨 쉴 수 있게 해야 한다. 우리는 그렇게 순이 삼촌을 기억해야 한다.

4

국가에 의해
설계된 악,
국가폭력의
시작

김종군
건국대학교 통일인문학연구단 HK교수

『여수역』 작품 배경: 여순 사건

1948년 10월 19일부터 27일까지 전라남도 여수와 순천지역에서 벌어진 비극적 사건으로, '여순 10·19 사건', '여수·순천 사건', '여수 순천 10·19 사건'으로도 불린다. 1948년 8월 15일, 대한민국 정부가 수립된 후 이승만 정부는 제주 4·3을 진압하기 위해 여수에 주둔하던 국방경비대 제14연대 병력의 출동을 명령한다. 당시 제14연대에 소속된 남조선노동당(남로당) 소속 지창수 상사와 김지회 중위 등이 주축이 되어 승선을 거부하고 병기고와 탄약고를 장악했으며, 이에 반대하는 이들을 사살하면서 사건이 시작되었다. 부대원들이 여수의 주요 관공서와 순천지역을 점령하자 정부는 10월 22일 이 지역에 계엄령을 선포한다. 부대원들에게 사살당한 경찰과 공무원, 우익인사도 많았지만, 해방 후 미군정과 이승만 정부에 불만이 많았던 시민들 또한 인민대회에 참여했다는 이유로 반역도로 낙인찍혀 계엄군에 의해 무수히 학살당했다. 이승만 정부는 이 사건을 계기로 국가보안법을 제정하고, 중 · 고등학교에 학도호국단을 창설하면서 강력한 반공국가를 구축하였다. 그 결과 대한민국 체제는 '여순 체제'라는 말까지 나올 정도로 이승만 정부의 독재를 공고히 하는 계기가 되었다. 1995년 이전까지는 흔히 '여순 반란 사건'으로 불렸으나 여수 · 순천지역 주민들이 반란의 주체로 오해받을 수 있어 공식 명칭을 '여순 사건'으로 변경하였다.

작가: 양영제

작가 양영제는 비극의 현장 여수에서 태어나 유년시절을 보냈음에도 반공국가의 교육에 따라 '여순 반란'을 당연한 용어로 받아들였으며, 반란지역민의 지역적 죄의식을 무의식적으로 수용하고 살았다고 고백한다. 근래에 '여순 사건 희생자 순천 위령탑' 철거를 주장하는 집회를 보고, 여순 사건의 진실을 알리는 일이 작가로서 자신에게 주어진 사명임을 깨닫게 되어 피해당사자를 찾아 나섰다. 그래서 여순 사건을 직접 겪은 사람들의 증언과 진실 · 화해를위한 과거사정리위원회가 발간한 국가폭력 실태 조사서를 바탕으로 가공하여 이 소설을 구성했다.

작품: 『여수역』

여순 사건은 분단의 역사와 분단 체제에서 국가가 자행한 수많은 국가폭력 만행의 벽두에 놓인 사건임에도, 이를 문학작품으로 남긴 경우는 흔치 않다. 대한민국 정부 수립 후 국가가 행한 양민학살이라는 무시무시한 폭력이 70년이 지나도록 지역 피해자들에게 함구를 강요하는 트라우마로 남았음을 반증한다.

『여수역』(2017)은 피해자들의 증언에 바탕을 둔 르포소설이다. 소설을 읽다보면 작중 화자 윤훈주가 작가와 동일시되고, 여순 사건의 진실을 피해자들의 구술을 통해 직접 듣는 것처럼 처참함이 전해진다. 윤훈주는 초등학교 동창의 상가에 조문을 가기 위해 KTX를 타고 고향 여수로 향한다. 여수엑스포역으로 바뀐 여수역에서 유년시절 여수역과 철길, 터널에서 친구들과 놀았던 추억들을 떠올리는데, 작품이 전개되면서 철없던 시절 아무 두려움 없이 뛰어놀았던 놀이터가 모두 여순 사건 때 계엄군에 의해 양민들이 학살된 비극의 장소였음이 차츰 밝혀진다. 여순 사건 당시 초등학생이었던 어린 아들 윤훈주에게 아버지 윤호관이 여수역전에서 '번영상회'라는 쌀과 연탄가게를 운영하면서 툭툭 던졌던 비극적 체험담들을 기차가 도착하는 여수역을 중심에 두고 추적해 나간다. 작품에서는 제14연대 소속 남로당 반란군에 대한 이야기는 최소화하였고, 사건 당시 여수역 인근과 빈민촌이었던 '귀환정'에 사는 사람들의 처참한 피해상을 고발하고 있다. 양민학살에서 살아남은 성인들은 침묵으로 생을 마감했고, 초등학생 신분으로 당시를 체험한 윤훈주 세대도 성인이 되어 술기운을 빌려서 국가폭력에 대한 분노를 표출한 정도였다. 그 가운데 여수에서 벌어졌던 국가폭력은 사람들의 기억에서 지워지고, 국가가 주입하는 방식으로 반란지역민으로 죄의식을 갖게 되었음을 고백하고 있다. 작품이 전개되면서 상상하기조차 두려운 살육의 상황을 생존자들의 구술과 진실 · 화해를위한과거사정리위원회의 조사 자료로 생생하게 그리면서 국가폭력의 잔혹성을 고발하고 있다.

여수 밤바다와 여수야화

여수 밤바다 이 조명에 담긴 아름다운 얘기가 있어
네게 들려주고파 전활 걸어 뭐하고 있냐고
나는 지금 여수 밤바다 여수 밤바다
아 아 아 아 아 어 어
너와 함께 걷고 싶다
이 바다를 너와 함께 걷고 싶어
이 거리를 너와 함께 걷고 싶다
이 바다를 너와 함께 걷고 싶어[1]

여수는 남녘 끝 바다에 접한 아름다운 항구도시이다. 전라선 철도의 종착지로, 주목할 만한 발전 없이 오래된 항구도시 모습을 간직하다가 2012년 여수엑스포를 개최하면서 고속철도가 개통되고 도시가 깨끗하게 정돈되었다. 〈여수 밤바다〉는 그 무렵에 나온 잔잔하고 아름다운 선율의 노래다. 가수의 미성을 듣노라면 잔잔한 여수 밤바다의 풍광이 아름다움을 넘어 매혹적으로 다가와 문득 여수로 달려가고 싶은 욕망을 일게 한다.

이렇게 아름답게 여수의 밤을 노래할 수 있었던 것도 최근 20년 안쪽의 일이다. 70년 전 여수의 밤은 '반란의 밤, 학살의 밤'이었다. 1949년 아세아 레코드 음반에 수

1 〈여수 밤바다〉, 버스커 버스커, 2012.

록된 당대 최고의 가수 남인수가 부른 노래 속 여수의 밤은 살벌하고 참혹함을 고스란히 담고 있다.

무너진 여수항에 우는 물새야
우리집 선돌아범 어데로 갔나
창 없는 빈집 속에 달빛이 새어들면
철없는 새끼들은 웃고만 있네

왜놈이 물러갈 때 조용하드니
오늘에 식구끼리 싸움은 왜 하나요
의견이 안 맞으면 따지고 살지
우리집 태운 사람 얼골 좀 보자[2]

1948년 10월 19일 여순 사건이 발발하고 그 후속 조치로 가해진 계엄군에 의한 양민학살의 상황을 비판적으로 그린 이 노래는 출시되자마자 정부에 의해 금지곡으로 규제를 받는다. 국가의 준엄한 통제를 비판한 불순한 노래라는 이유로 우리나라 최초의 금지곡이라는 불명예를 안았다. 이 노래를 세간에서 들을 수 있게 된 것도 최근 20년에 들어서였다. '여순 반란 사건'이라는 국가 공식의 명명이 '여순 사건'으로 완화되는 분위기 속에서 역사 속에 감금됐던 〈여수야화〉는 세상의 빛을 다시 보게 되었다. 고깃배를 타고 바다로 나간 선돌아범은 반역도

2 〈여수야화〉, 남인수, 1949.

로 몰려 죽임을 당했는지 행방이 묘연하여 선돌어멈은 안절부절못하는데 철없는 아이들은 웃고만 있는 막막함이 그려진다. 한술 더 떠 철없는 아이들만 남은 빈집에 역도(逆徒)를 색출한다고 모조리 불을 지르는 계엄군의 만행을 좌우가 무엇인지도 모르는 순박한 아낙의 목소리로 맥없이 항의하고 있다.

여수 밤바다는 70년 전이나 지금이나 잔잔하고 아름다움을 그대로 간직하고 있다. 그런데 지금 사람들이 바라보는 여수 밤바다는 연인과 함께 거닐고 싶은 행복 가득한 공간인데, 70년 전엔 살육과 방화가 가득한 광기의 밤바다였다니. 도대체 70년 전 여수에선 무슨 일이 있었던 것인가?

아름다운 여수항의 비극적 지정학

우리의 현대사는 '일제강점-분단-한국전쟁-분단 체제'라는 비극적인 역사의 연결고리 속에서 지금의 시각으로는 상상하지 못할 폭력이 연이어졌다. 비극적인 사건이 평지 돌출로 우연히 발생하는 경우도 있다지만, 대체로 정치 논리에 따라 필연적으로 기획되어 발생하는 경우가 일반적이다. 크게는 우리의 현대사가 모두 그러하고, 좁혀보면 위정자들의 입맛에 맞는 지역이 그렇게 지목되어 활용되기도 하였다.

한반도의 최남단 항구도시 여수가 그러했다. 일제는 내륙의 물자를 일본으로 수탈하기 위해 여수항과 연결할 수 있는 전라선을 준설했고, 1940년대에 들어서는 태평양전쟁을 감행하기 위해 비행장을 건설하려는 시도도 했다. 이 비행장 부지가 해방 정국에서 국방경비대 제14연대의 주둔지가 되었다.

해방 정국에서 민족국가 수립을 위한 다양한 이념 노선의 활동이 있었다. 그 가운데 박헌영 중심의 남조선노동당도 한몫했는데, 미군정청은 분단선 이남에 공산주의 활동을 용납하지 않았다. 1948년 이승만 정부가 수립되고 난 후 좌익에 대한 탄압이 가중되자 남로당 인사들은 비교적 안전한 도피처로 군대를 선택했다. 제14연대에도 남로당 당원들이 다수 자원입대해 있었다. 그런데 정부 수립 이전부터 제주도에서는 4·3이 발발했고, 상황이 제주도의 군경과 서북청년단 조직으로 진압할 수 없는 지경으로 확산되자 여수 주둔 제14연대의 병력을 제주 4·3 진압군으로 투입하라는 명령이 내려진다. 이에 1948년 10월 19일 제주도로 출항할 수송선 승선을 앞두고 남로당 계열의 지창수 상사와 김지회 중위를 중심으로 반란이 벌어진다. 이것이 표면적으로 살펴본 일제강점기부터 해방 공간에서의 여수의 상황이었다. 일본에 가깝고, 태평양이 앞에 펼쳐져 있고, 제주도에 가까운 남쪽 끝 항구라는 지역적 특성으로 비극적인 사건들이 아귀를 맞춰가며 발생하게 된 것이다.

정부 수립 후 국방경비대인 제14연대 부대원의 제주 출동 거부는 국가의 명령에 반하는 반란임에 틀림없다. 그래서 1995년까지는 이 사건의 공식 명칭이 '여순 반란 사건'이었다. 여순 사건을 일으킨 군인들은 여수 시내와 순천까지를 점령하고 계엄령이 내려지자 광양 백운산과 섬진강 건너편의 지리산으로 퇴각한다. 이 사건의 여파가 얼마나 컸는지는 지금까지도 민간에서 빨치산의 통칭이 '반란군'인 것만 봐도 알 수 있다. 한국전쟁을 거친 뒤 인천상륙작전 후에 퇴각하면서 지리산 · 소백산 · 덕유산을 비롯한 남부지역 골짜기 깊은 산에 잔류한 인민군들까지도 현지인들이 반란군으로 불렀던 것을 보면, 이 여순 사건에서부터 이미 한국전쟁이 시작되었다고 해도 과언이 아니다.

여순 반란 대
여순 봉기

한 국가의 군대가 국가의 명령을 거부하고 병기고와 탄약고에서 총탄을 약탈하여 반대파의 군인과 경찰을 사살한 일은 분명 반란일 수 있다. 그런데 이러한 일련의 비극적인 사건들이 민심을 이탈한 정략적 외세나 권력욕에 눈이 먼 위정자의 논리로 기획된 것이라면 그 평가는 달라져야 한다. 여순 사건의 참상을 현지 피해자들의 증언과 진실·화해를위한과거사정리위원회의 기록을 바탕으로 가공한 르포소설 『여수역』에서는 피상적인 여순 사건의 실상에 새로운 의미를 부여하고 있다. 우선 14연대 부대원의 '반란' 행위에 대해서 기존의 국가에서 규정한 틀을 벗어난 새로운 논점을 제시한다.

> 군 내부에 공산 세포를 침투시켜 세포로 하여금 허위 선전과 모략을 전개하여 국군과 국민을 선동, 비인간적 만행을 자행하게 함으로써 그들이 노리는 적화 음모와 기도를 달성하려고 혈안이 되어 총력을 쏟았던 것이다. 이러한 그들의 음모와 기도의 하나가 군 내부의 일부 공산 세포 분자에 의해 책동되어 저질러진 것이 저 끔직한 여순 반란 사건이라 할 수 있다.[3]

여순 사건의 2차 피해지로서, 현대사에서 가장 오랜 시간 반란군이 존재했던 지리산 아래 하동군에서 편찬한 향토전사에 수록된 여순 사건에 대한 평가이다. 군 단위 편찬위원들의 시각이라기보다는 국가의 시각을 인용한 것으로 보인다. 공산주의 상부기관에서 이미 남한을 적

3 하동향토수호전기편찬위원회, 『하동향토수호전기』, 하동군, 1987, 65쪽.

화하기 위해 공산 세포를 군 내부에 침투시켰고, 이들이 제주도 출동을 앞두고 반란을 일으켰다는 사전 기획 음모론을 펼치고 있다. 여순 사건 이후 국가의 공식적인 논점으로 정립된 이러한 시각은 진실 · 화해를위한과거사정리위원회의 진상 조사 이후에도 여전히 요지부동의 입지를 갖추고 있었다. 그러니 순천지역에 설립된 여순 사건 위령비를 철거하라는 지역민의 집회가 당당하게 열리게 된 것이다. 이를 텔레비전 보도로 접한 작가가 그 실상을 올바로 세우겠다는 사명감으로 『여수역』을 창작하게 되었다.

> 여수 신월동 주둔 14연대는 박승훈 중령이 새로 부임하여 제주진압 출동명령에 따라 모든 준비를 마치고 부대원들에게 승선대기를 시키고 있었다. 그러나 동족상잔 결사반대와 미군 즉시철수를 내세운 지창수 상사 등 14연대 부대원들은 제주에 가서 동포를 죽이라는 명령을 거부하고 말았다. 명령에 대한 거부는 군사행동이었다. 그날이 1948년 10월 19일 저녁이었다.[4]

> 남로당과 연결되지 않은 채 돌발적으로 군사행동을 일으킨 14연대 봉기군들은 정부를 무너뜨리고 정권을 찬탈하기 위해 반드시 수도를 점령해야 하는 반란 계획은 애초부터 없었다. 미군정으로부터 권력을 대리 이양받

---

4 양영제, 『여수역』, 바른북스, 2017, 123쪽.

은 이승만 정부를 무너뜨리기 위한 준비된 거사도 아니었다. 다만 민족을 배신한 이승만 남한 단독정부가 자신들의 왕국을 구축하기 위해 동포를 선별하여, 그들 입장에서 살릴 가치가 없는 동포는 학살하고 자신들이 만들고 있는 규칙에 복종 충성하는 자들을 만들어내는, 반민족적 정권구축 작업인 제주학살에 반기를 들었을 뿐이었다. 시작부터 14연대 봉기군들의 목적지는 서울이 아니라 은닉하기 좋은 광양 백운산이었다.[5]

역사적인 사건을 바라보는 시각은 이처럼 다를 수 있다. 『여수역』은 여순 사건이 14연대 부대원 지창수 상사를 중심으로 제주 4·3 진압에 반대하기 위해 일어났다는 사실은 인정한다. 그와 동시에 여순 사건의 주동자들은 동족상잔을 결사반대하고 미군의 즉시 철수를 주장했다고 말하고 있다. 그리고 그 사건의 경위는 남로당의 지령이 아니라 돌발적 군사행동이었다는 해석이다. 또한 정권 찬탈이나 수도 점령을 목적으로 한 것이 아니므로 반란이 아니라 '봉기'라고 명명해야 한다는 입장을 내보인다. 물론 이러한 시각은 다소 파격적일 수 있어 좀 더 논의를 거쳐야 할 것이다.

여순 사건이 발발한 뒤 남로당에서 이를 수습하기 위해 후에 남부군 총사령관이 된 이현상을 파견한 점을 근거로 하여, 10월 19일 밤 14연대 부대원의 행동은 우발적

5 앞의 책, 126쪽.

이었다고 볼 여지는 있다. 그날 밤 여수에서는 여수경찰서장과 우익 관련 인사 10여 명이 무참히 죽었고, 대항하는 경찰들과 총격전을 벌이는 가운데 수십 명의 사상자가 발생하였다. 그런데 이튿날 순천지역을 점령하면서부터 군인들의 행동은 더욱 과격해져 잔악한 학살을 자행한다. 경찰과 공무원은 물론이고 그 가족들까지도 무차별하게 죽였다. 이현상이 1948년 순천 현지에 도착해서 도륙의 참상을 보고 "이것은 당적 죄악이고 당적 과오다"라고 부르짖었다[6]는 기록으로 볼 때, 여순 사건은 남로당이나 그 상부 공산당 조직의 기획적 명령에 따른 것이 아니라 군인들의 과격행동에서 비롯되었음을 짐작할 수 있다.

그렇다면 이 사건을 어떻게 부를 것인가? 사건을 바라보는 처지에 따라 각자 다른 입장을 표명하고 있다. 이 자리에서 이에 대한 정명(正名)을 단순 논리로 이끌어낼 수는 없다. 분단 체제에 놓인 우리의 처지에서 해방 정국이나 한국전쟁 시기 좌우 이념갈등으로 촉발된 사건은 항상 뜨거운 감자일 수밖에 없다. 반공논리로 분단 체제를 유지해온 이전 정부에서는 이 사건을 '여순 반란'으로 정명하였고, 이를 역사 교육과 언론을 통해 국민들에게 주입해왔다. 그러나 사건의 주동이 여수 · 순천지역민이 아니라 14연대 군인 일부였음에도 불구하고 사건 후 50여 년을 반란지역민으로 낙인찍혀 살아온 주민들의 지역적 죄의식에 대한 신원 요구가 지속되자, 국가는 이를 수

6 안재성, 『이현상 평전』, 실천문학사, 2007 참고.

용하여 1995년에야 슬그머니 반란을 삭제하고 '여순 사건'으로 명명해 주었다. 그러나 당시 그 자리에 존재했다는 이유만으로 무참하게 학살당한 지역 피해자들에 대한 국가 차원의 사과나 보상은 없었다. 이에 근래에 와서 새롭게 이 사건에 대한 정명 논쟁이 일고 있다. 일부 학자들은 '여순 항쟁'으로 이름 짓자고 주장하였지만 분단 체제에서는 아직은 수용될 수 없는 급진적 논리로 취급되고 있다.

이에 『여수역』의 작가는 이 사건을 14연대 좌익 부대원의 돌발행동으로 본다. 그 의도 또한 분단국에서 단독정부를 수립하고도 국민들의 지지를 얻지 못한 이승만 정부와 미군정이 제주도민을 폭도로 단정하여 처단하면서 반공국가의 정당성을 확보하려는 불순한 기획에 대한 반발로 단정하고 있다. 곧 이데올로기를 덧씌워 동족상잔을 일으키면서 반공 국가의 위상을 세우려는 고도의 전략에 대한 항거로 본 것이다. 이에 작가는 여순 사건을 '여순 봉기'로 정명하자고 주장한다.

침묵이 강요된 살육의 현장

지금까지 여순 사건에 대한 논의는 사건의 주동이었

던 제14연대 부대원들의 반란 행적과 이를 진압하는 국가의 입장에서만 주로 이야기되었다. 사건의 진상이 아직 온전히 밝혀지지 않아 그 피해 규모를 알 수는 없으나, 이 사건으로 반란군에 의해 죽임을 당한 경찰 및 우익활동가, 지주 등은 150여 명으로 보고 있다. 그러나 계엄령이 내려지고 계엄군에 의해 무참히 학살당한 양민의 수는 2,500여 명, 많게는 1만여 명일 것으로 추산한다. 피해 규모로 본다면 이 사건의 본질적 당사자는 여수와 순천지역민이다. 학살과 방화에 의한 주검을 확인한 경우는 그나마 통계에 잡히지만 바다에서 수장당하거나 화마에 휩싸여 소각당한 피해자는 행방불명자로 처리되어 그 수를 파악할 수 없는 지경이다. 그런데도 이들은 자신들의 피해를 하소연할 수 없었다. 반란지역민이었기 때문이다.

『여수역』의 작가는 아버지를 잃고, 어머니를 잃고, 남편을 잃고, 어린 자식을 잃고도 아프다고 말하지 못하고, 왜 죽였냐고 항거하지 못한 여수 사람들의 심리를 지역적 죄의식이라고 단정한다. '반란 사건이 일어난 지역에 사는 불온한 사람'이라고 국가와 다수의 국민들에게 지탄받는 대상이 갖는 콤플렉스라고 할 수 있다. 작가는 자신이 여수에서 태어나 초등학교를 다녔음에도 '여순 반란'을 당연한 정명으로 받아들였고, 이에 대한 왜곡된 국가 교육에 순종하는 가운데 이견은 존재할 수 없었다고 고백한다. 사건의 피해자들이 골수에 사무치는 한을 누구도 말하지 않았으므로 후세대들은 이를 알 수 없었다. 이에 작가가 외지에 나와 대학을 마치고 사회생활을 하면서 문득 자신에게 내재된 지역적 죄의식의 본질을 깨닫고 그 실체를 찾아 나선 것이 『여수역』이다. 이제 1948년 10월 여수 사람들에 대해 말해야 한다.

여수역 앞 번영상회 쌀집 아들 윤훈주가 도회지에 나와 살다가 초등학교 동창 부친상에 조문을 가면서 이야기는 시작된다. 여수로 가는 KTX 기차에서 어린 시절에 대한 기억과 지금은 순천 요양병원에 있는 아버지 윤호관과의 추억을 떠올리면서, 작가는 아버지의 입을 통해 1948년 10월로 독자를 이끈다. 어린 시절 친구들과 만성리 해수욕장으로 미역을 감으러 갈 때 지나쳤던 만성리 웅덩이, 외상값을 받으러 마지못해 찾았던 철길 너머 거지소굴 귀환정 판자촌, 먹을거리가 없어 칡을 캘 때 나오던 수많은 동물 뼈들, 어린 아들에게 되질을 가르치면서 되를 흔들지 말라고 머리를 쥐어박던 아버지의 행동들이 여순 사건과 연결되면서 하나하나 아귀가 딱딱 맞아 들어간다.

용과 호랑이가 싸우다가 떨어져서 생겼다고 전해들은 어린 시절 놀이터 만성리 웅덩이는 여순 사건 때 수많은 양민이 학살되어 매장된 비극의 장소였고, 외상으로 연명하는 철길 너머 거지소굴 귀환정 판자촌 사람들은 여순 사건 때 계엄군에게 아버지를 잃고 집도 불타서 오갈 데 없는 국가폭력의 최대 피해자들이었다. 칡을 캘 때마다 나오던 제법 굵직한 동물 뼈는 여순 사건 당시 학살되어 암매장당한 양민들의 유골이었다. 여순 사건 당시 고깃배를 타고 나갔다가 돌아오지 않는 행방불명된 할아버지를 마냥 찾아 헤맬 수 없어 남의집살이로 한 푼 두 푼 모아 번영상회라는 가게를 차린 아버지. 그는 어린 아들 윤훈주에게 부풀린 되질과 악착같은 외상 독촉을 통해 난세를 살아내는 법을 몸소 가르치려 한 것이었음을 여순 사건의 진실을 찾아가면서 알게 되었다.

섬뜩하고 살벌한 학살의 장소에서 아이들이 놀아도, 암매장당한 유골을 동물도감에서 찾아서 동물 뼈라고 호들갑을 떨어도 그때 그 시절의 이야기는 되뇔 수 없었기에 아무 말 없이 두고 보았던 것이다. 너무도 엄청난 일이어서 후생들이 시간이 지나서 스스로 알게 되면 다행이고, 그럴 기회도 없어서 잊히면 그만이라는 자포자기의 심정이 아니었을까?

1948년 10월,
폭풍 전야의 여수 풍경

일제 치하와 해방 정국에서 아무것도 모르는 무지렁

이로 살았다고 해도, 국민을 보호할 국가의 군인들이 여수 사람들을 이처럼 모질게 죽이고 무화시킬 수 있었던 이유는 무엇인가? 해방 정국에서 한반도 전역의 모든 사람은 계기만 있으면 여수사람들처럼 될 처지였다. 여수는 불행하게도 지정학적으로 14연대가 주둔하였고, 더욱 불행하게도 그 일부의 부대원들이 국가의 명령을 거부하고 반기를 들었으며, 더욱더 불행하게도 인민대회라는 하루 동안의 광장의 자유를 맛보았던 것이 문제였다. 그 대가는 말로 형언할 수 없는 피바람으로 몰아쳤다. 앞의 두 불행 요인은 국가의 공식적인 기록에서 누누이 언급되었고 여순 사건의 전부인 것처럼 포장되었다. 그러나 여순 사건의 실상은 마지막에 있었으니, 그에 대해 알아봐야 한다.

> 나라가 일제에 해방되었다고 해서 달라진 것은 없었다. 해방이 되자 조선 사람들이 착각한 것이 두 가지 있었는데, 하나는 굶주림에서 해방이고 또 하나는 압제에서 해방이었다. 그건 정말 순진한 조선 사람들의 착각이었다. 말이 해방이지 조선 38도 이남은 미국의 점령지였다. 명령에 복종하지 않으면 처벌하겠다는 포고령이 미육군 태평양 총사령관 맥아더로 시작해서 남한 미군정 하지 중장까지 연달아 발표하면서 옴짝달싹하지 못하게 하니, 조선 사람들이 착각을 해도 대단한 착각을 했던 것이다.[7]

7 양영제, 『여수역』, 바른북스, 2017, 62~63쪽.

해방 정국에 남쪽 주민들이 처한 사정을 몇 문장으로 제시하고 있다. 36년간의 일제 치하에서 해방된 사람들이 갖는 기대감은 실로 컸다. 우선 내 땅에서 내 손으로 수확한 곡식을 공출당할 일이 없으니 배고픔에서 해방될 것이고, 일제라는 이민족이 물러갔으니 그나마 자유롭게 살 수 있을 것이라는 기대감이었다. 그러나 이러한 기대감은 분단선 이남을 접수한 미군정청에 의해 허망하게 무너져버렸다.

> 일제 대신 남한을 점령한 미군정은 처음에는 쌀을 미국식으로 자유대로 사고판다고 했다. 그러나 두 달도 못되어 쌀이 부족하고 쌀값이 치솟자, 미군정 행정을 담당하는 미군청은 갑자기 일제강점기 시대로 되돌아가서 배급제를 하겠다며 미곡수집령을 담벼락에 붙이고 다녔다. 미군청하에 있는 조선 경찰 경무대는 미군청의 허가 없이 쌀을 사고팔거나 운반하다 발각되면 추호의 용서도 동정도 있을 수 없다고 엄포를 놓았다. 배급제를 하든 자유로 사고팔든 해방된 조선사람 기대대로 배만 고프지 않으면 되는데 오히려 일제강점기보다 더 굶주려 갔다.[8]
>
> 대구 인민봉기는 전국으로 번져 나가기 시작했고 민심은 동요하기 시작했다. 그럴 때 여수에도 시내 곳곳 담 벽에 포스터들이 나붙기 시작했다.

8 앞의 책, 63쪽.

-쌀을 달라. 쌀을 주는 우리 정부를 세우자.-
여수 인민위원회 민주여성동맹원들이 손으로 그린 포스터였다.[9]

교원 한 달 봉급을 다 털어서 쌀을 사도 보름 먹을 양도 안 될 정도로 물가는 치솟고 태풍은 연달아 몰아쳐 왔으며 콜레라는 창궐했다.[10]

해방 후 38선 이남을 점령한 미군정청의 가장 큰 실책은 식량수급 문제였다. 애초에는 자본주의 경제를 도입하여 자유로운 미곡 거래를 허락했으나, 쌀값이 치솟는 것을 잡지 못하자 곧바로 미곡수집령을 내리고 배급제로 전환한다. 그러나 때마침 불어닥친 태풍과 콜레라로 식량 사정은 급속도로 나빠지기 시작했다. 배고픔을 해결해주지 못하는 정치는 일제나 미군정이나 매한가지였지만, 해방된 상황에서는 이전과는 다를 것이라는 기대감이 미군정청에 대한 주민들의 불만을 날로 더해갔다. 쌀을 달라는 외침은 1946년 2월 대구에서부터 시작되어 전 지역으로 확산되기에 이른다. 결국 여수에도 쌀을 주는 우리 정부를 세우자는 미군정 반대 포스터가 붙기 시작했다.

미군정청은 성난 민심을 잡기 위한 하수인들이 절실했다. 그래서 일제강점기에 간악하게 부역하던 경찰들을

9 앞의 책, 68쪽.
10 앞의 책, 64쪽.

다시 거용하게 된다. 이것이 해방 정국에서 미군정청의 두 번째 실책이었다.

> 미군청의 모든 지배정책 수행은 일제순사 출신 경찰들이 담당하고 있었다. 경찰들은 자신들에게 일제순사라는 불명예스러운 딱지를 떼어주고 다시 검은 제복을 입게 해준 미군청이 지시한 임무는 물불을 가리지 않고 수행했다. 그중 미군청의 식량 배급제 포고령에 따라 강제로 거두어들이는 미곡공출을 이미 일제강점기 때 숙달된 경험도 있고, 미군청에 충성도를 보일 수 있는 가장 손쉽고 가장 완벽하게 수행할 수 있는 일이었다. 이래저래 여수시민들의 경찰에 대한 감정은 일제강점기 때보다 더 악화되고 있었다.
>
> 사람들은 굶주림에 쓰러져갔다. 여수역에서는 배고픔에 쓰러져 있던 사람을 경찰이 콜레라에 걸린 줄 알고 수용소로 실어가 버렸다. 또 외지로 출가한 딸이 해산하자 쌀죽이라도 먹이려고 숨겨 두었던 쌀 보따리를 들고 여수역에서 기차를 타려던 노인이 쌀 공출을 담당하는 취재원 경찰에게 맞아 죽은 일도 있었다. 어부들은 쌀을 배 밑창에 숨겨놓곤 했는데 그래도 취재원 경찰들은 뒤져냈다. 굶주림에 시달리는 여수사람들은 산에 올라가 삐삐라는 껌 같은 풀이라도 씹어 연명해야 했다.[11]

---

11 앞의 책, 67쪽.

일제강점기 때보다 더 기아 상태에 빠져 불같이 성난 민심에 미군정청은 기름이라도 끼얹듯이 일제부역경찰을 반발하는 주민을 통제하는 인력으로 끌어들였다. 일제순사로서 저지른 악행 때문에 처벌받으리라 생각하며 두려움에 떨던 이들이 해방 후 다시 득세했으니, 일말의 죄의식도 없이 의기양양 미군정의 주구가 된 꼴이었다. 이들은 일제순사라는 불명예 딱지를 떼어내고 새로운 제복을 입혀준 미군정을 위해 더욱 충성심을 보였다. 당연히 이들이 주민들에게 가한 패악은 일제강점기 때보다 더 심했다. 배고픔이라는 원초적인 욕구 충족이 되지 않는 불만도 극심한데, 원수 같았던 일제부역경찰들이 다시 통제 권력의 자리를 차지한 그 정서적인 배신감은 미군정에 대한 불만을 최고점으로 치솟게 했다.

게다가 이런 미군정의 지지를 받아 민족의 염원이었던 통일국가 수립에 반하는 남쪽만의 단독정부, 이승만 정부가 들어서니 성난 민심은 그대로 전이된다. 결국 이승만 정부는 국민의 지지를 확보하지 못한 나약한 정부가 될 수밖에 없었다. 이런 불만이 충천한 가운데 여순사건이 발발하였다. 모질게 주민들을 괴롭혔던 경찰의 소굴 여수경찰서가 군인들에게 접수되었다니 여수사람들은 당연히 쾌재를 불렀을 것이다. 특히 미군정에 의해 해체된 건국준비위원회와는 달리, 서울과 멀리 떨어진 여수에서는 좌우익을 가리지 않고 여수 인민위원회를 구성하여 행정 공백을 메우고, 일본에서 배를 타고 귀환하는 동포들을 맞이하여 귀환정 마을을 만들 정도로 활발한 활동을 보였다. 경찰들은 이런 인민위원회를 척결의 대상으로 삼아 무자비하게 탄압했다. 지하로 숨어들었던 여수 인민위원회는 10월 19일 밤에 군인들이 여수경찰서와 관공서를 접수하자 세상이 뒤바뀐 것으로 알고 다음날 여수 중앙동에서 인민대회를 개최한다. 10월 20일 정오에 인민대회가 열린다는 전단지가 돌자 무슨 내막인지도 모르는 여수사람들은 남녀노소 모두 중앙동 로터리에 운집하여 해방지대를 만들었다. 이 자리에서 여수 인민위원회는 의장단을 선출하고 곧바로 혁명과업 6개항을 발표하였다. 그 주요 내용은 친일파 청산과 주민을 위한 식량 배급 및 금융 대출이었다. 인민대회 후 인민위원회는 군인들이 빠져나간 여수의 행정 공백을 메우기 위해 활동했다.

여수 인민대회는 14연대 군인들에 의해 벌어진 반란 사건과는 결이 다른, 친일 잔재를 청산하지 못하고 주민들을 기아상태로 방치한 미군정과 이승만 정부에 대한 항거였다. 그래서 작가는 '인민 항쟁'이라는 용어로 부르고 있다. 그러나 이 인민대회는 이틀 후 계엄령이 내려지면서 여수를 불구덩이로, 여수 사람들을 학살의 대상으로 몰아가는 계기가 되고 말았다.

해방구의 끝, 양민학살의 카니발

14연대 군인들의 항명과 반란 행위는 지지 기반이 나약한 이승만 정부에게는 호기로 다가왔다. 21일 반란 군인들이 순천으로 빠져나가자 22일 여수 · 순천지역에 계엄령이 내려지고 계엄군들이 속속 여수로 입성한다. 본격적인 피의 살육이 시작된 것이다. 계엄군은 사육제라도 벌어진 듯 여수사람들을 짓이겨나갔다. 한낮의 인민대회에서 맛본 해방감과 거리낌 없이 활보했던 거리 행진의 쾌감에 대한 대가는 죽음이었다.

> 그때 빛과 어둠을 초월하고, 생명과 죽음의 경계를 나누며, 생사여탈법을 만들어내어 통치하며, 그 법에 의해 내부 외부를 식별하는 불가사의한 초능력자가 여수와 순천에 참주(僭主)로 강림했다. 이승만이었다.
>
> 도륙은 계엄이라는 계시를 받자마자 주저 없이 일어났다. 국회를 통과하기도 전에 참주에 의해 공표된 계엄에 의해 진압군은 계엄군으로 바뀌어 있었다. 계엄은 숙청이라는 단어까지 동원하여 계엄군에게 전달되었다. 어린 아이가 앞잡이가 돼서 총 같은 것으로 살인과 방화를 했기 때문에 아동까지 철저하게 조사하여 엄단하지 않으면 자멸이 있을 뿐이라는 이승만의 담화문이었다. 새로 세

> 워진 대한민국 초대정부 일원으로 살 가치가 없는 생명에 대한 소각 승인이었다. 동시에 해방된 나라에서 살아남아 있을 가치가 없는 친일경찰과 황군에게는 새로운 생명을 불어넣은 부활 세례였다. 1948년 10월 27일은 그들에게 부활절이었다.[12]

여순 사건 발발 후 이승만 정부는 국회의 동의도 구하지 않고 미리 계엄령을 선포한다. 진압군은 이제 계엄군으로 승격한다. 반란군에게만 가해진 진압의 폭력은 남녀노소를 가리지 않고 여수 · 순천사람들 모두에게 가해졌다. 특히 대통령의 담화에서는 어린아이까지도 검열 대상에 포함하라고 언급함으로써 계엄군에게는 모든 주민의 생사여탈권이 부여된 셈이 되었다. 계엄군으로 전환된 진압군경에게는 계엄령이 자신들의 치부를 세탁하는 절호의 기회로 인식되었다. 그리고 여수는 곧 피가 넘쳐나는 카니발의 현장으로 전환되었다.

> 운동장은 죽음의 수용소였다. 수용소에 끌려가서 죽든지, 아니면 집에 남아 불에 타 죽든지, 그도 아니면 이탈하다가 총에 맞아 죽든지, 어떤 식으로 죽느냐만 남게 되었다. 그 죽음의 잔치에 여수시민들 생명은 사케르에 불과했다. 건드리면 전염되는 전염보균자 사케르를 방관하면 이승만의 담화문처럼 공멸이 되므로, 모두가 절멸되

12 앞의 책, 133~134쪽.

지 않으려면 사케르 생명체는 소각해야만 하는 대상이었다. 주권자 계엄군에게 여수와 순천 시민들은 바로 사케르였다. 사케르가 되어버린 여수시민의 생명존속 여부를 결정짓는 것은 생명체 자신이 아니라 새로 탄생된 국가였다.[13]

그 현장을 목격한 한 미국 기자는 '라이프'지 1948년 12월 6일자에 쓴 기사에서 이렇게 표현했다.

- 정부의 군대 야수성 광경을 여자들과 아이들이 가만히 보고 있었다. 그런데 그중에서 나에게 가장 무섭고 두려운 징벌의 장면을 말하라고 한다면, 보고 있는 아녀자들의 숨 막힐 것 같은 침묵과 자신들을 잡아 온 사람들 앞에서 너무나도 조신하게 엎드려 있었고, 얼굴 피부는 옥죄어 비틀어져 가고 있었다. 그리고 한 마디 항변도 없었다. 옷이 벗겨진 채 채찍으로 두들겨 맞는 광경을 보고도, 총살되기 위해 끌려가면서도 여수시민은 한 마디 항변도 없이 침묵으로 차례를 기다리고 있었다. 살려 달라는 울부짖음도 없고 슬프고 애처로운 애원의 소리도 없었다. 신의 구원을 비는 어떤 중얼거림도, 다음 생을 바라는 호소조차 없었다. 수세기가 그들에게 주어진다 해도 이런 상황에서 그들은 어떻게 울 수조차 있었겠는가.[14]

---

13 앞의 책, 139~140쪽.

14 앞의 책, 141~143쪽.

근래에 여순 사건에 대한 새로운 조명이 이루어지면서 여순 사건 당시의 사진들을 종종 볼 수 있다. 사진 속에는 넓은 운동장에 수많은 군중이 모여 있다. 사람들은 가운데에 새끼줄을 두고 양편으로 나뉘어서 침울한 표정으로 앉아 있다. 계엄군들의 도륙은 남녀노소 가리지 않고 모든 사람들을 학교 운동장에 모은 뒤 그 가운데서 부역자 재심을 실시하면서부터 시작되었다. 교회를 다니는 것이 기준이 되기도 했고, 머리가 짧은 것이 기준이 되기도 했으며, 군용팬티를 입은 것이 기준이 되기도 했고, 옆사람의 손가락질 한번이 양편으로 갈라서는 기준이 되기도 했다. 어느 편이 죽고 어느 편이 사는지는 계엄군의 말 한마디에 달려 있었다. 지극히 비합리적이고, 기본적인 인권을 찾아볼 수 없는 현장을 게임하듯이 연출했다. 생사여탈권을 쥔 친일부역자가 지금껏 수탈당한 것밖에 없는 선량한 양민의 목숨을 그 자리에서 결정하는 순간이었다.

현장을 목격한 외국 기자는 계엄군의 야수성과 양민들의 침묵을 대비적으로 언급하면서 가장 무섭고 두려운 징벌의 장면으로 꼽고 있다. 어떻게 죽느냐만 남았을 뿐, 죽는 것은 기정사실인 상황에서 인간이 할 수 있는 행동은 자포자기의 체념에서 오는 침묵일 거라는 상상. 이 상상이 눈앞에서 벌어진다면 실로 두려움이 엄습할 듯하다.

이처럼 치 떨리는 부역자 재심이 끝난 뒤에는 본격적

인 피의 도륙이 기다리고 있었다. 살육의 수단은 계엄군의 임의대로 결정되었다. 앞뒤 사람을 연결한 가는 철삿줄이 팔목 살을 에고 들어도 도망은 도저히 불가한 상황에 처하고 만다. 어느 도살장의 광경이 이처럼 처참할 수 있으랴!

> 운동장에 주저앉아 죽음을 기다리는 사람들은 자신보다 먼저 일본도에 목이 잘려 나가 운동장에 머리통이 나뒹구는 참상을 까막거리며 바라보아야만 했다. 땅바닥에 허수아비처럼 꼬꾸라지는 몸뚱이와 분리된 머리통이 떼굴떼굴 누구의 발 앞에 멈출 때 그때서야 눈을 감았다. 김종원 대위가 휘두르는 일본도 칼날에 목이 스치기만 한 사람은 반사적으로 도망쳤다. 김종원 대위는 그 사람을 쫓아가 다시 목을 베야 하는 수고를 해야만 했다. 그러다 지치면 그때서야 칼 대신 권총을 뽑아 총질을 했다. 그렇게 잘려낸 사람 목을 가마니에 가득 담아 상관에게 애국적 충성심을 증명하는 증표로 가져다 바치고 목이 없는 시신들은 학교 건물 오른쪽 버드나무 밑 우물 안으로 쓸어넣어 버렸다.[15]

굴을 빠져나오자마자 군용트럭은 깊고 넓은 웅덩이 앞에서 멈췄다. 그리곤 적재함에 실어진 생명들을 끌어내 웅덩이 절벽 위로 끌고 올라갔다. 다섯 명씩 무릎을 꿇게

---

15 앞의 책, 150쪽.

> 하고 뒤에서 다섯 발의 총성이 울렸다. 다섯 생명이 절벽 아래 웅덩이로 떨어졌다. 그렇게 떨어진 백 이십 여구의 시신 위에는 기름과 장작더미가 쏟아져 쌓였다. 총에 맞아 떨어진 시신을 소각하면서 태우는 연기는 삼 일 밤낮 동안 피어올랐고 일대 십리 밖으로 냄새가 퍼져나갔다.[16]
>
> 오동도에는 사람들을 싣고 떠날 배가 기다리고 있었다. 수평선 위에 떠 있는 엄마섬 애기섬으로 사람들을 싣고 떠날 배였다. 역시 손이 철사 줄에 의해 뒤로 묶여 차례대로 배에 올라탄 사람들은 토끼밖에 살고 있지 않은 무인도 엄마섬 애기섬에 수용되는 줄 알았다.
>
> 그러나 배가 섬에 이르기도 전에 수평선에서 총소리가 났다. 무인도에 수용하는 것이 아니라 수장이었다. 경찰은 바닷물에 빠지지 않으려는 사람은 총을 쏴 배에서 떨어뜨려 버렸다. 물에 떨어뜨린 사람들 중에서도 숨이 붙어 허우적거리는 사람이 있으면 또다시 배 위에서 총을 쏘아 완전히 수장시켜 버렸다.[17]

광기에 찬 계엄군에 의해 합리적인 기준도 없고 법적인 규정도 없이 이루어진 부역자 재심사 후의 학살 장면들이다. 작품을 읽어나가면서 눈에서 불덩이가 튀어나오는 듯하고, 온몸에 한기가 느껴지기도 한다. 학살은 다양한 방식으로 이루어졌다. 일본도로 사람의 목을 내리쳐

---

16 앞의 책, 151쪽.

17 앞의 책, 151~152쪽.

동강을 내는 참수, 총살 후 웅덩이에 떨어뜨려 장작과 기름을 부어 불태우는 소각, 배에 싣고 바다로 나가서 총구를 겨누면서 뛰어내리게 하는 수장 등이 그것이다.

도대체 이 같은 살육의 방법을 어디서 체득한 것인가? 인간의 내면에 이와 같은 잔악함이 내재돼 있는 것인가? 어떤 공포영화에서도 접하지 못한 잔혹함을 현실에서 재현하고 있다. 이 가운데 실명이 뚜렷이 거론된 인물이 김종원이다. 그는 백두산 호랑이라고 불리면서 한국 현대사에서 가장 악독한 군인으로 간주된다. 그의 전적을 보면, 1940년에 일본군 하사관으로 자원입대하여 필리핀 전투에서 생존자로 돌아왔다. 해방 후 1946년 동대문경찰서 교통과장으로 복귀하고 얼마 되지 않아 국방경비대 소대장으로 돌아온다. 이처럼 일본군 출신이 해방 후 경찰과 군인 장교로 임의로 옮겨 다닐 수 있었던 것이다. 우리의 현대사가 한심하기 짝이 없다. 김종원은 여순 사건 진압군으로 차출되어 부대를 이끌고 여수 인근 섬에 상륙한다. 그가 일본도를 가지고 난행을 저지른 것은 여러 섬을 거쳐 여수 본토로 진입하면서 강도를 더해갔다고 한다. 여러 상관이 지켜보는 가운데 부역자 재심을 마친 양민들을 그 자리에서 일본도로 휘갈겨 목을 잘라내고, 그 잘린 목들을 가마니에 담아 상관에게 충성의 징표로 보였다는 것이다. 실로 경악하지 않을 수 없다.

살인마 김종원의 이 같은 행동을 통해 여순 사건의

양민학살이 도저히 용서받을 수 없는 불순한 의도 속에서 이루어졌음을 확인하게 된다. 일본군의 주구가 되어 필리핀 등지에서 현지인을 그토록 도륙한 경험이 있었으므로 여수에서도 아무렇지도 않게 참수의 칼날을 휘날렸을 것이다. 그런 친일의 황군이 미군정 체제에서 버젓이 경찰과 군 장교로 복직했고, 여순 사건을 계기로 승승장구했다는 사실은 우리 역사의 치욕이다. 그에게 현장의 여수 시민들은 자신의 치부를 덮어줄 볏단과도 같은 존재였다. 일본도 칼날로 잘라낸 목에서 흐르는 피는 자신의 지난 허물을 씻어 줄 정화수쯤으로 여겼던 것이다.

> 저항할 기력도, 의사도, 능력도 전혀 없는 벌거벗은 생명들을 운동자에 모아 놓고 목을 벤 김종원 대위든, 오동도에서 죽창으로 사람 배를 찔러 바다에 떨어뜨린 경찰이든 리바이어던이라고 하는 괴물, 국가가 국민을 숙주로 삼아 배양한 괴물이었다. 그러나 누구나 국가가 설계한 악의 상황에서는 김종원 대위처럼 괴물이 되지 않는다는 보장은 없는 것이다. 거대한 악에 편입하게 되면 악에 맞는 견해가 생겨나고, 그렇게 생겨난 견해가 지배적인 가치로 형성되면서 사람의 기존 가치관을 파괴하기 시작하고, 마침내 스스로 교정하거나 이탈하기에는 너무나 어려운 지경에 빠지게 되는 것이었다.
>
> 결국 악의 설계자가 요구한 결과물을 만들어 낼 때, 그때

> 서야 괴물도 안정을 취하게 되고, 괴물이 안정을 취할 때에는 악의 설계자도 안정을 갖추게 되는 것이었다. 악의 설계자는 국가였다.[18]

결국 여순 사건 속에서 부역자 재심과 양민학살은 지지 기반이 약한 이승만 정부가 설계하고 친일 행적을 씻어내고자 하는 야욕을 가진 친일부역자들이 주연을 맡은 처참한 살육제였다. 국가의 명령에 반하여 반란을 일으킨 군인들이 이미 순천 · 광양을 거쳐 백운산과 지리산까지 숨어든 상황에서, 그들을 쫓기보다는 인민대회라는 군중집회에서 배고픔을 호소하기 위해 얼굴을 내비친 무고한 양민들을 희생양으로 삼아 정권을 공고히 하려는 기획이 깔린 천인공노할 만행이었다.

국가가 설계한 악, 국가폭력

여순 사건은 국가가 공식적으로 행한 최초의 양민학살이었고 국가폭력이었다. 발 빠르게 반란의 주체가 자리를 피한 자리에 남게 된 무고한 여수 사람들을 반란주동자로 전환시키고 무자비한 학살을 감행함으로써, 정부를 지지하지 않는 모든 국민은 이런 처지에 처할 수 있다

18 앞의 책, 152~153쪽.

는 전범을 마련하는 계기로 삼은 것이다. 그리고 이를 전국민과 후대에까지 전파하기 위해 '여순 반란 사건'이라는 명칭으로 교육하고 보도하기 시작했다. 일련의 과정에서 여수 · 순천 사람들은 국가에 대한 반역을 도모한 불순한 지역민으로 낙인이 찍혀 평생을 주눅 들어 살도록 억압했다. 다른 지역 사람들에게 국가의 명에 반하여 준동하면 이 같은 처지가 될 것이라는 모델로 삼은 것이다. 분단 체제의 국가라는 통치기구가 국민들에게 얼마나 해악적 존재였는가를 깨닫게 한다.

피해자들이 울지 않으면 국가는 공연히 지난 과오를 들추지 않을 것이다. 이제 피해 지역민들이 나서야 할 때다. 여수 · 순천 사람들이 갖는 지역적 죄의식의 대상이 전환되어야 할 시점이다. 지정학적으로 14연대가 주둔할 수밖에 없었던 정황이 죄가 될 수는 없다. 좌익 계열의 부대원 일부가 반란을 꾀한 것이 여수 · 순천 사람들의 죄일 수 없다. 배가 고파 굶어죽을 처지에서 쌀을 달라고 외치고, 이를 폭력으로 억압하는 친일부역경찰에게 비난을 가한 인민대회가 국가에 반하는 반역행위일 수도 없다. 여수 · 순천 사람들은 반란 죄인이 결코 아님에도 국가는 다른 지역민의 통제 수단으로 전범을 삼았을 뿐이다. 이제 여수 · 순천 사람들이 깨우쳐야 한다. '우리는 국가에 대해서, 다른 지역 국민에 대해서 죄인이다'라는 지역적 죄의식 틀에서 벗어나 '비정한 국가와 짐승 같은 계엄군에 의한 학살이 벌어진 그 자리에 있었고, 이를 지켜봤고, 이를 전해 들었음에도 용기가 없어서 말하지 못한 죄, 억울하게 죽어간 이들에 대해 추도하지 못한 죄, 국가의 악행을 후대에 전하지 못한 죄'에 대한 죄의식으로 전환해야 한다. 이것이 여수·순천 사람들의 지역적 죄의식이 되어야 한다. 그리고 여기서 벗어나기 위해 국가가 의도적으로 행한 국가폭력에 대해 강력하게 사과와 신원을 요구하고, 보상을 약속받아야 한다. 그 가운데 여수는 반란의 도시 이미지를 벗고 밤바다가 아름다운 도시로 길이 남을 수 있을 것이다.

5

골짜기의
비탄을
기억하라!

김종곤
건국대학교 통일인문학연구단 HK연구교수

「어느 물푸레나무의 기억」, 『밤의 눈』, 「물구나무서는 아이」, 「소지」 작품 배경: 국민보도연맹 사건

국민보도연맹은 1949년 이승만 정권이 좌익이력을 가진 사람들을 전향시키고 관리하고자 만든 좌익전향단체다. 하지만 그 결성과정에서 좌익과 관련이 없는 농민과 노동자들까지 회유와 협박을 통해 대거 가입시켰고 국민보도연맹원이 된 그들은 대한민국의 국민이 아니라 감시의 대상인 '좌익혐의자' 혹은 '요시찰인'으로 분류되었다. 한국전쟁이 발발하자 정부는 예비검속령을 내리고 보도연맹을 소집해서 구금하였다. 전선이 급속히 후퇴하는 과정에서 보도연맹원들은 어떠한 재판과정도 없이 경찰과 군에 의해 집단 학살되었다. 그 인원만 하더라도 적게는 10만에서 많게는 40만에 이르는 것으로 추정된다. 2000년대 들어서 진상규명이 어느 정도 이루어졌으며 대통령이 국가폭력이었음을 인정하고 사과했다. 또 일부 유족에게는 배상 및 보상이 이루어지기도 했다. 그러나 현재까지 그 피해 현황에 대한 조사가 명확하게 이루어지지 않았으며 학살 명령을 내린 책임자 또한 누구인지 추정만 할 뿐 확실하게 밝혀지지 않았다. 국민보도연맹 사건은 아직 해결해야 할 우리 역사의 과제로 남아 있다.

작가: 최용탁, 조갑상, 이창동

최용탁은 1965년 충북 충주 태생으로 2006년 소설「단풍 열 끗」으로 15회 전태일문학상을 수상하며 등단하였다. 그는 충주에서 농사를 지으며「미궁의 눈」,『즐거운 읍내』,「사라진 노래」 등의 소설을 발표하였다.

조갑상은 1949년 경남 의령 출생으로 1980년 동아일보 신춘문예「혼자 웃기」로 당선되면서 등단하였다. 주요 작품으로는「불안한 조깅」,「다시 시작하는 끝」,「테하차피의 달」,『밤의 눈』,「병산읍지 편찬약사」 등이 있다.

영화감독으로도 잘 알려져 있는 이창동은 1954

년 대구에서 출생하였다. 1983년 소설「전리」로 동아일보 신춘문예에 당선되면서 등단하였다. 이후「운명에 관하여」,「녹천에는 똥이 많다」 등의 소설을 집필하였다.

작품:「어느 물푸레나무의 기억」, 『밤의 눈』,「물구나무서는 아이」,「소지」

이 글에서는 국민보도연맹 사건을 다루는 4개의 문학작품을 인용하고 있다. 그 중 최용탁의「어느 물푸레나무의 기억」(2013)은 국민보도연맹원들에 대한 학살 장면을 물푸레나무의 입장에서 덤덤하면서도 생생하게 전달한다. 조갑상의『밤의 눈』(2012)은 전쟁 발발 직후 '대진' 지역을 배경으로 보도연맹원에 대한 예비검속과 학살에 얽힌 이야기를 르포 형식으로 전한다. 조갑상의 또 다른 단편소설「물구나무서는 아이」(2017)는 보도연맹원이었던 아버지가 학살당한 이후 '빨갱이'의 자식이라는 이유로 차별받으며 세상을 거꾸로 살아야 했던 아이의 이야기를 다룬다. 마지막으로 이 글에서 인용하는 이창동의「소지」(2003)는 80년대 군사정권시절을 배경으로 보도연맹원의 유가족이 연좌제의 굴레 속에서 겪어야 했던 수난과 그로 인한 가족 간의 불화를 생생하게 그려낸다.

골짜기의 비탄과 역사의 파편

빗속에 우산을 받쳐 든 백발의 노인이 어느 골짜기 돌무더기 앞에 서서 오열한다. 그러면서 85살 먹은 자신의 남편 '남점판 영감'이 이곳에 있는지 묻는다. 그런데 노인이 찾는 이는 살아 있는 남편이 아니다. 그가 물어 찾는 것은 죽은 남편의 유해이다. 구부정한 허리에 무릎을 내리치며 통곡하던 노인은 이내 남편의 극락왕생을 빌고는 가슴 속에 오랫동안 묵혀둔 응어리를 토해내듯 '산천'과 '부락민'의 무심함을 나무란다.

> "85살 먹은 남점판 영감, 여기 있을까…. 아이고, 아이고 85살 먹는 남씨파 영감 나오셨거든 어쨌든지 오늘 이 좋은 성지 받아서 극락세계 가소서. 아이고, 아이고, 아이고… 산천도 무심하고 부락민도 무심하요. 좋은 산천, 우리 고향 좋은 산천 놔두고 여기 와서 이렇다니…."

곁에 있던 다른 여인이 노인의 통탄에 답이라도 하듯 분노에 찬 목소리를 포갠다. 여러 시신이 한군데에 엉켜 묻히는 바람에 죽은 이들이 자신의 몸을 온전히 찾지 못해 극락세계에 제대로 갔는지나 모르겠다고 울분을 토해낸다. 그리고 이승만 전(前) 대통령을 '개승만'이라 칭하면서, 이미 죽은 그를 그곳에서 발견된 유해들과 마찬가지로 '온전함'을 갖추지 못하게 산산조각 내어 뿔뿔이 흩어버려야 한다는 말을 서슴지 않고 뱉어낸다.

> "수십 명이 여기 한 곳에 엉켜 가지고 네 자리, 내 자리, 네 팔, 내 팔 한군데에 쳐 묻어 놨으니 누가 누군지 그 무엇에 끌려서 극락세계 갔는지 아요. 개승만이를 갔다가 따 가지고 전신을 갈아가지고 삼천리 방방곡곡에 흩어야 돼. 흩어야 돼."

다큐영화 〈레드툼〉(2013)이 담아내고 있는 이 장면은 지난 2002년 8월 마산의 어느 한 지역에서 촬영되었다. 역대 최악의 태풍 중 하나로 기록되는 루사가 한반도를 강타한 후 산의 토사가 무너지면서 대량의 유해가 발견된 것이다. 할머니와 여인의 말을 통해 어느 정도 짐작하겠지만, 그 골짜기는 70여 년 전 한국전쟁이 발발한 뒤 군과 경찰에 의해 학살된 국민보도연맹원의 유해가 '사람의 힘'이 아니라 '자연의 힘'을 빌려 세상 밖으로 나온 현장이었다. 바람과 비는 산 자에게는 애꿎은 것이었을지도 모르나, 서로 뒤엉켜 어두운 땅속에 묻혀 있던 백골들에게는 세상 빛을 보게 된 계기였다. 그리고 그 계기는 그들이 비록 역사와 사람들의 기억 속에서는 잊혔지만 70여 년의 세월 동안 골짜기의 일부로 이미 '존재'해왔음을 알리는 것이기도 하였다.

그렇기에 그들의 출현은 역사에 없었던 시간이 (사실 있었지만) 오랜 잠복기를 거쳐 우리의 시대에 도래한 '사건'이다. 이 사건은 우리의 역사적 기억이 온전하지 않았음을 말해주는 동시에 그들이 살다 죽어간 과거의 시간에 주목하게 한다. 그들은 우리를 향해 일찍이 발터 벤야민이 〈역사의 개념에 대하여〉(역사철학 테제)에서 인용한 브레히트의 시 구절, "비탄의 소리가 울려 퍼지는 이 골짜기의 어둠과 혹한을 생각하라."[1]고 명령하는 것만 같다. 그것은 지금까지 우리에게 외쳤지만 들리지 않았거나 들으려 하지 않았던, 망각의 심연에 묻혀있던 죽은 자들의 목소리이다. 죽은 자들이 시간의 간격을 두고 출현하면서 역사의 시간에 공백이 있었음을 드러내 보이는 동시에 산 자들에게 망각되어 역사에서 떨어져 나간 파편들이 있었음을 가리키는 '망령들의 목소리'인 것이다.

그렇다고 그 목소리가 현재를 살아가는 우리를 과거로 끌고 가 그곳에 묶어두려 한다고 생각해서는 안 될 것이다. 오히려 그 목소리는 자신(들)의 죽음을 기억함으로써 역사의 정의를 세우고 지금-여기를 사는 우리의 삶이 또다시 비극의 도탄에 빠지지 않도록 올바른 방향타를 잡으라는, 지극히 미래를 예비하라는 목소리로 받아들여야 할 것이다. 우리가 그들의 목소리에 귀 기울여야 하는 이유는 바로 여기에 있다. 과거는 흘러가버린 가치 없는

1 발터 벤야민, 최성만 옮김, 『발터 벤야민 선집 05-역사의 개념에 대하여/폭력비판을 위하여/초현실주의 외』, 길, 2008, 335쪽.

시간이 아니라 우리의 현재와 미래적 삶을 위해 기억해야 하는 시간이다. 그래서 우리는 그들이 죽어갔던 그 시간으로 되돌아가봐야 한다.

물푸레나무가 기억하는 죽음의 시간[2]

어느 깊은 골짜기에 4년이 채 안 된 어린 물푸레나무가 한 그루 있다. 나무는 비탈면에 있었기에 하루 동안 해를 많이 보지 못했다. 숲은 늘 정적으로 채워져 있었고 간간히 바람이 불어올 뿐이었다. 간혹 나무를 하러 오는 사람을 제외하고는 좀처럼 사람 구경하기도 힘들었다. 그런 그곳에 어느 날 무명옷을 입은 50명, 100명 아니 200명의 사람들이 긴 행렬로 나타났다. 물푸레나무는 태어나서 그렇게 많은 사람들을 한꺼번에 본 적이 없었다. 그들은 양손이 철사로 묶여 있었고 앞뒤 사람끼리는 좀 더 굵은 철사로 엮여 있었다. 그리고 그들 옆에는 무명옷이 아닌 제복을 입은 사람들이 총을 들고 섞여 있었다.

무명옷을 입은 사람들은 물푸레나무가 간간히 보아온 농투성이들과 다르지 않았다. "그렇지만 얼굴 표정만은 전혀 달랐다. 마치 무서운 귀신이라도 만난 듯 혼겁한 눈동자는 풀려 있고 여름날인데도 사시나무 떨 듯 온몸

2 이 절은 최용탁의 소설 「어느 물푸레나무의 기억」(『벌레들』, 북멘토, 2013)의 내용을 인용하면서 재구성한 것이다.

을 떨었다. 거의 모두 오줌을 싸서 바짓가랑이가 젖어 있었다. 내내 말없이 걸어오던 사람들은 골짜기에 들어서자마자 비명을 지르기 시작했다." 죽음을 직감이라도 했을까. 사람들은 살려달라고 외쳤다. 안 죽인다고 해놓고선 부역을 간다고 말해놓고선 이 골짜기에는 왜 데리고 왔느냐고 울부짖었다. 자신이 죽고 나면 어미 없는 자식들이 굶어 죽는다고, 죄 없는 자신을 왜 죽이려 드느냐고 절규했다. 어떤 이가 자리에 털썩 주저앉아 "이승만 만세! 대한민국 만세!"를 외치자 중요한 것을 잊고 있었다는 듯 일제히 합창하기 시작했다.

하지만 돌아온 응답은 개머리판 세례였다. 여기저기에서 머리가 터지면서 "바가지 깨지는 우지끈 소리"와 "늙은 호박 터지는 소리"가 났다. 그 소리가 자신의 죽음을 직감한 이들의 비명과 울부짖음, 절규 그리고 외침을 틀어막았다. 피는 분수처럼 솟구치고 뇌수가 흘러나왔다. 머리카락이 붙은 살점이 날아가 뺨에 달라붙었는데도 알아채지 못했다. 제복을 입은 사람들은 개머리판을 계속해서 휘두르며 그들을 골짜기로 몰아넣었다. 머리가 터져 정신을 잃거나 숨을 거둔 사람들은 앞사람과 철삿줄로 엮인 탓에 몸을 늘어트린 채 질질 끌려갔다. 철삿줄이 손목을 점점 파고들어 "으흥흥, 으흥흥" 하고 뼈가 갈리는 소리가 났다.

골짜기에 들어서자 제복을 입은 사람들은 양쪽으로

갈라져 산으로 올라갔다. 지휘관으로 보이는 사람이 한쪽 산허리에 자리를 잡더니 "나는 여러분의 안녕과 치안을 책임진 창주경찰서의…."라고 자신의 신분을 밝히려던 차 말을 자르고 "여러분이 죽는 것은 다 즌쟁을 일으킨 북괴 탓이니께, 원망을 할랴면 그짝을 원망혀야지, 조금도 우리를 원망해서는 안 됩니다."라는 말로 '훈화'를 끝낸다. 앞뒤가 맞지도 않고 실로 무책임한 말이다. 스스로 이들의 안녕과 치안을 책임진 자라 밝히면서도 전쟁을 일으킨 북한 때문에 이들을 죽일 수밖에 없다니, 그리고 자신에게는 책임이 없다니 말이다. 전쟁이 났으면 적으로부터 자국민을 보호하는 것이 국가가 해야 할 당연한 일이 아닌가.

하지만 지휘관은 일말의 망설임도 없이 발포 명령을 내린다. 골짜기 양쪽에 서 있던 제복들의 총에서 일제히 불이 뿜어졌다. "골짜기는 순식간에 피바다가 되었다. 배로 날아간 총알은 창자를 감은 채 등 뒤로 쑥 빠지기도 하고 머리를 부수고 지나간 곳에는 눈알이 흘러나와 가슴께까지 늘어지기도 했다. 미처 숨이 끊어지지 않은 사람들은 삐져나온 창자를 도로 밀어 넣으려다가 또 다른 총알을 맞고는 벌렁 자빠졌다." 제복들은 땀을 줄줄 흘리며 연신 총을 쏘아 댔다. 죽은 이의 몸에서 나온 피는 골짜기를 타고 흘러내렸다. 아직 숨이 끊어지지 않아 거친 숨을 내쉬며 신음하는 자들에게 제복은 간단히 머리에 총알 한 방씩을 더 쏘았다.

이윽고 땅속 벌레들과 날벌레들의 축제가 열렸다. 어디에서 왔는지 온갖 벌레들이 까맣게 몰려들었다. 파리들은 피를 한껏 빨고는 배가 불러 날지 못했다. 땅속에서 기어 올라온 벌레들은 죽은 사람들의 내장 사이로 파고들었다. 노랑우산독버섯은 죽은 이의 몸뚱어리를 숙주 삼아 포자를 자욱하게 피웠다. 하지만 그날로 끝이 아니었다. 해가 뜨자 다시 제복들은 다른 무리의 사람들을 이끌고 골짜기로 올라왔다. 그 무리들은 이미 썩어가는 시체들을 보자 선 채로 똥오줌을 쌌다. 그리고 다시 총성이 울렸고, 그렇게 사흘 동안 골짜기는 매일 화약 냄새로 가득 찼다. 시신들은 쌓이고 뒤엉켜 썩어갔다. 어김없이 어디선가 날고 기어온 수많은 벌레들과 산짐승은 죽은 이의 피를 빨고 살을 파헤쳤다.

며칠이 지나고서야 지게를 진 사람들이 몰려왔다. 그들은 구더기가 득실거리는 시체 더미 속에서 가족을 찾았다. "이미 썩어버린 시체는 움직일 때마다 내장과 함께 줄줄 물을 쏟았다. 어떨 때는 머리가 떨어져 비탈을 굴러 내려가기도 했다. 얼굴로는 이미 형체를 알아보기 힘들었다." 그들은 바짓단과 신체의 일부분을 살펴보면서 아버지와 어머니, 남편과 아들, 형과 동생을 찾았다. 가족을 찾은 이들은 시신을 끌어안고 피 울음을 쏟아내고 몸부림을 쳤다. 그 후로 오랫동안 골짜기에는 사람들의 발걸음이 끊어졌고, 찾아가지 않은 시신은 백골로 남아 흙 속에 그리고 세월 속에 묻혔다.

'국민보도연맹'이라는 이름의 살생부

물푸레나무는 한국전쟁이 발발한 직후 민간인으로 보이는 다수의 사람들이 대한민국 경찰에 의해 집단 총살당하는 장면을 덤덤하게 증언한다. 그런데 물푸레나무가 증언하는 총살 장면은 중범죄를 저지른 사람들에 대한 사형 집행이었을까? 그렇게 보이지는 않는다. 물푸레나무의 증언에 따르면 죽은 이들은 골짜기에 들어서기까지 자신들이 죽을 줄 몰랐다. 골짜기에 들어서서야 그들은 자신들의 죽음을 '예감'했다. 이는 죽은 자들이 자신들의 죽음을 미리 예견할 수 있는(사형 선고를 받은) 어떤 적법한 재판절차가 없었다는 점을 짐작케 한다. 물론 전시상황이기 때문에 즉결처분이 가능하지 않냐고 물을 수 있다. 하지만 그들은 군인이 아닌 민간인이기에 전시상황이라 하더라도 적법한 절차 없이 처형할 수 없다. 그렇기에 그 죽음의 시간은 국가가 자국민으로 대상으로 '국가범죄(State Crime)'를 자행한 시간이었는지 모른다. 그래서 다시 물어봐야 한다. 그 골짜기에 끌려왔던 그들은 누구이기에 어떤 이유에서 국가의 총탄에 죽어야만 했는가?

물음에 대한 대답은 무엇보다 동서 냉전질서 속에서 이루어진 남북 분단과 한국전쟁의 역사에서 찾아야 할 듯하다. 알다시피 1945년 8월 15일 일본이 연합국에 무조건 항복을 선언하면서 6년간 지속된 제2차 세계대전은 끝이 난다. 동시에 36년간 일제식민지 지배하에 있던 한반도는 드디어 해방을 맞이한다. 해방된 한반도는 비로소 민족의 자주적 국가를 건설할 수 있다는 희망으로 가득 찼다. 하지만 그 희망은 그리 오래가지 않아 커다란 장벽에 부딪히고, 한반도에는 어두운 그림자가 드리운다. 같은 해 12월 미 · 소 · 영이 참석한 모스크바 3상 회의에서 한반도에 대한 신탁통치안이 제안된 것이다. 이는 민족의 희망이었던 자주국가 건설이 불가능하게 되었을 뿐만 아니라 하나의 민족이 남과 북으로 분단된다는 것을 의미했다. 여기저기에서 신탁통치안에 반대하는 목소리가 들끓었다. 하지만 당시 대중들의 지배적 여론이 반탁이었음에도 불구하고 결국 신탁통치안은 통과되었고, 한반도의 허리는 38도선을 경계로 잘리고 만다.

문제는 분단 이후 남과 북이 각각 미국과 소련의 정치 이데올로기에 따라 국가 정체성을 형성하면서 갈수록 상호대결적 구도가 첨예화되었다는 점이다. 같은 민족이면서 자신의 반쪽이었던 상대는 자신들의 오랜 열망이던 자주국가 건설의 협력적 파트너이기보다는 사상(혹은 이념)을 달리하면서 자신에게 위협이 되는 적으로 간주되고, 심지어 제거해야 하는 대상이 되어갔다. 더 심각한 점은 이러한 대결 양상이 남과 북의 관계에만 국한되지 않았다는 점이다. 남은 '자유민주주의'를, 북은 '사회주의'를 중심에 놓고 그와 다른 정치적 입장을 가진 자들을 내부의 적(남은 '빨갱이', 북은 '반동'이라는 이름으로)으로 구분 짓기 시작했다. 그리고 그렇게 구분된 자들을 마치 거대한 멸균작업이라도 하듯 축출하고 감금하고 절멸시키려 했다. '민족'이 아닌 '사상'이 하나의 공간에서 함께 살아갈 사람을 선별하는 조건이 되었다. '사상'이 '민족'에 대한 폭력과 살인을 묵인하고 정당화하는 이유가 되었다. 그리고 '사상'은 정치권력 투쟁에서 정적을 제거하는 동시에 자신의 정통을 세우는 데 아주 유용한 수단이 된다.

아이러니하게도 이즈음 남쪽에서는 제주 4 · 3(1948년 4월)과 여순 사건(1948년 10월)이 연이어 발생한다. 제주 4 · 3의 경우 해방 이후 극심한 민생고, 친일인사의 재등용, 경찰의 고문치사 등에 대한 대중들의 분노가 표출된 민중항쟁의 성격을, 여순 사건은 여수에 주둔하고 있던 14연대가 제주 반란군을 진압하라는 상부의 출동 명령에 "우리는 동족상잔의 제주도 출동을 반대한다"며 일으킨 봉기의 성격을 지니고 발생한 것이었다. 어떤 의미에서 그 항쟁과 봉기는 이념이나 사상과는 거리가 있는, 오로지 민생고와 동포애로부터 출발한 민심의 반영이었다. 하지만 그 사건들이 지닌 나름의 동기와 의미는 사장(死藏)되고 오로지 사회주의 세력에 의한 '폭동'으로만 해석되었다. 폭동세력은 삶의 무게를 버티며 살아가는 '얼굴을 가진 사람'이 아니라 단지 무자비하고 폭력적이며 안전을 위협하는 '빨갱이'일 뿐이었다. 일련의 이 사건들은 '반공'에 정당성을 제공하는 역사적 경험이자 '사상'의 불온함을 이유로 상대를 제거하는 '죽음의 정치'에 더욱 힘을 실어주는 계기가 되었다. 또 반공국가 건설을 목적으로 하는 당시의 정치세력에게 사회주의세력을 축출하는 데 박차를 가할 좋은 기회도 되어주었다.

그 시작은 1948년 12월 1일에 공포된 '국가보안법'이었다. 눈여겨볼 점은 이 법에서 명시하고 있는 처벌 대상자이다.[3] 6개의 전문으로 이루어진 국가보안법 제1조는 해방 직후 결성된 수십 개의 사회주의 단체들을 불법단체로 간주하고 있다. 또한 공포일인 12월 1일까지 아무런 수행이 없었다 하더라도 해당 단체에 반대하거나 탈퇴하지 않은 사람들까지 법률에 저촉되는 것으로 규정하고 있다. 그런데 불법으로 규정된 조선노동조합전국평의회와 전국농민연맹만 보더라도 1946년 1월 기준으로 총인원이 약 380만 명에 이르렀다. 당시 대부분의 노동자나 농민이 이 단체에 가입되어 있었다. 이는 국가보안법이 규정하는 처벌대상자가 너무나도 자의적이고 광범위하여 대규모의 국가보안법 사범이 양산될 수밖에 없었

3 강성현, 「전향에서 감시·동원, 그리고 학살로-국민보도연맹 조직을 중심으로」, 『역사연구』 14호, 역사학연구소, 2004, 64쪽.

다는 것을 의미한다. 실제로 법이 시행되고 1년 동안 국가보안법 위반으로 검거 및 투옥된 인원만 하더라도 11만 명이 넘었다.

웃지 못할 일은 전국에 형무소가 20개가량 있었지만 그 인원을 모두 수용하기에는 턱없이 부족했다는 점이다.[4] 이승만 정권은 당황할 수밖에 없었고 시급히 어떤 조치를 해야 했다. 이에 묘안(?)이라고 내놓은 것이 바로 '국민보도연맹'(The Federation Protecting and Guiding the Public, 이하 보도연맹)이었다. 보도연맹은 일종의 '좌익전향단체'로, 1949년 4월 21일 과거의 죄를 반성하고 전향한 사람들을 일정 기간 국가가 '보호하고 지도하여(보도保導)' 명실상부한 대한민국의 국민으로 만든다는 명목으로 결성되었다. 하지만 이 단체의 실질적인 목적은 다른 데 있었다. 결성 취지문 말미의 '남북로당 계열의 타파'라는 문구에서 보듯, 보도연맹은 좌익세력을 색출하고 감옥 대신 울타리 없는 감시망을 통해 관리하겠다는 것이 그 주요 목적이었다. 또한 보도연맹은 국가보안법이 그러했듯 반이승만 세력을 견지하고 통제하기 위한 수단이 되기도 했다. 소설 『밤의 눈』에서 옥구열의 부친은 다음과 같이 이 점을 정확하게 꿰뚫고 있다.

> 단정(單政) 전후로 올라갈 사람 다 올라가고 남을 만한 사람들이니께 남은 기고, 보안법도 모지레 보련 맹근 건

4 앞의 글, 65쪽.

이 박사 반대하는 사람들 옭아맬라꼬 그런 거 아이가. 아, 임정을 지지할 수도 있고 몽양 선생 지지도 할 수 있는 긴데 그 꼴을 못 보는 기라. 미국서 민주주의 배았으몬 뭐해?[5]

그의 말처럼 보도연맹은 자신과 다른 정치적 입장과 이데올로기를 가진 자를 철저하게 감시·통제·배제하는 반민주적 기구였다. 그런데도 보도연맹은 '자유민주주의'를 내세운 국가에 의해 서울을 시작으로(1949년 6월) 시도 단위의 전국 각지에서 빠르게 결성되었다. 그리하여 1950년 초에는 전국의 연맹원 수가 30만 명에 달했으며, 같은 해 6월에는 33만여 명까지 증가했다. 하지만 그렇게 조직된 보도연맹은 모두가 좌익이력을 가진 사람들로만 구성된 것은 아니었다. 보도연맹은 애당초 그 취지와는 다르게 지역의 지부 결성과 연맹원 확충과정에서 할당된 인원수를 채우기 위해 좌익과는 아무런 상관이 없는 사람들까지 온갖 회유와 협박을 통해 가입시켰다. 심지어 글을 알지 못하는 사람들에게도 나라에서 하는 일이라는 이유로 그 내용을 제대로 알리지도 않은 채 가입 서류에 도장을 찍게 했다.

『밤의 눈』에서 옥구열의 친구 고시돌의 부친이 그러했다. 어느 날 밤늦게 구장이 느닷없이 찾아오더니 도장을 달라고 한다. 무슨 일로 도장을 달라고 하냐는 고시돌

5 조갑상, 『밤의 눈』, 산지니, 2012, 73~74쪽.

부친의 물음에 구장 옆에 서 있던 사내가 위협적인 목소리로 답한다. "통계 잡을 일이 있든지 비료를 나나 주든지, 뭐가 있은께네 그러는 거 아니겠소. 관에서 하는 일에 협조 안 할라 카몬 하지 마소, 누가 손해 보는가." 거기에 구장도 협박조의 목소리를 보탠다. "내가 시방 몇 집을 더 돌아댕기야 하는지 아나? 고마 자네 집은 뺄까?"[6] 사내와 구장이 말하는 것처럼 실제로 비료를 나누어주기 위해서라든지 도장을 찍지 않으면 불이익을 당할 수 있다는 식으로 가입서류를 받아 낸 사례는 적지 않게 보고되고 있다. 또 어떤 사람은 보도연맹 가입자격이 미달인데도 나랏일이 다 좋은 줄 알고 자발적으로 회비까지 내놓으며 도장을 찍었다. 그 가입서가 머지않은 미래에 자신을 죽음으로 몰아갈 살생부가 될지도 모르고 말이다.

보도연맹원에 대한 살해 명령, 예비검속

1950년 6월 25일 대결구도를 강화해오던 남북 간에 기어이 전쟁이 일어난다. 전면전이 발발한 이날 내무부 치안국은 〈전국 요시찰인 단속 및 전국 형무소 경비의 건〉이라는 비상통첩을 무선전보를 통해 전국의 경찰서에 전달하고 요시찰인(要視察人)을 예비검속(豫備檢束)할 것을

---

6 앞의 책, 60쪽.

지시한다. 그리고 6월 29일 추가로 국민보도연맹원과 기타 불순분자에 대한 예비검속 명령을 하달한다.

예비검속은 원래 일제가 경찰 권력을 강화하고 조선인을 정치 · 사회적으로 억압했던 주요 수단으로, 요시찰인으로 분류된 사람을 미리 강제 구금하는 행정 집행을 말한다. 해방 이후에도 예비검속은 한동안 존속되었다. 하지만 1948년 3월 단독정부수립을 위한 5 · 10 총선거를 앞두고 외신들의 관심이 한반도에 쏠리자 미군정은 관련 법률을 전면 폐지한다. 그런데도 이승만 정권은 좌익뿐만 아니라 자신에게 반기를 드는 세력들을 척결하기 위한 수단으로 경찰 예비검속권을 활용하면서 실질적으로는 폐지하지 않았던 것이다. 그렇기에 전쟁 발발 직후 경찰이 집행한 예비검속은 어떠한 법률적 근거도 없는 명백한 불법행위였다.

예비검속이 합법적인 경우는 비상계엄령이 선포되었을 때에 한해서이다. 실제로 1950년 7월 8일 비상계엄령이 선포되었고, 그 후 예비검속은 계엄사령부에 배속된 육군본부 정보국 방첩대(CIC)의 주도하에 이루어졌다. 그렇다고 하더라도 비상계엄이 선포되기 이전의 예비검속은 여전히 불법적인 것이었다. 물론 7월 12일에 〈체포구금 특별조치령〉이 내려졌다는 점을 들어 그 이후의 예비검속은 합법적이었다고 말할지 모른다. 그러나 군의 예비검속은 당시 육군본부 정보국장이나 헌병사령관의 자의적 명령에 따라 사실상 개전 직후부터 경찰과의 협력하에 이미 이루어졌다는 점에서, 12일에 내려진 특별조치령은 예비검속의 자의성에 대해 사후적으로 근거를 마련하기 위한 조치였으리라는 의구심을 품게 한다.

하지만 예비검속이 합법이냐 불법이냐를 따지는 일보다 더 중요한 것은 예비검속이 보도연맹원을 비롯한 민간인 학살로 이어졌다는 사실이다. 예비검속은 말 그대로 요시찰인 등 위험인물로 분류된 자를 구금하여 미래에 발생할지도 모르는 소요사태나 적에게 동조하는 행위를 '예방'하기 위함이지 필연적으로 '처형'을 의미하는 것은 아니다. 그런데도 서울이 인민군에게 점령당한 다음 날인 6월 29일과 30일, 제주를 비롯한 각 도 경찰국장 앞으로 〈불순분자 구속의 건〉이라는 치안국 통첩이 내려졌으며 예비검속된 민간인들을 대상으로 학살이 본격적으로 이루어지기 시작했다. "실제로 진실화해위원회 조사 과정에서 일선의 많은 사찰계 경찰들은 날짜를 정확하게 기억하지 못했지만 전쟁 바로 직후 치안국 혹은 상부로부터 모스 부호(morse code)나 비밀전문으로 받은 통첩을 모두 '살해 명령'이었다고 증언했다."[7]

7　임영태, "국민보도연맹 사건(5): 누가 보도연맹 학살을 주도했나?", 〈통일뉴스〉(2016.08.23.)(http://www.tongilnews.com/news/articleView.html?idxno=117886)

잠재적 적에 대한 예측학살과 예방학살

그렇다면 예비검속은 어떤 방식으로 이루어졌을까? 일반적으로는 자발적 '소집'으로 이루어졌다. 전쟁이 나기 전에도 사람들은 교육이니 훈련이니 해서 관공서나 경찰서에 오고 갔던 터라 별 의심 없이 자발적으로 소집에 응해서 참석한 경우가 대부분이었다. 「물구나무서는 아이」에 나오는 김영호의 부친 또한 마찬가지이다. 무지렁이 소작농이었던 김영호의 부친은 보도연맹 가입 후 "처음 두어 달은 교육이라 해서 군청과 경찰서가 있는 읍에 (…) 봄부터는 지서에 가서 출석만 확인했다. (…) 그러다 전쟁이 나고서는 일주일에 한 번꼴로 부르다 8월 어느 날은 통지를 하는 반장이 출장소로 가라고 했다. 보련 사람들은 도착 순서대로 차례차례 구금되었다."[8] 어떤 이들은 집이나 논밭에서 일을 하고 있다가 경찰이나 이장, 구장이 찾아와 순순히 '동행'하기도 했다. 그리고 그 길로 경찰서나 지서의 유치장 혹은 탄광이나 곡식 창고, 형무소 등에 구금되었다.

경찰과 방첩대에 의해 구금된 사람들은 심문을 통해 예를 들어 A, B, C 혹은 갑, 을, 병 등급으로 분류되었다. 이때 A와 갑은 처형, B와 을은 처리, C와 병은 관리 및 석방을 의미했다. 하지만 등급을 분류하기 위해 과거 좌익

8 조갑상, 『밤의 눈』, 산지니, 2012, 41쪽.

활동 경력을 묻는 심문이 대체적으로 고문을 통해 이루어졌기에 분류 자체가 대단히 자의적일 수밖에 없었다.

『밤의 눈』에서는 한용범이 그 희생양이었다. 한용범은 국민보도연맹 결성 즈음 가입을 완강히 거부했는데도 사찰주임이 배정식 사건을 거론하면서 반강제로 반성문을 쓰게 하고 참여시켰다. 한용범의 선배였던 배정식은 패전 후에도 버젓이 군사활동을 계속하는 일본군을 지켜만 보고 있을 수 없어 통신병을 내쫓고 이장 집 마당에 트럭을 억류해 뒀던 적이 있었다. 이 일로 일본 헌병이 그를 체포해갔는데, 8월이 지나도 배정식은 돌아오지 않았다. 미군과 경남 경찰국의 조사결과 일본군이 그를 연행해가던 도중 바다에 수장해버렸다는 사실이 드러났다. 평소 존경하던 선배가 그런 일을 당한지라 한용범은 가만히 있을 수 없었다. 한용범은 패전한 일본군의 만행을 알리고 가해자의 일본 송환을 반대하는 여론 조성을 위해 진상백서를 만들어 서울에 있는 신문사와 각 정당 단체에 보냈다. 나중에 문제가 된 것은 이때 현장 조사를 내려왔던 유일한 사람이 조선공산당 소속의 장안파 일원이었다는 점이다. 대진지역에 CIC를 대신하여 파견된 해군첩보대(해군 G-2) 권혁은 한용범을 불러다 매타작과 물고문을 하면서 장안파와의 연계관계를 묻는다.

"백서를 수십 군데나 보냈는데 왜 하필 공산당, 그것도 장안파에서만 내려왔냐 말이야? 이 새끼야, 그걸 제대로 설명해야 될 거 아니다.!"

또다시 매타작이 시작되었다. 정말 참을 수 없는 건 한 놈이 한용범의 발을 잡고 다른 한 놈이 발바닥을 사정없이 가격할 때였다. 머리에 강한 전류가 통하는 듯하여 잠시잠시 까무러치기도 했다.

"물에 처넣어! 수장당한 놈 진상을 밝혔으니 니놈이 수장 맛을 한번 봐야지!"[9]

문제는 소설에 나오는 것처럼 예비검속 분류과정이 소위 '물건 만들기'에 활용되거나 평소 지역 행정에 이의를 제기하면서 힘깨나 쓰는 사람들의 눈 밖에 난 사람을 대상으로 이루어지기도 했다는 점이다. "재판과 관계없는 수사였기에 자백을 받아 내고 조서에 도장을 찍는 일은 실상 아무 의미가 없었다. 전방에서는 물론 후방에서도 좌익분자에 대한 처리는 재판절차 없이 즉결처분이 가능한 상황이었기에, 한용범 하나를 공산당 세포로 만들어 죽이든 살리든 하는 일은 중요하지 않았다. 제대로 된 물건으로 만들어야 했다."[10] 이처럼 예비검속은 그가 실질적으로 사회주의자이며 위험인물인지를 가리는 데 중점을 두기보다는 군의 실적 쌓기에 활용되거나 지역사회의 알력다툼에 악용된 사례가 적지 않았다.

하지만 이러한 분류는 그나마 시간적 여유가 있는 후

---

9 앞의 책, 78쪽.

10 앞의 책, 80쪽.

방지역에서 가능했던 일이다. 전선이 급격히 밀렸던 경기, 강원의 전방지역에서는 구금된 보도연맹원들을 6월 말부터 분류와 상관없이 무차별적으로 사살하기도 했다. 충청 이남으로 전선이 밀린 7월 이후에는 한국군이 후퇴하면서 형무소에 수감된 보도연맹원들을 정치범과 함께 사살하기도 했다. 피난민들 사이에 끼어 남하하던 보도연맹원들 또한 안전할 수 없었다. 정부는 7월 초까지 피난민들에 대한 아무런 대책을 내놓지 않고 있다가 같은 달 10일 〈피난민 분산에 관한 통첩〉을 내린다. 하지만 이 통첩문은 피난민에 대한 구호대책이 아니라 피난민들 사이에 끼어 있을 줄 모르는 사상불온자를 색출하여 처리하려는 목적을 지니고 있었다. 예컨대 진실화해위원회의 자료에 따르면 충북 괴산지역에서는 군인이 피난민을 검문하고 이 중 200여 명을 보도연맹원이라는 이유로 끌고가 학살했다고 한다. 심지어 시장까지 지닌 사람은 검문 중 주머니에서 보련 간사장의 명함이 나왔다는 이유로 죽을 뻔하다가 가까스로 살아나기도 했다.[11]

이처럼 전시 상황에서 보도연맹원은 '잠재적 적'으로 간주되었고 정부는 국민을 보호하기보다는 이들을 색출하여 제거하는 일에 더 혈안이 되어 있었다. 하지만 그들이 아무리 적에게 동조할 일말의 가능성을 지녔다고 하더라도, 그것은 어디까지나 가능성에 불과하지 않는가. 더구나 앞서 보았던 것처럼 보도연맹원 대부분이 이념과

---

11 강성현, 「전향에서 감시·동원, 그리고 학살로 – 국민보도연맹 조직을 중심으로」, 『역사연구』 14호, 역사학연구소, 2004, 44~45쪽.

는 무관한 농민과 노동자들이었다는 점에서, 또 온갖 고문을 통해 소위 빨갱이로 만들어 살해했다는 점에서 그들 대부분은 적이 아니었다. 그런데도 군은 단지 적이 될 수 있다는 예측에 기대어 위험을 사전에 예방한다는 이유를 들어 최소 10만 명에서 최대 40만 명에 이르는 사람들을 학살한 것이다.

빨갱이의 자식은 빨갱이

휴전과 함께 한국전쟁은 3년 만에 끝이 났다. 당연히 전후 한국사회의 최대목표는 무너진 집을 다시 짓고 공장을 다시 만들고 도로를 다시 내는 것이었다. 사람들은 일상으로 돌아가 생계에 종사했고, 국가는 경제개발에 전 국민의 에너지를 끌어모으려고 애를 썼다. 하지만 온전한 일상으로 돌아갈 수 없는 사람들이 있었다. 바로 보도연맹원으로 죽어간 사람들의 가족들이었다. 가족을 잃었다는 슬픔도 모자라 국가는 유가족에게 연좌제의 멍에를 씌워 빨갱이 죄에 대한 책임을 계승하게 했다. 신원조회를 통해 가족 중 보도연맹원이 있었다면 그 자식이나 친지는 특정직의 공무원이 될 수 없었고 사관학교에 진학할 수 없었다. 소설 「소지」는 이러한 보도연맹원 유가족의 삶을 잘 보여준다. 어느 날 학생운동을 하는 성호의 집에 경찰이 다녀간다. 그 일로 형 성국은 어머니가 있는 자리에서 동생 성호를 나무라면서 자신이 연좌제에 걸려 가고 싶은 학교에 진학하지 못했고 승진에서도 번번이 미끄러졌다고 토로한다.

> "왜, 빨갱이라고 종자가 다른 줄 아냐? 너나 나나 빨갱이의 자식들이야, 임마 그러니 니라도 대물림을 해야지."
> "야야, 그기 무신 소리고? 마른하늘에 베락 맞을 소리따. 누가 빨갱이란 말이고."
> "내가 모르는 줄 아세요? 다 알고 있어요. 내가 왜 사관학교에 떨어졌게요. 승진시험에서 왜 번번이 미역국인 줄 아세요? 그 잘난 아버지 때문이죠."[12]

성국은 죽어간 아버지에 대한 연민이나 그리움보다는 자신의 미래가 가로막힌 탓을 아버지에게 돌리면서 분노를 표출하고 있다. 하지만 명확히 말해서 그것은 아버지의 탓이 아니지 않는가. 해방기 한반도는 좌 · 우 이데올로기를 가진 사람들로 혼재되어 있었고 세계적 냉전 질서와 국내의 정치권력의 투쟁 과정에서, 좌익은 절멸시켜야 하는 빨갱이가 되었을 뿐이다. 엄밀히 말하자면 보도연맹원 또한 그 과정에서 역사의 희생양이 된 것이다. 그러므로 성국의 분노가 향해야 하는 대상은 부모가

12 이창동, 「소지」, 『소지』, 문학과지성사, 2003, 122쪽.

빨갱이면 그 자식도 빨갱이로 만들어 버리는 이 국가와 사회여야 마땅하다. 그런데도 국가뿐 아니라 우리 사회는 그들을 정치적/윤리적으로 악마화하고 '비체(abjection)'로 손가락질하면서 유가족의 삶을 치욕스럽게 만들었다. 그들에게 인륜을 넘어 아버지와 어머니를 욕하도록, 그들을 탓하도록 만든 것이다. 소설 「물구나무서는 아이」를 보면 그러한 일이 일상적으로 이루어졌음을 알 수 있다. 담임이 김영호에게 국민교육 〈우리의 맹세〉[13]를 외워보라고 시켰는데, 그가 기억하지 못하자 다음과 같이 독설을 내뱉는다.

> "이놈의 빨갱이 새끼들"
>
> 담임이 이를 가는지 한마디마다 뽀도독 소리가 났다.
>
> "니거들은 이걸 하루에 열 번은 읽고 외워야 한다. 내일부터 시켜서 못 외우면 변소 청소하고 또 벌 세울기다. 니들은 특별교육 대상인데 그건 니들이 거꾸로 살아야 하기 때문이다. 애비가 빨갱이짓 했기에 빨갱이 집구석, 빨갱이 새끼 소리 듣는 거 아니가. 그 소리 듣지 않으려면 빨갱이를 철천지원수로 삼아야 한단 그 말이다."[14]

김영호의 담임은 빨갱이 자식 소리를 듣지 않으려면, 다시 말해 빨갱이로 의심받지 않으려면 반공과 승공의

13 1949년 7월 문교부가 제정한 맹세문으로 전문은 다음의 세 가지 내용을 담고 있다. 〈1. 우리는 대한민국의 아들 딸, 죽음으로써 나라를 지키자. 2. 우리는 강철같이 단결하여 공산침략자를 쳐부수자. 3. 우리는 백두산 영봉에 태극기 날리고 남북통일을 완수하자.〉 당시 교과서는 물론 모든 서적에 인쇄되었으며 학생들은 이를 암기해야만 했다. 1960년 4·19 혁명이 일어나고 이승만 정권이 물러나면서 폐지되었다.

14 조갑상, 「물구나무서는 아이」, 『병산읍지 편찬약사』, 창비, 2017, 47쪽.

의지를 확실히 표현하면서 자신의 정치적 선명성을 밝혀야 한다고 말하고 있다. 그의 말을 다시 해석하자면 일반적인 사람은 아무것도 하지 않아도 빨갱이가 되지 않지만 보도연맹원의 유가족은 아무것도 하지 않으면 오히려 죄가 된다는 것이다. 역사의 피해자가 가족을 잃은 것도 모자라 마치 가해자인 듯 잠재적으로 낙인찍히고 감시의 대상이 되면서 또다시 삶을 침범당하는 순간이다. 즉, 보도연맹 사건은 학살로 끝난 것이 아니다. 그것은 "한 집안의 가장이 사망함으로써 부양 능력의 심각한 훼손, 반복적인 정치적 악평으로 망자뿐 아니라 유가족이 입는 인격과 명예에 대한 침해, 국가가 불법행위에 대한 피해배상을 제때 제대로 이행하지 않아서 유가족이 겪는 지속적인 경제적 곤란, 연좌제나 블랙리스트로 인해 세대를 이어서 겪게 되는 공적인 기회의 원천적 박탈과 지속적인 배제, 또 다음 세대로 이어지는 정치적 · 경제적 · 사회적 전망의 상실"로 이어졌던 것이다.[15]

이렇게 본다면 유가족에게 국민보도연맹 사건은 과거에 어느 시점에서 끝이 난 것이 아니라, 학살 이후의 삶 속에서 현재진행형으로 지속되어 온 것이다. 물론 지금은 연좌제가 폐지되었다. 그리고 2000년대에 들어서 과거사에 대한 진상규명이 이루어지면서 국민보도연맹 사건에 대한 조사가 시작되고 국가를 대신하여 대통령이 직접 사과를 하기도 하였다. 그렇다면 이제 국민보도연

15 이재승, 『국가범죄』, 앨피, 2010, 196~197쪽.

맹 사건은 끝난 것인가? 우리는 그 사건을 비정상적인 국가가 과거에 저지른 불법행위로 단정 짓고 역사의 한 페이지로 묻어놔도 되는가?

다시 골짜기의 어둠과 혹한을 생각하며

오늘날 과거사와 관련해 가장 흔히 제시되는 구호는 '화해'와 '상생'이다. 과거사를 사회적 쟁점으로 만들기보다는 과거의 일로 묻어두고 풍요로운 미래를 위해 국민통합을 이루어내야 한다고 말한다. 하지만 국민보도연맹 사건은 아직 끝나지 않았다. 진상규명이 어느 정도 되고 사과도 받았지만, 모든 역사적 진실이 밝혀지지는 않았다. 아직도 수많은 골짜기에는 죽은 이들이 비탄 속에 잠들어 있다. 국민보도연맹원에 대한 학살 명령을 내린 자가 최고명령권자라고 추정만 할 뿐, 누구인지 명확하게 밝혀지지도 않았다. 학살에 가담한 가해자에 대한 처벌 역시 제대로 이루어지지 않았다. 이처럼 아직도 해결해야 할 문제가 산적해 있는데 어떻게 화해와 상생을 쉽게 이야기할 수 있겠는가?

심지어 어떤 이들은 '빨갱이는 죽여도 된다'는 구호를 당당히 외치며 과거사를 부인하기도 한다. 국가가 위태로운 상황에서 빨갱이에 대한 처형은 불가피한 선택이었다고 옹호한다. 무엇보다 이러한 부인 행위는 죽은 이와 유가족의 명예를 실추시킬 뿐만 아니라 그들의 마음속에 아물지 않은 상처를 환기시킨다. 아직도 하루하루를 버티며 살아갈지도 모르는 유가족을 과거의 시간 속으로 끌고 가 비참했던 기억과 대면시키고 현재의 삶을 흔들어 놓는다. 여전히 과거사를 부인하고 국가범죄를 옹호하고자 하는 사람이 있고, 그것을 우리 사회가 묵과하는 한 국민보도연맹 사건은 끝나지 않은 것이다.

우리가 진정으로 화해와 상생을 이야기할 수 있는 때는 오히려 철저한 진상규명을 바탕으로 가해자에 대한 처벌이 이루어진 후부터다. '이에는 이, 눈에는 눈'처럼 가해자에 대해 보복을 하자는 것이 아니다. 제2차 세계대전이 끝난 지 70여 년이 흘렀는데도 유대인 학살에 가담했던 나치를 지금까지도 법정에 세우고 처벌하는 이유가 무엇이겠는가? 그것은 나치에 대한 보복이기보다는, 유대인 학살이 '인도에 반하는 죄(crimes against humanity)'였으니 처벌을 통해 정의를 바로 세우고자 함이 아니겠는가. 또 유대인 학살과 같은 비운의 역사를 반복해서는 안 된다는 의지가 아니겠는가. 가해자를 밝혀내고 처벌하는 일은 우리의 발목을 과거에 묶어두는 것이 아니라, 잘못된 역사를 반성하고 다시는 그러한 비극이 발생하지 않도록 사회적 장치를 만들어가는 현재의 노력이자 미래를 위한 예비인 것이다.

나아가 화해와 상생은 피해자와 유족에 대한 배상 및 보상이 확실하게 이루어질 때 비로소 가능해진다. 어떤 이들은 금전적 배상 및 보상이 그들의 상처를 물질적으로 환원하고 세속화시키는 행위라고 비판하기도 한다. 또 어떤 이들은 배상 및 보상금이 과거사에 아무런 책임이 없는 사람들이 낸 세금에서 지불된다는 점을 들어 부당하다고 말한다. 하지만 배상 및 보상은 단지 피해자와 유가족의 상처를 세속화시키는 것도 아니며 물질적으로 환원시키는 것도 아니다. 오늘날을 사는 우리는 과거로부터 축적된 사회적 유산을 누리며 산다. 그렇지만 유산을 상속받고자 할 때는 그 빚도 함께 상속받기 마련이다. 마찬가지로 우리가 누리는 사회적 유산의 축적 과정에서 발생한 역사적 책임도 짊어져야 한다. 그런 의미에서 배상 및 보상은 부정의했던 과거사에 대해 당사자만이 아니라 우리 사회 모두가 공동체의 일원으로서 책임을 다하는 의무이행이다.

따라서 진정으로 화해와 상생으로 나아가고자 한다면 과거사를 역사의 오점으로 여기거나 역사의 뒤안길로 밀쳐버리는 것이 아니라, 기억하고 반성하며 책임을 다해야 한다. 그것은 비단 역사의 피해자만을 위한 일이 아니다. 우리가 살고 있는 공동체를, 미래세대가 살아갈 공동체를 정의롭고 평화롭게 만드는 출발점이기도 하다.

우리가 다시 골짜기의 어둠과 혹한을 생각해야 하는 이유는 바로 여기에 있다. 끝으로 영화 〈청야〉가 마지막으로 전하는 말을 옮겨본다.

“몰랐다면 알아야 하고 알았다면 외면하지 말아야 하고 외면하지 않았다면 기억되어야 한다.”

6

한국전쟁의
숨은 이야기,
마을전쟁

박재인
건국대학교 통일인문학연구단 HK연구교수

「곡두 운동회」 작품 배경: 한국전쟁기 마을전쟁

한국전쟁 중 한반도 농촌에는 마을주민들 간 좌우 대립으로 빚어진 학살사건들이 있었다. 국가 권력이 개입된 경우도 있었으나, 마을 자체의 내부적 원인이 확대되어 이념 싸움으로 번진 경우도 많았다. 신분 간, 계층 간, 집안 간, 마을 간의 충돌과 감정적 갈등에서 비롯되어 서로가 서로에게 이념적 죄악을 뒤집어 씌웠던 싸움이었다. 또 그것이 복수를 낳고, 후손들의 분노와 원한으로까지 이어져 현재까지 갈등이 지속되기도 한다. 이처럼 마을전쟁은 한국전쟁을 촉발시켰던 우리 내부의 문제를 여실히 보여주는 비극적 사건이다.

작가: 임철우

작가 임철우는 우리나라 대표적인 분단작가이다. 분단문제와 이데올로기로 인한 폭력에 대해 치밀하게 그려낸 작품을 발표했고, 광주민주화운동을 그려낸 소설로 그의 예술적 역량을 발휘한 바 있다. 그 가운데 한국전쟁과 분단 문제를 다룬 『그 섬에 가고 싶다』(1991) 같은 대표작은 영화로도 제작되었다.

작품: 「곡두 운동회」

마을전쟁의 과정과 그 속에 놓인 사람들의 감정과 욕망을 잘 보여주는 작품으로 임철우의 「곡두 운동회」(1995)가 있다. 이 작품은 한국전쟁기 심각한 인명 피해를 낳았던 마을전쟁의 상황을 날카롭게 비판하는 소설로, 분단의 내부적 요인에 대해 여러 화두를 던지는 중요한 분단문학이다. 이 서사를 통하여 사람들의 적대성이 어떤 비극과 상처를 야기하는지 확인할 수 있으며, 현재의 분단 상황에서 사람들의 감정과 욕망 문제 또한 중요한 통일 과제임을 깨닫게 된다. 이데올로기 싸움에 휘말린 한 마을 사람들의 혼란과 갈등을 다룬 「곡두 운동회」는 1995년 발표되었으며, 이 글에서는 2018년에 문학과지성사에서 발간된 임철우 소설집 『아버지의 땅』에 실린 원고를 인용하였다.

한국전쟁에 대해서 얼마나 알고 있습니까?

해방 직후 우리 민족은 둘로 갈렸다. 해방된 조국에 대한 신탁통치를 둘러싸고 둘로 갈리어 다투던 우리는 끝내 분단되었다. 1948년 남과 북에는 서로 다른 정부가 수립되었고, 한반도의 가운데는 38선이라는 높은 벽이 세워졌다. 그리고 영토의 분단이 한국전쟁으로 이어지면서 한민족은 지금까지 분단된 채 살아가고 있다. 이것이 대체적으로 사람들이 기억하는 한국전쟁의 역사이다.

그런데 한국전쟁의 역사는 알려진 사실보다 꽤 복잡하다. 한반도에서 일어난 민족상잔의 비극은 쉼 없이 전세가 뒤집힌 역동의 세월이었다. 전쟁이 시작되고 1년 사이만 해도 북에서 남으로, 다시 남에서 북으로 전세는 수차례 전복되었다. 한반도에 꽂힌 승전의 깃발은 국군과 인민군의 것으로 쉼 없이 바뀌었고 그 속에서 민간인들은 계속 고통받았다. 전장으로 끌려간 오빠, 피난길에서 잃어버린 아이들…. 전쟁은 사람들의 목숨과 가족을 갈기갈기 찢어놓았다. 그렇게 한국전쟁은 사람들의 삶을 붕괴시켰고, 사람들의 정신까지 망가뜨려 놓았다.

밤에는 인민군,
낮에는 국군

수없이 뒤바뀌는 전세 속에서 민간인들의 삶 또한 국군과 인민군의 것으로 계속 바뀌었다. 국군의 통치 아래에 있다가 하루아침에 인민군의 치하 속에 살아야만 했다. 그리고 국군이 다시 탈환한 땅에서는 사회주의자들이나 인민군들이 산으로 숨어 들어갔고, 밤이 되면 마을로 내려와 민간인들의 식량을 수탈해갔다. 말 그대로 '낮에는 국군, 밤에는 인민군'들이 밤낮을 바꾸어 가며 민간인들의 삶에 침입한 것이다.[1]

> "뭐, 인민군들이 와서 밥해달라면 밥해줘야지, 안 해주면 죽으니까. …그러면 아군이 딱 오면, 요 빨갱이들 인민군 밥 해줬다고 막 몰아치는 거예요. …밀리고 내려갔다가 올라왔다가 세 번을, 세 번을 했다고, 세 번. 그 와중에 사람이 많이 죽었지, 많이 죽었지."[2]

상대편에 부역을 해주었거나 식량을 제공했다는 이유로 사상 검열을 받고 처형당한 민간인들이 많았다. 계속해서 뒤바뀌는 전세 속에서 양편의 감시와 억압, 수탈이 일어나 많은 민간인이 희생당했고, 유족들에게는 '이데올로기'에 대한 공포증이 생겼다.

1 이 글에서 인용한 증언 구술자료는『한국전쟁 이야기 집성』1-10권(신동흔 외, 2017)에 수록된 것이다. 이 구술자료들은『한국전쟁 이야기 집성』이외에 한국전쟁체험담 대국민서비스(http://koreanwarstory.net)를 통해서도 확인할 수 있다.

2 현○○(1941년생, 경기 가평)의 증언.

"이게 사상 문제가 아니에요. 개인감정으로도 죽이고"[3]

"인자, 앙심이지. 개인적인 앙심. …뭐 꼭 그 나라끼리만 아니라 이렇게 우리 가정 내에서도 일어나는 일이야."[4]

그런데 한국전쟁을 직접 경험한 사람들은 이 비극이 꼭 이데올로기 문제만은 아니었다고 증언한다. 그리고 '개인적인 감정과 앙심'을 말한다. 도대체 무슨 일이 있었던 것일까? 개인적 감정과 앙심에서 비롯된 한국전쟁의 비극은 임철우 작가의 소설에서 자세히 그려진다.

그날을 이야기하는 소설 「곡두 운동회」

임철우 작가는 그의 작품에서 역사적 폭력의 구조 문제를 다뤄왔다. 그 가운데 초기작 「곡두 운동회」(1995)는 서로가 서로를 죽음으로 몰아넣으려 했던 폭력의 한 장면을 보여준다. 소설은 그 기괴한 곡두 놀음의 그날을 이야기한다.

1950년 7월 28일 금요일 새벽 4시, 남쪽의 바닷가 작은 마을에 난데없이 요란한 소리가 들렸다. 인민군이 마을에 들이닥친 것이다. 아군이 차츰 밀리고 있다는 풍문

3 이○○(1929년생, 경북 김천)의 증언.

4 김○○(1936년생, 전북 전주)의 증언.

이 돌았지만, 돌연 적군의 소리를 듣게 되리라고는 아무도 예상하지 못한 터였다. 가까운 곳에서 전투가 벌어진 적 없고, 적군의 군복 색깔조차 구경해본 적 없는 마을사람들은 아무래도 전쟁에 대한 실감이 덜할 수밖에 없었다. 그렇게 멀게만 느껴지던 전쟁이 "설마 이렇게 급작스럽게" 마을 안으로 불쑥 찾아온 것이다. 인민군들은 바로 주민들을 불러 모았다.

> "주민 여러분, 지금 즉시 학교 운동장으로 모여 주십시오. 삐익삑. 한 사람도 빠짐없이 모이시오."[5]

아침 8시, 읍내 주민들이 모두 운동장에 모였다. 운동장의 분위기는 섬뜩했다. 그리고 운동장 한가운데 그저 평범한 새끼줄이 매서운 칼날처럼 놓여 있었다.

> 무엇보다도 주민들의 호기심을 집중시킨 것은 운동장 한가운데에 둘러쳐 놓은 새끼줄이었다. 무슨 이유에서인지 각각의 모서리마다 말뚝을 땅에 박아놓고, 거기에 새끼줄을 기다랗게 연결하여 운동장을 크게 세 칸으로 구분 지어 놓았는데, 사람들은 그 새끼줄을 보는 순간 불현듯 섬뜩한 예감으로 전신에 소름이 쭉 끼쳐왔노라고 훗날 한결같이 입을 모았다.[6]

5 임철우, 「곡두 운동회」, 『아버지의 땅』, 문학과지성사, 2018, 34쪽.
6 위의 책, 37쪽.

새끼줄 사이로 인민군 제복 차림의 병사들이 줄지어 늘어섰다. 그리고 민간인 복장을 한 사람들이 따라 나왔다. 50명쯤 되는 그들 중에는 소금장수와 대장장이, 애꾸눈 구두 수선공, 푸줏간집 곰보가 끼여 있었다. 이들의 한쪽 팔에는 '해방군 만세'라고 쓰인 완장이 둘려 있었다. 그리고 이들은 곧 주민들에 대한 선별작업을 시작했다.

새끼줄의 왼쪽과 오른쪽

완장을 찬 이들은 사람들을 새끼줄의 왼쪽과 오른쪽으로 구분하여 몰아넣었다. 우선 15세 이하 어린아이들과 환갑이 지난 노인네들을 골라내어 교문 근처 포플러나무 그늘 밑에 주저앉도록 했다. 그들은 선별 대상에서 제외된 것이다.

그리고 노인네들 중에서 다시 스무 명을 따로 색출했다. 대개 읍장, 면장, 경찰관, 우체국장, 소방서장 등등 이런저런 감투를 써본 사람들 혹은 재산이 많아서 인심을 잃은 자들이었다. 완장 패거리들은 이들을 두고 죄과가 있고 또 성분이 워낙 불순한 자들이라고 적군의 장교에게 보고하고, 새끼줄의 맨 우측 칸으로 몰아넣었다. 그리고 경찰 가족들을 색출했다. 공포에 질린 이들 역시 새끼줄의 우측 칸으로 격리되었다.

그러고 나자 주민들 한 사람 한 사람에 대한 선별 심사가 이루어졌다. 적군 제복 차림의 병사가 책상머리에 앉아 이들을 심사했고, 그 옆으로 완장 패거리들이 피심사자의 신원과 성분 내력을 증언했다. 그에 따라 책상에 앉은 병사의 엄지가 왼쪽 오른쪽을 가리켰고, 사람들은 그 방향을 따라 왼쪽과 오른쪽으로 나뉘었다.

왼쪽으로 간 사람들은 안도의 한숨을 쉬고 벙긋벙긋 웃기까지 했다. 반대로 오른쪽으로 끌려간 사람들은 하나같이 초주검이 된 얼굴을 했다. 울부짖으며 애원해보기도 하고, 그 순간 까무라치기도 했다. 그렇게 새끼줄을 경계로 나누어진 사람들의 모습은 대조적이었다.

그에 따라 포플러 나무 그늘 밑에 있던 노인들과 어린아이들도 울고 웃었다. 주름진 노인들의 희비가 엇갈렸고, 덩달아 어린아이들도 웃다가 울고 울다가 웃기를 되풀이했다. 참 진기한 풍경이었다. 더 기가 막힌 광경은 새끼줄 사이에 불쑥 튀어나온 사람들의 속내였다.

새끼줄 사이로 튀어나온 욕망의 민낯

새끼줄 왼편에 있는 사람들은 누군가의 심판 차례가

오면 고함을 치기도 했다.

"그놈도 죽여야 해. 똑같은 놈이여."[7]

방금 전까지 심판대에 올랐던 사람들이 고발자가 되어 이웃들을 사지로 몰았다. 새끼줄의 오른편으로 밀려가면 그 끝은 무엇인지 가늠도 되지 않는 상황에서, 자신도 방금까지 경험했던 공포 속으로 사람들을 밀어 넣는 일에 동조한 것이다. 여기에는 부당하게 지위를 얻고 부를 축적한 자들에 대한 분노도 있었지만 개인적인 감정이 밑받침된 경우도 있었다. 그것은 "반동분자들을 철저히 가려내겠다"는 이 선별작업의 취지와는 별개의 문제였다.

이 기가 막힌 상황은 이제 막 인민군이 마을로 들이닥쳤을 때부터 시작되었다. 세상의 주인이 바뀌었다는 소식이 들렸을 때 마을 사람들의 반응은 다양했다. 대부분 겁에 질려 떨고 있었지만, 몇몇은 회심에 찬 눈빛을 번득이며 은밀히 만족스런 웃음을 흘렸다.

"흐흐, 마침내 바라던 대로 우리 세상이 되었나 보다. 이놈의 자식들, 그렇다면 어디 한번 두고 보자구."[8]

그간 불미스러운 일이 터지면 가장 먼저 불려가 곤욕

7 앞의 책, 49쪽.

8 앞의 책, 19쪽.

을 치르던 사람들이 그러했다. 사흘 전 읍사무소 건물의 폭발 사건 용의자로 약방집 둘째 아들, 대장장이, 소금장수, 애꾸눈 구두 수선공 등이 체포되었다. 사람들은 이를 두고 "위험한 물이 들었다"고 했고, 곧 "총살형을 받게 될 것"이라고 수군거렸다. 그런데 이상하게도 이들은 체포된 지 하루 만에 풀려났다. 그리고 오늘 새벽 불시에 인민군들이 밀어닥친 것이었다. 이 소식에 은밀한 웃음을 지은 이들의 속내는 "두고 보자"였다. 그리고 완장을 찬 이들의 어깨에 의기양양한 힘이 들어가 있었던 이유도 이와 같았다.

반면, 이제 세상이 뒤집혔으니 곧 죽을 목숨이라고 벌벌 떠는 이들도 있었다. 정미소 사내가 그랬다. 그는 지역의 유지였으며, 읍장까지 지냈고, 게다가 큰아들이 다른 지방에서 경찰 간부로 지내고 있었기 때문이었다. 정미소 사내는 처자식과 함께 이불까지 뒤집어쓰고 와들와들 떨고 있었다. 얼마 전 "인민의 적, 각오하고 기다려라."라는 쪽지를 받고 득달같이 자서로 가 신고를 했던 그였다. 그래서인지 그는 주인이 바뀐 세상에서 자신이 가장 먼저 곤욕을 치를 것이라고 예상했다.

아니나 다를까. 정미소 사내는 운동장 심판대에서 새끼줄의 오른편에 서도록 판결받았다. 망연자실한 채 오른쪽으로 걸어가는 그때, 누군가 다가와 그의 뺨을 후려갈겼다. 아직 애티가 가시지 않은 젊은 청년이었다.

"어때, 설마 나한테 이렇게 당할 줄은 꿈에도 몰랐지? 사람 팔자 시간문제라구, 짜식아."[9]

이 청년은 코피를 흘리고 있는 정미소집 사내를 보고 비웃었다. 모질고 사납게 마을 어른의 뺨을 후려친 이 젊은이는 누구인가? 그는 정미소집 사내의 큰딸을 사랑했던 이였다. 그런데 정미소집 사내는 이 젊은이가 사윗감으로 마음에 들지 않아 둘 사이를 끝내 갈라놓았고, 큰딸을 억지로 다른 동네에 시집보내 버렸다. 그가 가난하고 그의 어머니가 곱사등이라는 이유에서였다. 사랑을 잃고 치욕을 당한 젊은이는 그간 품어왔던 앙심을 이 현장에서 잔혹하게 풀어내었다.

이렇게 몇 가닥의 새끼줄은 이상한 힘을 발휘했다. 평생을 한 마을에서 함께 살아가던 이웃들을 죽음의 위기로 몰아넣는 사람들…. 운동장 가운데 줄지어진 새끼줄 사이에는 사람들의 욕망이 불쑥불쑥 튀어나왔다. 그동안 품었던 앙심이 이웃들을 죽음 쪽으로 밀어내는 데 아무런 죄책감이 없이 표출된 것이다.

그들 모두는 불과 몇 시간 전까지만 해도 조상 대대로 물려받은 이 작은 마을에서 아침저녁으로 서로 얼굴을 맞대고 살아온 지극히 순박하고 평범한 사람들이었다. 그런 그들을 지금 이 순간 두 개의 전혀 판이한 운명으로

9 앞의 책, 48쪽.

> 나눠 놓은 것이 고작 가느다랗고 볼품없는 새끼줄 몇 가닥이라는 사실은 얼핏 믿기지 않았다. 그 두 집단을 분단시켜놓은 새끼줄과 새끼줄 사이의 공간이라고 해야 겨우 스무 발짝도 채 못 되는 거리였지만 이 순간 그것은 바다보다도 더 까마득하게 멀고 먼 거리로 여겨졌다.[10]

두 집단을 분단시켜놓은 새끼줄은 그렇게 사람들의 마음까지 까마득하게 먼 거리로 떼어놓았다.

아이쿠 속았구나
뒤집힌 희비(喜悲)

같은 날 낮 12시, 마침내 읍내 주민들에 대한 살벌한 심판이 끝났다. 그러자 느닷없이 요란한 사이렌 소리가 들렸다. 그리고 믿을 수 없는 일이 벌어졌다. 사람들은 저마다 눈을 의심했다. 운동장 안으로 세 대의 트럭이 들어왔는데, 국군이 타고 있었다.

그들은 저벅저벅 군화 소리를 내며 두 쪽으로 갈라진 운동장에 행진해 들어왔다. 그리고 인민군의 장교라고 했던 이와 악수를 나누었다. 그 모습을 보고 소금장수와 푸줏간집 곰보가 그 자리에서 풀썩 주저앉았다. 대장장이는 겁에 질려 줄줄 오줌을 누고 말았다.

---

10 앞의 책, 52쪽.

여태 죄인처럼 고개를 떨구고 있던 읍장이 일어나 한 바탕 웃으며 말했다.

"이렇게 해야만 불순분자들을 하나 남김없이 깡그리, 그것도 제 발로 스스로 걸어 나오게 만들 수가 있다고들 하니 말입니다. 허허헛. 그래서 우리 관리들 몇은 어젯밤부터 모두 집에 들어가지도 못하고 할 수 없이 각본대로 연극을 좀 해봤지 뭡니까."[11]

모든 게 연극이었다. 그길로 소금장수와 대장장이, 애꾸눈 구두 수선공과 푸줏간집 곰보 사내를 포함한 50여 명의 완장 패거리들은 병사들에게 붙잡혀 새끼줄 왼편으로 끌려갔다. 어제부터 보이지 않던 약방집 둘째 아들도 붙잡혀 와 왼편에 갇혔다. 뭐라도 더 배운 그는 이 상황을 미리 예측하고 피신하려다가, 관리들에게 붙잡혀 있었던 모양이다.

"어때 반란군 놈들아."[12]

모든 상황은 다시 뒤집혔다. "그야말로 눈 깜짝할 사이에 모든 상황이 물구나무서기를 한 셈이었다." 잔뜩 어깨에 힘을 주던 이들 앞에는 시커먼 총구와 비웃는 웃음소리가 앞에 놓였고, 방금까지 죽을 위기에 처했던 사람

11 앞의 책, 58쪽.
12 앞의 책, 60쪽.

들은 기막힌 환희와 감격을 몸짓과 소리로 표출했다. 공포와 고통을 까맣게 잊은 만세소리가 운동장을 가득 메웠다.

이유를 망각한 맹목적인 싸움

임철우의 「곡두 운동회」는 평화로운 마을에 이데올로기적 폭력이 개입하면서 시작된 사건을 다룬다. 외부의 침입자가 총을 들고 사상 검증을 하며 목숨을 위협하는데 마을 사람들은 한 몸이 되어 저항하지 않았고, 오히려 서로를 가리키며 '적'으로 몰아세웠다. 결국 외부 침입자의 폭력은 마을 사람들 사이의 적대감과 폭력[13]으로 변형된 꼴이었다. 최초의 가해자는 사라지고, 서로가 가해자가 되어 비극의 역사에 동참한 것이다.

이 소설은 연극이 끝나고 난 후의 상황을 이야기하지 않은 채 마무리된다. 다만 소설의 한 자락의 글귀로 미루어 짐작할 따름이다.

> 그래도 해마다 7월 어느 날이면 마을의 꽤 많은 집들에선 한꺼번에 똑같이 제사상이 차려지곤 했지만, 무심한 세월은 사람들의 쓰디쓴 기억의 잔에다가 조금씩 조금씩

13 김주선, 「임철우 초기 중·단편 소설 연구–역사적 폭력에 대한 트라우마적 기억을 중심으로」, 『인문학연구』 55, 조선대 인문학연구원, 2018, 248쪽.

> 맹물을 타 넣어주었으므로, 오래지 않아 그들은 어느 해 한여름 대낮의 그 기괴한 곡두 놀음의 기억을 뇌리에서 조금씩 지워가고 있었다.[14]

해마다 7월이면 꽤 많은 집들에서 제사상을 올린다는 한 구절로, 왼편에 섰던 이들이 모두 사살되었으리라는 이야기의 결말을 추측할 수 있다.

그리고 작가는 이 비극이 무심한 세월 속에 조금씩 잊히고 있다고 말한다. 사람들은 자신의 판단과 선택이 그와 같은 폭력을 만드는 데 일조했다는 사실을 스스로 받아들이기 힘들어했기 때문이다.[15] 자신이 역사적 비극의 가해자가 되었다는 사실을 망각한 채 시간을 흘려보내고, 그렇게 또 한마을에서 함께 살아가고 있다는 것이다.

한반도 곳곳에서 벌어졌던 마을전쟁

이 참상은 우리 사회의 공적 기억에서 망각된 역사였다. 그러나 한국전쟁을 경험한 사람들의 기억 속에는 '마을전쟁'이라는 이름으로 뚜렷이 남아 있었다.

『마을로 간 한국전쟁』(박찬승, 2010)은 이 참상을 기록하여 전한다. 여기에 담긴 사연은 먼 곳의 이야기가 아니

---

14 임철우,「곡두 운동회」,『아버지의 땅』, 문학과지성사, 2018, 62쪽.

15 김주선,「임철우 초기 중 · 단편 소설 연구 – 역사적 폭력에 대한 트라우마적 기억을 중심으로」,『인문학연구』55, 조선대 인문학연구원, 2018, 250쪽.

다. 진도의 현풍 곽씨 동족마을, 금산군 부리면의 해평 길씨 동족마을 등 전라남도와 충청남도 다섯 마을의 이야기였다. 앙심을 품던 집단이 폭력을 자행하고 피해자 집단이 다시 보복하며 후세대에까지 이어지는 지독한 싸움들을 보여주며, 수백 년 간 유지되던 마을 공동체가 어떤 과정으로 해체되면서 골육상쟁의 비극으로 치닫는지를 기록했다.

또한 수백 명의 진실한 증언을 담은 『한국전쟁 이야기 집성』(신동훈 외, 2017)에도 마을전쟁에 대한 이야기는 수두룩하다. 경기 가평, 충남 홍성, 경남 거창, 경북 김천, 경북 상주, 전북 순창, 전남 진도, 전남 장성, 전남 함평, 제주 등 마을전쟁의 기억을 고스란히 간직한 곳만 해도 전국적이다. 마을과 마을 간의 좌우익 학살 사건뿐만 아니라, 이데올로기 갈등으로 점철된 미움과 적대의 이야기들이 가득하다. 한 사람의 밀고로 마을 사람들이 몰살당한 경우, 인민군에게 밥을 해주었다고 학살당한 경우, 경찰가족과 좌익가족 간의 비극, 피난처에서 장사가 잘된다는 이유로 밀고당한 경우, 몸이 불편한 사람에게 죄를 덮어씌운 경우 등이 그러했다.

마을전쟁은 한국전쟁기 한반도 곳곳에 번져갔던 일반적인 사태였다. 그리고 결코 잊을 수 없는 한국전쟁의 진실로 사람들의 기억 속에 뿌리박혀 있던 것이다.

원한과 복수의 유산을 그대로 물려받을 것인가?

미시사(microhistory)로 기록된 마을전쟁은 한국사회의 약점을 고스란히 드러낸다. 전쟁 전부터 한국사회는 신분제, 지주제, 씨족 간의 갈등, 마을 간의 갈등 등 갈등 요소가 많았다. 우리는 이러한 갈등을 현명하게 해결하지 못했고, 그 결과가 한국전쟁기에 격렬한 충돌과 반복적인 학살로 나타났다.[16] 전쟁 이전부터 지속되던 사람들 간의 갈등과 원한이 '전쟁'과 '이데올로기 갈등'을 통해 폭력적으로 배출된 것이다. 무엇을 위한 싸움이었는지 애초의 목적을 상실한 채 한반도 전역을 물들이던 이데올로기 갈등은 그렇게 허망한 것이었다.

> 저만치 운동장 안에서 벌어지고 있는 그 희한한 광경을 입을 벌린 채 지며보고 있던 정미소집 열 살짜리 막내아들의 눈에는, 그것은 영락없이 청군/백군이 한데 모여 운동회 날의 흥겨운 폐회식을 치르고 있는 것처럼 보였다.[17]

임철우의 소설에서는 이 싸움의 끝을 어린아이 눈에 비춰 내며 그 허망한 실체를 비웃는다. 어린아이의 눈에서는 이 처참한 비극이 청군과 백군이 한데 모인 운동회의 폐회식 같을 뿐이었다.

---

16 박찬승, 『마을로 간 한국전쟁』, 돌베개, 2010, 11쪽.

17 임철우, 「곡두 운동회」, 『아버지의 땅』, 문학과지성사, 2018, 61쪽.

그런데 소설에서는 이렇게 막을 내렸으나, 현실에서는 쉽게 일단락되지 않았다. 현실에서는 원한과 복수가 반복되었다. 서로를 '적'이라고 고발하며 죽음으로 내몬 이들은 마을공동체가 아닌 '원수'가 되었고, 국군과 인민군의 교체기마다 그 싸움은 집단적 학살 형태로 불씨를 키웠다.

> 보복은 복수, 복수, 복수, 복수로 영영 이어가는 거야. 항상 서로 적으로 여기고.[18]

마을전쟁을 증언한 한 할머니는 우리들 마음속에 있는 원한과 복수가 얼마나 무서운 일을 야기하는지 지적했다. 그녀는 '인간의 적대감'이 얼마나 무서운 비극을 불러들이는가를 몸소 경험한 주인공이었기에 마을전쟁의 문제점을 정확하게 짚어 낸 것이다.

> 지금 조용히 생각해보면 정말 전쟁은 없어야 되고 안 해야 돼. 따지고 보면 사상이 다르다는 이유, 종족이 다르다는 이유, 종교가 다르다는 이유. 이게 따지고 보면 별 것도 아니고, 먹고살 것도 아니고, 아무것도 아닌데. 또 내 나라가 아니라는 이유. 같은 종족끼리 이게 뭐야. 그게 백성이 우리 전쟁을 원하나? 원하지 않지. 가난한 사람들은, 그러니까 백성은 이리 가나, 저리 가나 아무 상

18 김○○(1936년생, 전북 전주)의 증언.

관 없어.[19]

그리고 할머니는 전쟁은 다시 일어나지 말아야 한다고 말했다. 전쟁은 백성들이 먹고사는 문제도 아니고, 백성들이 원하는 일도 아니라고 했다. 반세기가 넘도록 서로에게 총칼을 겨누고 있는 남과 북, 그리고 서로 다르다는 이유로 세계 곳곳에서 벌어지는 전쟁들…. 이러한 세상에 대고 할머니는 "누가 싸우고 싶나"라는 질문을 던진다.

임철우는 여러 작품에서 분단이 낳은 폭력 구조를 말해왔다. 그는 1987년 발표한 「볼록거울」이라는 단편소설에서 분단으로 인한 폭력에 대해 이야기했다.

> 그 수천 개의 흔한 일이 수만 개의 사소한 일들과 공모하여 지금 이 순간 보이지 않는 거대한 폭력의 톱니바퀴로 분명히 돌아가고 있음을 아는 사람은 많지 않았다. 그 무수한 톱니바퀴의 날 하나가 사실은 바로 자기 자신의 틀림없는 몫으로부터 비롯되었다는 엄연한 사실을 스스로 시인하고 반성하는 사람의 수효는 더더욱 적었다. 바로 그 때문에 거대한 폭력의 톱니바퀴는 가공할 엄청난 힘으로 갈수록 가속되어, 지금도 우리 모두의 머리 위에서 척척척척 금속성의 구령 소리에 맞추어 변함없이 돌아가고 있는 것이라고 그는 생각했다.[20]

---

19 김○○(1936년생, 전북 전주)의 증언.

20 임철우, 「볼록거울」, 『달빛 밟기』, 문학과지성사, 1987, 215~216쪽.

그렇게 분단과 전쟁의 역사는 사람들의 마음에서부터 시작되어 사람들의 원한과 복수의 연속 속에 되풀이되었다. 그리고 우리는 70년이 지난 지금에도 여전히 분단과 전쟁, 원한과 복수의 역사를 대물림하고 있다.

우리 사회의 분단사에 대한 기억은 대체로 상대에 대한 책임 전가로 점철되어 있다. 그러한 파편적인 기억 방식은 분노와 적대감을 더욱 크게 만든다. 반면, 마을전쟁 이야기들은 우리로 하여금 스스로 돌아보게 한다. 서로에 대한 미운 감정을 폭력적으로 표출하며 그것을 정당화하기 위해 스스로 분단을 악용해왔던 '폭력의 톱니바퀴'에 대한 자기 몫을 깨우치게 한다. 오래 묵은 원한과 분노가 분단과 전쟁으로 촉발되어 잔인한 폭력을 정당화했고, 그 폭력이 현재도 지속되고 있음을 성찰하게 하는 것이다. 그렇게 분단과 전쟁을 슬픈 역사이자, 모두의 과오로 기억될 수 있도록 하는 데 힘을 실어준다.

이제 "누가 싸우고 싶나"라는 할머니의 질문에 답할 때가 되었다. 원한과 복수의 역사를 그대로 물려받을 것인가, 그리고 왜 용서하고 화해해야 하는가에 대한 이유도 함께 말해주는 자문(自問)이기도 하다. 전쟁과 화해의 갈림길에서 마을전쟁의 진실을 기억하는 일은 원한과 복수의 역사 속 우리는 어떤 존재로 살아갈 것인가를 스스로 결정하는 일이기도 하다.

7

전쟁의
또 다른 주체,
중국의 시각에서
본
한국전쟁

한상효

건국대학교 국어국문학과 박사수료

「뿌넝숴不能說」 작품 배경: 한국전쟁기 중국군 참전

한국전쟁 당시 중국인민지원군(중국군)의 참전은 전황을 일시에 뒤바꿔 놓는 계기가 되었다. 1950년 6월 25일, 한국전쟁이 발발한 직후 한국군은 조선인민군에 계속 밀렸다. 그러나 미군을 중심으로 한 국제연합군이 참전하고 인천상륙작전을 통해 전세가 역전되면서 한국군은 평양을 점령하고 압록강 근처 중국 국경에까지 이르렀다. 당시 신생 공산국가였던 중화인민공화국은 자국의 코앞에 미국의 영향을 강력히 받는 자유주의 국가가 건국되면 위협이 된다고 판단하여 한국전쟁에 개입하기로 결정하였다. 중국은 펑더화이(팽덕회)를 총사령관으로 하는 중국인민지원군을 결성하여 1950년 10월 19일부터 1차로 26만 명의 병력으로 압록강을 건너 한국전쟁에 개입했다. 중국인민지원군은 10월 19일부터 압록강을 도하하기 시작해서, 10월 25일경 국제연합군과 최초로 충돌했다. 후퇴를 거듭한 국군과 국제연합군은 1951년 1월 4일 서울을 재차 빼앗겨 한때 전세가 위축되었으나, 중국군의 전력이 다시 약해지자 3월 15일 서울을 재탈환하고 재차 북진했다. 그러나 더 이상의 북진은 불가능한 상황에서 원래의 38선을 앞뒤로 한 공방전이 계속되었다.

작가: 김연수

김연수는 1993년 『작가세계』 여름호에 시 「강화에 대하여」를 발표하고, 이듬해 장편소설 『가면을 가리키며 걷기』로 제3회 작가세계문학상을 수상하며 본격적인 작품 활동을 시작했다. 김연수는 엄밀히 말해 분단문학을 쓰는 분단작가는 아니다. 하지만 그는 구체적 역사 이면에 숨겨진 문학적 진실을 탐구하는 데 발군의 역량을 보여준다.

작품: 「뿌넝숴不能說」

작가는 한국전쟁 시기의 중국군 참전에 관한 이야기인 「뿌넝숴不能說」를 통해 전쟁 미체험 세대가 역사를 바라보는 방식이 무엇인지를 잘 보여준다. 「뿌넝숴不能說」는 2005년 발표된 소설집 『나는 유령작가입니다』에 수록된 작품으로, 여기에서는 문학동네에서 2016년 출간한 개정판의 원문을 인용하였다.

한국전쟁과 항미원조전쟁

한국전쟁, 6·25동란, 6·25사변, 한국전쟁, 한국동란. 1950년(혹은 1945년이나 1948년)부터 1953년(혹은 현재)까지 '한반도에서 벌어진 집단적 무력분쟁'을 지칭하는 명칭은 참으로 다양하다.[1] 국내에서는 대체로 6·25 전쟁 혹은 한국전쟁이란 용어로 정리되는 모양이다.

동일한 사건을 두고 서로 다른 이름으로 부르는 이유는 무엇일까? 그것은 전쟁에 대해 서로 다르게 인식한다는 데 있다. 다시 말해 그 전쟁을 어떻게 해석하는지에 따라 명칭은 얼마든지 달라질 수 있다는 말이다. 이를테면 '6·25 전쟁'은 전쟁이 발발한 날짜를 기준으로 하며, 전쟁을 일으킨 책임이 북한의 남침에 있음을 강조한다. 반면 '한국전쟁'은 전 세계적으로 6·25 전쟁처럼 사건 발생일을 기준으로 한 전쟁명은 없으며, 6·25 전쟁이 냉전의 산물이므로 객관적인 용어가 필요하다는 주장에 따라 사용된 명칭이다.[2] 상이한 이름은 하나의 대상에 대해 서로 다른 시각이 존재한다는 사실을 여실히 보여준다.

이 현상은 국내를 넘어 외부로 시선을 돌릴 때 더 분명하게 드러난다. 국제적으로도 이 전쟁에 대해 서로 다른 용어를 사용하고 있다. 영미권에서는 Korean War, Korean Conflict, Korean Civil War로 명명되며 중국에서

---

1 김명섭,「전쟁명명의 정치학: "아시아·태평양전쟁"과 "6·25전쟁"」,『한국정치외교사논총』30권 2호, 한국정치외교사학회, 2009, 81쪽.

2 위의 글, 82쪽.

는 1950년 발발한 전쟁의 초기에는 '조선전쟁'으로, 10월 19일 인민지원군이 참전한 이후 전쟁에 대해서는 '항미원조전쟁(抗美援朝戰爭)'이라 부른다. 특히 한국전쟁에서 미국과 중국은 직접적으로 참전한 나라였다. 미국은 국제연합군과 남한을 지원하여 전쟁을 치렀고, 중국은 북한을 돕기 위해 참전했다. 이와 같이 전쟁에 대한 서로 다른 명명은 국제적으로도 한국전쟁을 두고 각자의 마음속이 동상이몽이었음을 잘 보여준다. 특히 중국 입장에서 쓴 항미원조전쟁이라는 용어에는 이 전쟁이 조선(북한)을 지원하기 위한 전쟁이었으며, 초강대국으로 부상하는 미국의 제국주의적 · 팽창주의적 전략에 맞서 군사적 · 전략적 승리를 거둔 정의로운 전쟁이었음을 강조하는 의도가 담겨 있다.

물론 전쟁에 대해 한쪽의 입장만을 고스란히 받아들일 수는 없다. 한국의 입장에서 중국군의 개입은 우리 국토 내에서 무수한 인명 · 물적 피해를 낳았으며, 적을 도와 전쟁의 장기화를 가져온 행동이기 때문이다. 그렇기에 사람들은 '중국만 없었더라면'이라는 증오와 분노의 감정을 드러내기도 한다. 그렇다고 하더라도 한국전쟁이 갖는 국제전적인 성격을 부정할 수는 없다. 한국전쟁 그리고 항미원조전쟁과 같이 서로 다른 용어만큼이나 서로 다른 시각이 공존하는 것이 현실이다.

우리는 과연 이 현실을 어떻게 이해해야 할까? 이런

고민이 단지 역사가나 정치가들만의 것은 아니었다. 한 작가는 소설이라는 형식을 빌려 자신이 고민한 바를 우리에게 전해준다. 현실 속에서는 불가능한 '다른 존재가 되어 보기'가 얼마든지 가능하다는 것은 문학이 가진 매력 중의 하나다. 작가는 이제 '우리'가 아닌 '타자'가 되어 말하기를 시작한다. 소설 속 '타자되어 말하기'는 한국전쟁과 항미원조전쟁의 간극을 메우기 위한 작가의 시도다.

1950년 10월 19일, 중국군이 압록강을 건너다

김연수의 「뿌넝쉬不能說」(2005)는 중국인민지원군으로 참전한 어느 중국인 점쟁이가 들려주는 '지평리전투'에 관한 이야기이다. 중국인 참전군인인 '나'는 "왜 손가락이 잘려나갔느냐"라고 묻는 '작가'에게 이야기를 시작한다. 그의 이야기는 압록강을 건너 조선 땅에 발을 딛던 1950년 10월에서부터 시작해서 임진강을 건넜던 섣달그믐, 그리고 이듬해 2월에 일어난 지평리전투에까지 이른다.

'나'는 압록강을 건너던 비 오던 날을 떠올리며 말문을 연다. '나'는 '항일전쟁'과 '해방전쟁'에 참여했다. 항일전쟁은 중국군이 동북지방을 점령하고 중국을 식민지로 만든 일본제국주의에 대항하여 싸운 전쟁을 말하며, 해방전쟁은 항일전쟁이 끝난 이후 마오쩌둥(모택동)이 이끄는 중국 공산당과 장제스(장개석)가 이끄는 국민당이 다시 충돌함에 따라 일어난 국·공간의 전면전을 의미한다. 인민을 위해 싸운다고 해서 인민해방군으로 불렸던 중국 공산당군은 민중의 지지를 얻지 못한 국민당 정부에 승리하여 1949년 10월 1일, 중화인민공화국을 선포했다. 국민당 정부는 지금의 대만으로 쫓겨났다. 중국 근현대사의 중요한 위치에 있었던 '나'는 두 전쟁에 이어 한국전쟁에까지 참전하게 된다.

그렇게 병사들의 삶을 온통 뒤흔들어놓는 빗줄기가 서서히 어둠 속으로 아슴푸레해질 무렵, 마침내 출정의 명령은 떨어졌고, 우리는 압록강 철교를 건너가기 시작했어. 그날 밤 같은 시각, 중국인민지원군 38, 39, 40, 42군과 3개 포병사단은 안동, 장전하구, 집안 등 세 나루터에서 일제히 강을 건넜지. 한국인이니까 자네는 어떻게 생각할지 모르겠으나, 가히 역사를 바꿀 만한 도하가 아니었겠는가? 40군에 속했으니까 나는 안동, 그러니까 지금의 단동을 거쳐 조선땅으로 들어갔다네, 그날 물 흐르는 소리가 어찌나 요란하던지. 비는 내리고 강은 보이지 않으니 그건 비가 쏟아지는 소리라고 해도, 강물이 흐르는 소리라고 해도 아무런 상관이 없었지. 나는 그 소리에 귀를

> 기울였어. 소리는 번갈아 하늘에서 강에서 들려오다가는 결국 내 몸에서 들려오기 시작했어. 드디어 출정이다, 는 생각에 온몸이 터져나갈 것 같았지.[3]

'나'는 중국 인민혁명군사위원회 마오쩌둥 주석의 명령에 따라 중국인민지원군 40군과 함께 국경인 압록강을 건넜다. 이것이 한국전쟁의 판도를 바꿨던 중국군 참전의 시작이다.

1950년 6월 25일 북한의 남하로 시작된 전쟁에서 조선인민군은 개전 4일 만에 서울을 점령했고 7월 말에는 남한지역의 90% 이상을 점령했고 이때까지만 해도 전쟁은 한국군과 인민군 사이의 대립, 즉 내전 단계였다. 중화인민공화국 정부가 '항미원조 보가위국(抗美援朝 保家衛國, 미국에 대항하여 조선을 돕고 한 집안을 지켜 나가는 동시에 나라를 보위함)'의 기치를 내걸기 전만 하더라도, 항일전쟁과 국공내전에 활약하던 연변지역의 조선족 부대만이 조선인민군에 편입되어 '조선전쟁'에 참전했다. 그러나 국제연합군과 중국군이 참전함으로써 전쟁은 내전에서 국제적으로 비화되었다.

---

3 김연수, 「뿌넝숴不能說」, 『나는 유령작가입니다』, 문학동네, 2016, 66~67쪽.

중국군 참전, 그 후

낙동강 전선에서 한국군과 인민군이 서로 대치하던 중 미군은 조선인민군의 후방의 빈틈을 노려 인천에 상륙작전을 감행했다(인천상륙작전). 이 작전의 성공으로 국제연합군과 한국군은 서울과 수원 쪽으로 진격할 수 있었다. 이 반격으로 9월 28일에 이르러 서울을 탈환했는데, 국제연합군은 여기에서 머무르지 않고 1950년 10월 7일 38선을 넘어 북쪽으로 향했다. 이때 미군사령관이었던 맥아더는 한국전쟁의 승리를 낙관했는데, 중국군의 참전을 오판하여 추수감사절이나 성탄절까지는 전쟁을 끝낼 것이라 장담했다고 한다. 그러나 맥아더의 바람과는 달리 중국군은 총 20만 명의 병력을 준비하고 있었다. 한국군과 국제연합군이 원산과 평양을 점령하고 계속 북상하여 청천강까지 진출할 즈음 중국군은 한국전쟁에 참전할 것을 확정했다.

중국인민지원군이 압록강을 건너 본격적으로 참전하자 한국전쟁의 전세는 다시 역전되었다. 중국군은 전면적인 공세를 감행해 국제연합군과 한국군을 북한지역에서 완전히 몰아내며 38선 이남으로 전선을 옮기려고 했다. 평안도지역에 있던 국제연합군은 11월 29일 청천강 이남지역으로 물러난 뒤, 12월 4일에는 평양에서도 철수

했다. 함경도지역에 있던 국제연합군과 국군은 장진호전투에서 심각한 패배를 당했고, 그 이후 흥남에 집결하여 대대적으로 후퇴하기에 이르렀다(흥남철수작전). 중국군과 조선인민군은 그 뒤로도 연승하여 12월 31일에는 38선과 임진강을 건너게 된다. '나'는 이때의 광경을 다음과 같이 묘사한다.

> 임진강에서 중국인민지원군의 3차 전역이 시작된 것은 1950년 12월 31일이었어. 왜 12월 31일이었냐고 묻는다면 그럴 수밖에 없었기 때문이라고 말하는 게 옳지. (중략) 우리의 전역은 보통 칠 일이 소요되는데 그 칠 일 동안 달빛의 도움을 받으려면 보름을 얼마 앞두지 않은 12월 31일이 최적의 공격개시일이었다. 하지만 나는 그 말을 믿지 않아. 우리는 본능적으로 총을 잡고 진격한 거야. 그게 12월 31일이었던 것이지. 그때쯤에는 인민지원군이 벌써 38도선까지 밀고 내려간 상태였지.[4]

'나'의 기억처럼 1950년의 마지막 날 38선을 넘은 중국군은 거기에서 멈추지 않았다. 한국군과 한국정부는 남쪽으로 계속 전진하던 중국군에 밀려 다음해 1월 4일에는 서울을 내주고 후퇴하는데, 이것이 우리에게 잘 알려진 1·4 후퇴이다.

한편 중국군과 조선인민군은 서울을 점령한 이후에

4 앞의 책, 71쪽.

도 남진을 계속했다. 그러나 겨울의 추위와 길어진 보급선으로 인해 중국군의 진격 속도가 느려지자, 한국군과 국제연합군은 전열을 정비하고 반격을 시작했다. 그러자 중국군과 인민군은 국제연합군의 반격을 저지하기 위해 대공세를 시작했다. 이 와중에 소설의 배경이 되는 지평리전투가 일어난다. 1951년 2월 13일부터 2월 16일까지 경기도 양평군 지평리 일대에서 벌어진 이 전투는 중국군이 공격을 멈추고 철수하면서 끝난다. 국제연합군이 중국군의 대공세를 지평리에서 막아낸 것이다. 그 결과 국제연합군은 다시 반격에 나서 서울을 되찾을 수 있었다. 이후 중국군은 1951년 봄에 이르러 다시 대공세에 나서지만 국제연합군에 저지되었다. 한국전쟁은 이제 1953년 정전협정이 체결될 때까지 교착전으로 바뀌는 형국이 된다.

지평리에선 무슨 일이 있었나?

'나'는 지평리전투에 대한 기억에 이르러 자신의 손가락에 관한 사연을 본격적으로 이야기한다. 지평리전투에서 공세를 펼치던 중국군은 결국 국제연합군에게 막혀 후퇴한다. 이 과정에서 병사들이 매화 꽃잎처럼 수없이 떨어져 내린다. '나' 역시 부상을 입고, 죽은 전우들 사이에서 누워 있었다. 손가락의 상흔은 바로 이때 생긴 것이었다. 이윽고 죽음을 예감한 '나'는 하늘을 향해 세 발의 총알을 발사한다.

> 그리고 한 순간 나도 한 점 꽃잎이 되어 날아갔다네. 피리소리에 우리는 모두 한 점 꽃잎이 되어 온 산을 가득 메웠다네. 이튿날 아침, 왼쪽 다리와 하복부의 살점이 떨어져 나간 채, 죽은 전우들 사이에 누워있던 나는 죽음을 예감하고 옆에 떨어진 총을 잡아 요염하도록 텅 비어 보이는 창공을 향해 세 발의 총알을 발사했지. 첫발은 나 자신을 위해서, 다른 한 발은 죽은 전우를 위해서 그리고 마지막 한 발은 우리 모두의 운명을 위해서. 그 세 발의 총성이 모든 것을 바꿔놓았다네. 그리고 나는 의식을 잃었어.[5]

'나'가 하늘을 향해 세 번 총을 쏜 것은 전사로서의 마지막 애도를 위해서였다. 하지만 이 세 발의 총성이 '나'의 목숨을 살리는 계기가 된다. 전쟁터에서 세 발의 총성은 부상병들의 긴급구호 신호이기도 했기 때문이다. 정신을 차린 '나'는 '조선인 구호원'이 자신의 목숨을 구했고 그녀가 자신을 살리기 위해 도합 삼백 그램의 피를 수혈했다는 사실을 알게 되었다.

나는 '조선인 구호원'의 도움으로 어느 정도 정신을

5 앞의 책, 76쪽.

차리지만 후송되는 과정에서 폭격을 맞고 그녀와 함께 낙오되어 한 농가에서 숨어 지낸다. '나'는 '조선인 구호원'과 함께하면서 그녀를 사랑하게 되었고, 그로 인해 전쟁에 대한 생각도 점차 바뀌어 간다.

> 살아 있다는 건 그토록 부끄럽고도 황홀하고도, 무엇보다도 아픈 일이더군. 아프다는 게, 소리를 지를 수 있다는 게, 눈물을 흘릴 수 있다는 게 그 순간만큼 기뻤던 적은 없었어. 그래서 아파서 견딜 수가 없었는데도 계속하라고 채근할 수밖에 없었던 거야. 우리는 쉬지 않고 몸을 섞었어. 죽음이 지척이었으니까. 그녀는 지평리에서 본 것들을 잊을 수 없을 것이라고 말했네. 지평리에서 그녀가 본 것들, 그건 아마도 내가 본 것과 다르지 않겠지. 그러니까 흩날려 들판을 가득 메운 매화 꽃잎을 봤겠지. 내가 물었어. 지평리에서 너는 무엇을 봤느냐? 그녀는 대답했어. 뿌넝숴. 뿌넝숴.[6]

'나'는 전투에서 부상을 입고 낙오되기 전까지 전쟁에 참여한 '군인'이었다. 자신은 국민당을 쫓아 해남도까지 이르렀던 용감한 군인이었고, 국경을 넘기 전에 "세상을 쩌렁쩌렁 울리는 소리, 단숨에 역사가 바뀌는 소리"에 몸이 떨리던 "사내의 몸"을 가진 존재였다. 그러나 그는 '조선인 구호원'에게 구조를 받고 목숨이 구해지는 과정

---

6 앞의 책, 81~82쪽.

에서 더 이상 그런 정체성을 보여주지 않는다. 그 대신 '나'는 '조선인 구호원'과의 관계에 더욱 몰두한다. 그는 한 농가에서 몸을 숨기고 계속해서 그녀와 몸을 섞으면서 그녀를 위해 죽을 수도 있다고 말한다. '나'와 '조선인 구호원'의 관계가 갑작스럽게 느껴질지도 모르지만, '나'가 계속해서 그녀와의 관계에 몰두하는 이유는 그것이 '나'에게 살아있다는 증거가 되기 때문이다. 죽음과도 같은 체험과 그녀를 만나는 과정을 통해 처음 전쟁에 참여할 때의 명분이나 정의 따위는 그에게 더 이상 의미가 없어진다. 단지 자신이 살아 있다는 사실만이 중요해졌다. 그가 그녀와 육체관계를 맺으며 느끼는 '아픔'은 군인으로서 느낀 상처의 고통과는 거리가 멀었다. 그는 아픔을 통해 자신이 살아있다는 사실에 대한 환희와 기쁨, 부끄러움을 느꼈다.

> 낙오됐다는 게 분명해질수록 나는 더욱더 그녀에게 애원했다네. 비명을 지르게 해달라고, 눈물을 흘리게 해달라고. 아프게 해달라고. 그녀는 그런 내 손을 잡고 말했어. 자신이 지평리에서 본 것에 대해서는 정말 말할 수 없다고 뿌넝쉬, 뿌넝쉬. 그날 밤 도합 팔백 그램의 피를 병사들에게 수혈하면서 세상의 모든 남자들의 손가락을 자르고 싶었던 그 마음을 도저히 말할 수 없다고. 다시는 총을 잡지 못하도록 다 잘라버리고 싶은 그 마음을.[7]

7 앞의 책, 85쪽.

이렇게 그녀를 사랑할수록 '나'는 그녀가 전쟁에 대해 느낀 환멸감에 동화된다. '나'가 이 전쟁에 참여한 이유는 군인으로서의 명분과 국가의 체제와 이념 같은 것에서 비롯되었다. 반면 '조선인 구호원'이 전쟁에 참여한 것은 전쟁에서 죽어가는 병사를 살리기 위해서였다. 그녀가 느낀 "세상의 모든 남자들의 손가락을 자르고 싶었던 그 마음"[8]이란 결국 다시는 총을 잡지 못하도록 하는 의도에서 비롯된 것으로, 그녀가 얼마나 이 전쟁에 반대했는지를 그리고 그 속에서 느끼는 환멸이 어느 정도였는지를 짐작할 수 있다.

'나'는 그녀를 통해 이 전쟁이 얼마나 비참한 것인지를 깨닫는다. 그럼으로써 '나'는 아(我)와 적(敵)으로 갈리는 전쟁의 한복판에서 빠져나온다. 이제 '나'에게 남은 바람은 그녀와 살아남아 계속하여 사랑하고자 하는 것뿐이다. '나'의 이런 삶의 의지 앞에 누가 적군 괴뢰인지, 어떤 이념과 체제를 가졌는지는 중요하지 않은 것이 되었다.

> 그 집에서 나는 그녀에게서 천 그램이 넘는 피를 수혈받았다네. 나는 지평리에서 그렇게 살아남았다네. 그녀는 죽고 나는 살아남았다네.[9]

그러나 전쟁의 비극은 거기서 끝나지 않았다. 중국군과 조선인민군이 퇴각하고 한참이 지난 후 국제연합군이

---

8 앞의 책, 85쪽.

9 앞의 책, 87쪽.

그와 그녀를 발견했을 때, 그는 살아남았지만 그녀는 죽고 말았다. "당신만은 죽게 내버려두지 않"[10]겠다던 '조선인 구호원'의 말처럼 그녀는 '나'에게 도합 천 그램이 넘는 피를 수혈하고는 결국 죽은 것이다.

뿌넝숴(不能說), 말할 수 없는 전쟁

중국인 점쟁이가 들려주는 '지평리전투'는 인민지원군이라는 이름으로 참전한 한 병사의 개인적 체험에 초점을 맞추고 있다. 그런데 이와 같은 소설의 구성은 '우리'에게 다소 발칙하게 느껴지는 것도 사실이다. 이런 중국인 점쟁이의 이야기는 '우리'가 아니라 바로 '적'의 목소리이기 때문이다. 이 중국인은 한국전쟁에 인민지원군으로 참전하여 조선인민군을 도와 우리와 싸웠다. 1950년 10월 이후로 시작된 많은 전투에서 이 중국인 점쟁이가 많은 한국군과 연합군을 죽였으리라고 짐작할 수 있다. 남북이 서로 대치하는 오늘날의 현실에 대해 중국의 책임은 크다. 그렇기에 '우리'의 입장에서 혹자는 왜 우리가 중국인들의 사정을 알아야 하느냐며 볼멘소리하거나 더 깊숙이는 그들에 대해 '빨갱이'라며 분노와 증오를 드러낼지도 모른다.

10 앞의 책, 85쪽.

그럼에도 작가는 왜 굳이 이 시점에서 중국인의 목소리로 중국군 개입에서부터 지평리에 이르는 이야기를 시작했을까? 작가의 창작 동기를 살펴보면 그는 취재차 중국 연변에 갔을 때 중국에서 나온 한국전쟁에 관한 소설들을 보면서 신선한 충격을 느꼈다고 한다. 작가는 소설의 내용이 구체적으로 무엇이었는지 말해주지 않지만 추측컨대, 지금까지의 자신의 상식과는 다른 시선을 마주했던 모양이다. 작가는 이를 계기로 중국인을 주인공으로 한국전쟁을 서술한 작품을 쓰게 되었다고 말한다.[11]

역사에는 똑같은 사건을 두고도 서로 다른 생각과 관점이 존재할 수 있다. 특히 전쟁과 같이 우리와 적이 분명하게 갈리는 상황에서는 더욱 그러할 수밖에 없다. 그럼 서로 다른 역사는 어떻게 기록해야 하는가? 여기에 대한 작가의 대답은 한마디로 "뿌넝숴(不能說)", 곧 말할 수 없다는 것이다. 소설의 제목이기도 한 이 말은 작품에서 거듭 반복하여 나타난다. 적군과 아군의 고정관념이 해소되지 않은 상태에서 기록되는 역사란 아무리 객관적 태도를 유지하려고 해도 정확하지 않다는 것이 바로 작가의 생각이다.

> 운명은 절대로 말로 표현할 수 없어. 말하는 순간, 그 운명은 바뀔 테니까. 뿌넝숴(不能說) 뿌넝숴. 하지만 그런 바보 같은 짓을 여기서 한번 해볼까?[12]

---

11 "한중문학인대회 중국 작가 샤롄셩-한국 소설가 김연수 대담", 『국민일보』, 2007.10.17일자.

12 김연수, 「뿌넝숴不能說」, 『나는 유령작가입니다』, 문학동네, 2016, 70쪽.

'나'의 입을 빌어 전쟁이란 "뿌넝숴(不能說)", 말할 수 없는 것이라고 반복해서 말한다. 그러나 역설적이게도 '나'는 말할 수 없는 것, 바보 같은 짓이라고 하면서도 이야기하기를 그치지 않는다. 그런데 이때 말해지는 것은 기록된 역사로서의 전쟁 이야기가 아니라는 점을 주목할 필요가 있다. 지금부터 '나'가 말해주는 전쟁은 시간 순으로 나열된 단순한 사실의 기록이 아니다. 중국인 점쟁이는 거대한 역사에 가려 목소리를 낼 수 없었던 '개인'에 관해 이야기하고 있다.

개인 이야기를 통해 돌아보는 전쟁

> 들어봐 전쟁은 우리가 살아가는 삶과 닮았어. 몇 가지 이유만 있으면 완전히 딴판이 되어버리거든 하하하, 재미있나? 조심하게. 사실 전쟁은 재미있지만, 전쟁 이야기는 재미없어. 전쟁에는 진실이 있지만, 전쟁 이야기에는 조금의 진실도 없으니까. 내가 전쟁이란 삶을 닮았다고 하지 않았는가?[13]

'나'는 전쟁은 재미있지만 전쟁 이야기는 재미없다고 말한다. 왜 '나'는 자신이 겪은 전쟁을 이야기하면서도 전

13 앞의 책, 69쪽.

쟁 이야기가 재미없다고 말할까? 여기서 말하는 전쟁 이야기는 체제, 이념, 국가 등에 의해 기록된 역사인 것처럼 보인다. 하지만 '나'가 말하고 싶은 전쟁 이야기는 그런 게 아니라 온전한 자기만의 이야기, 하지만 역사에 기록되지 않는 이야기이다.

'나'의 말은 우리가 전쟁 이야기를 어떻게 생각하고 있는지에 대해 돌아보게 한다. 우리에게 전쟁은 거대한 역사의 일부로만 기억된다. 이 소설의 배경이 되는 지평리전투 역시 마찬가지다. 사실 우리에게 지평리전투는 그리 중요한 역사로 기억되지 않는다. 이 전쟁에 의미를 둔다고 하더라도 지평리전투는 흔히 '인해전술'로 떠오르는 중국군에 맞서 수천, 수만 명의 적을 격멸한 사건으로 기억될 뿐이다. 이와 같은 기록이 진실을 담고 있다고 할 수 있을까? "서로는 서로를 괴뢰군이라고 부르고, 서로는 서로를 격멸했다."라고 말하는, 주체가 누구냐에 따라 편집되고 해석되고 마는 역사라는 점에서 한계를 지닌다. 이처럼 전쟁의 역사라는 거대한 담론 속에는 우리가 들여다볼 '진실'은 들어있지 않다. 그럼 어떻게 역사를 이야기할 수 있을까? 이에 대한 대답은 떨리는 몸과 잘려진 손가락으로 상징되는 개인들의 역사에 주목하는 것이다. 그래야만 기록된 역사로는 차마 담지 못하는 누군가를 지키고자 하는 마음과 사랑하는 누군가를 잃는 고통, 그리고 전쟁의 비참함이 무엇일지를 알 수 있다.

생각해보게나. 조선전쟁이 일어난 지 채 일백 년도 지나지 않았는데, 이 나라로는 한때 우리가 괴뢰군이라고 부르던 한국인들이 자유롭게 왕래하지 않는가? 지평리에서 죽은 병사들에 대해서는 다 잊어버린 셈이지. 고작 일백 년도 지나지 않아 망각할 그런 따위의 사실을 기록한 책과 기념비라니. 그게 바로 지금 자네가 손에 들고 있는 책이 아닌가? 그런 책 따위는 다 던져버리게나. 내 손보다도 못한 그따위 책일랑은. 나는 죽고 나서도 이 손가락의 사연은 잊지 못할 거야. 바로 이런 게 역사란 말이야.[14]

'나'는 이제 더 나아가 단도직입적으로 "책에 쓰인 역사"나 "몇 자 적힌 기념비"는 갖다가 던져버리라고 말한다. 여기에는 책이나 기념비로 상징되는 거대한 역사보다는 오히려 잘려진 손가락에 얽힌 개인들의 역사 속에 진실이 있다는 의미가 담겨 있다. 역사는 인간의 운명처럼 계속 바뀌기에 절대 말로 표현할 수 없는 것처럼 보인다. 그러나 역설적이게도 개인의 이야기를 계속하는 것은 그만둘 수 없다. 그러므로 이야기하기를 시작해야 하며, 바보 같은 짓을 반복하고, 또 말해보기를 계속해서 요구하고 있는 것이다.

14 앞의 책, 80쪽.

적군묘지 앞에서

문산에서 37번 국도를 타고 연천으로 향하다가 장파 사거리를 지나면 왼편으로 '적군 묘지'가 나온다. 이곳으로 들어가보면 '북한국/중국군 묘지안내도'라는 말과 함께 제1묘역, 제2묘역으로 표시된 입간판이 서 있다. 적군묘지란 적군이라도 사망한 경우 매장하고 봉분을 세워 존중해야 한다는 제네바 협정에 따라 전국의 북한군 · 인민군들의 유해들을 현재의 위치에 모아 묘지를 조성한 곳을 말한다. 적군묘지가 조성된 1999년 이후부터 이 묘지들은 끊임없이 논란의 대상이 되어왔다. 누군가는 왜 적군의 묘역을 만들었는가 하고 불만을 가지기도 했다. 최근에도 적군묘지에 묻힌 군인들의 명복을 비는 천도제가 열린 것을 두고 거센 항의와 비난들이 있었다. 이 사람들의 주장은 한국전쟁의 가해자들인 북한군과 중국군들의 무덤을 만들고 넋을 빌어주는 일이 과연 온당하냐는 것이다.

적군묘지에 관한 논란은 소설이 다룬 중국전 참전에 대한 역사를 상기하게 한다. '기록된 역사'의 관점에서만 보면 적군묘지에 묻힌 시신들은 그저 한국전쟁의 전투 중에서 격퇴된 '사망자 하나'에 지나지 않는다. 그러나 사망자 하나라는 숫자로만 기록된 역사는 진실이 무엇인지를 말해주지 못한다. 그저 인해전술로 밀고 내려왔던 무시무시한 적군을 물리치고 철퇴시킨 '자랑스러운' 우리(我)의 목소리만이 기록될 뿐이다. 결코 말해질 수 없다는 '뿌넝쉬(不能說)'의 진실은 "세상에서 가장 믿기 어려운 얘기들을 내게 말해"줄 때, 말이나 글로 이루어진 역사가 아니라 몸으로 겪은 삶을 삶아본 사람들만이 말해줄 때 알 수 있는 것이다. 그러나 불행히도 적군묘지에 묻힌 시신들은 더 이상 자신의 이야기를 말해줄 수 없는 사람들이다. 그렇기에 그들의 시신이나마 이곳에 남겨 그들이 각자의 목소리를 가진 존재들이었음을 기억하고 추모할 뿐이다.

8

회귀본능과
심리적 애착의
공간,
고향

곽아람
건국대학교 통일인문학연구단 HK연구원

「탈향」 작품 배경: 홍남철수작전

1950년 6월 25일, 한국전쟁이 발발하자 남쪽의 사람들은 전쟁을 피해 낙동강 이남까지 내려갔다. 하지만 1950년 9월 15일 유엔군의 인천상륙작전으로 전세가 역전되며 피난민들은 서울로 다시 올라온다. 유엔군이 10월 19일 압록강을 넘으면서 전세가 불리해진 북한은 동맹국인 중국에게 병력을 요청한다. 1950년 10월 25일, 중국군의 전쟁 개입으로 유엔군은 장진호전투에서 많은 피를 흘렸다. 그 결과 원산이 중국군에 넘어가면서 퇴로가 차단되었고, 유엔군은 홍남에서 1950년 12월 15일 10만 5,000명의 병력과 9만 8,100명의 피난민을 군 수송선에 태워 철수한다.

수많은 실향민이 함께한 홍남철수작전은 세계사

적으로도 빼놓을 수 없는 사건으로 메러디스 빅토리호(SS Meredith Victory)가 가장 많은 피난민을 태운 배로 기네스북에 오르기도 했다. 당시 군수품 운송을 위한 화물선의 레너드 라루(Leonard LaRue) 선장은 약 1만 4,000명의 피난민을 태우기 위해 군수물자를 버렸으며 부산을 거쳐 거제에 당도했다.

작가: 이호철

작가 이호철은 함경남도 원산이 고향인 실향민이자 분단과 전쟁, 이산을 다룬 대표적인 분단문학 작가다. 열아홉의 나이에 실제 겪은 부산 피난생활을 기반으로 「탈향」을 창작하여 『문학예술』 7월호에 발표하면서 등단했다. 작품을 살펴보면 해방 직후의 북한 사회나 전쟁 체험담, 분단을 배경으로 살아가는 시민의 일상을 소재로 하였다. 민주화운동을 하여 옥고를 치르기도 하였으며, 100여 편에 이르는 단편과 30여 편의 중·장편 소설을 남겼다. 뇌종양으로 향년 85세에 타계했다. 주요 작품으로는 「나상」, 「판문점」, 『소시민』 등이 있다.

작품: 「탈향」

한국전쟁이 발발하면서 한마을에서 살던 광석, 두찬, 하원 그리고 '나'는 부산으로 함께 월남하게 된다. 이들은 부두 노동을 하면서 정차되어 있는 화차를 전전하며 살아간다. 없는 살림에 반찬 한쪽도 나눠먹으며 상황이 나아지면 함께 고향으로 돌아가자고 맹세하지만, 피난생활이 어려워지면서 두찬이와 광석이는 고향 이야기에 눈물을 흘리는 하원을 귀찮게 여긴다. 그러던 중 광석이가 화차에서 실족하여 죽게 되자, 이들의 관계는 점차 소원해진다. 결국 두찬이는 광석이가 죽은 후 이들을 버리고 도망친다. '나' 역시도 하원이를 버리고자 마음을 먹는다.

회귀본능과
심리적 애착의 공간, 고향

한국인에게 고향은 심리적 애착의 공간이다. 동향인을 만나면 다른 사람들보다도 더욱 친근감을 느끼며 금방 친해지는 것이 그러한 연유다. 단순히 태어나 자란 곳이 아닌 개인의 정서까지도 포함하는 심리적 공간이기 때문이다. 고향은 익숙함에서 오는 안정감과 편안함을 주는 동시에 회귀본능을 일으키는 공간이기도 하다. 인간은 본능적으로 편안함과 안정감을 추구하기 때문에 그러한 공간에서 분리되면 다시 돌아가려 한다. 특히 자발적 분리가 아닌 물리적 요인에 의해 부득이한 분리는 고향으로의 회귀를 열망하게 한다.

그런데 한반도에 의도치 않게 많은 사람들이 고향을 떠날 수밖에 없는 사건이 발생한다. 바로 한국전쟁이었다. 한국전쟁의 후폭풍은 실로 대단했다. 당시의 부산은 이미 기존에 전쟁을 피해 내려온 난민들로 인해 포화상태였고, 그 수는 홍남에서 유엔군이 철수할 때 함께 내려온 실향민과 이들이 뒤섞이면서 더욱 증가했다. 전쟁 중인지라 사람들의 형편은 더욱 열악해졌다. 한순간에 고향을 잃은 이들에게 몸과 마음을 쉴 수 있도록 허락된 방은 없었다. 이런 실향민들에게 그나마 허락된 공간은 일제강점기 일본인들의 공동묘지였다. 살기 위해 어쩔 수 없이 무덤가를 택한 실향민들은 비석을 기둥 삼아 집을 짓고 터를 잡았다. 그것이 현재 부산 아미동 비석문화마을이 되었다. 무덤가에서 터전을 잡고 사는 것을 아무렇지 않게 여겼던 이들을 통해 전쟁이 그들의 삶에 미친 영향이 어떠했는지 짐작할 수 있다.

'아가리배'에 몸을 실은 네 명의 청년들

「탈향」의 주인공인 '나'와 두찬, 광석, 하원은 남쪽으로 내려온 피난민이다. 이북이 고향이었던 이들은 중공군이 밀려온다는 소식에 두려움을 안고 허겁지겁 '아가리배'에 올라 남쪽으로 향했다. LST(미국의 상륙 작전용 함정)는 일명 '아가리배'로 불리는데, 배의 문이 열리면 물고기가 입을 벌린 모양 같다고 붙여진 이름이다.

> 중공군이 밀려온다는 바람에 무턱대고 배 위에 올라타긴 했으나, 도시 막막하던 것이어서 바다 위에서 우리 넷이 만났을 땐 사실 미칠 것처럼 반가웠다.
> 야하 너두 탔구나, 너두, 너두.[1]

---

1 이호철, 「탈향」, 『탈향, 나상 외』, 새미, 2001, 13~14쪽.

중공군이 밀려온다는 소식에 그동안 살던 곳을 버리고 무턱대고 배에 올라탄 이들이었다. 정든 고향을 떠나서 산다는 것은 애초에 상상조차 하지 못했던 사람들. 아는 이 하나 없는 남한으로 가는 길에서 아는 사람을 만난 것은, 심지어 동향인을 만난 것은 너무도 반갑고 서로에게 힘이 되는 일이었다. 그러나 함께 내려온 부산은 몸 하나 뉠 공간조차 없었다. 이들에게 허락된 휴식처는 '화차'가 전부였다. 화물 열차의 줄임말인 화차는 화물을 실어 나르는 기차이기 때문에 사람이 지내기에 적합한 장소가 아니었다. 열악한 기차 속 환경은 인간의 기본적 욕구 중 가장 낮은 단계의 생리적 욕구가 충족되지 못하는 공간이다. 그런데도 이 공간은 이들에게 없는 살림에도 반찬을 양보하면서 동향의 정을 느끼고 서로 의지하며 지낼 수 있는 유일한 안식처였다.

위험함과 안락함이 공존하는 공간, 화차

잠깐씩이나마 정차하는 화차는 잠을 자며 피로를 푸는 곳이기도 했다. 하지만 잠을 청하다 보면 화차는 이내 알 수 없는 곳을 향해 움직였고, 부산에 일자리를 둔 이들은 화차에서 마냥 머물러 있을 수 없었다. 그래서 위험한 상황이지만 달리는 화차에서 뛰어내려야 했다. 그러다 함께 지내던 광석이가 움직이던 화차에서 뛰어내리다 세상을 떠나게 된다. 화차는 광석이가 죽은 공간임에도 불구하고 나와 하원이가 계속하여 잠을 청할 수밖에 없는 공간이다. 동료의 죽음에 대한 애도보다 내 자신의 생존이 먼저일 수밖에 없는 것이 피난민들에게 펼쳐진 냉혹한 현실이다.

> "너 왜 우니. 너 안……. 안 울문 나두 안 울지……. 흐흐흐……."
>
> 하원이는 울면서 이렇게 지껄였다.
>
> "흐흐흐……. 울……. 울지 말자……. 잉……. 잉……."
>
> 하원이는 또 이렇게 겨우겨우 울음을 참아 넘기려고 애썼다. 나는 화찻간 바닥에 주저앉았다. 서러웠다. 죽은 광석이보다 이런 꼴을 당하고 있는 나 자신이, 또 저런 하원이 꼴이.
>
> 밤에는 보오얀 겨울 안개가 끼었다. 인근 판잣집에서 겨우겨우 삽과 괭이를 빌렸다. 거적대기에 광석이를 둘둘 말았다. 하원이는 엉엉 울었다.[2]

광석이를 잃었다는 슬픔보다 자신과 하원이가 놓인 현실이 서러웠던 주인공은 광석이의 시신을 거적때기에 둘둘 말아 묻어주었다. 벗의 죽음을 슬퍼할 여유조차 없

2 앞의 책, 20쪽.

던 이들이 처한 상황은 피난살이의 비극을 그대로 보여준다. 이들이 흘리는 눈물은 친구가 세상을 떠났다는 슬픔보다는 이런 상황에 처한 자신의 참담함에 대해 흐르는 비극의 눈물이다. 또한 시신을 온전한 관도 없이 거적때기에 말아서, 삽과 괭이조차도 겨우 빌려 묻어주었다는 서술은 당시 사람들의 피난살이가 얼마나 비참했는지를 알려준다.

부산 피난민들의 삶,
고향을 망향의 공간으로 변화시키다

"야하, 언제나 고향 가지?"

두찬이는 혀 꼬부라진 소리로,

"이제 금방 가게 되잖으리."

"이것두 다아 좋은 경험이다."

"암, 그렇구말구."

"우리, 동네 갈 땐 꼭 같이 가야 된다, 알겐."[3]

"이 새끼 술도 안 먹구 취했. 참 부산은 눈두 안 온다 잉, 눈두. 이북 말이다. 눈 오문 말이다. 야하, 굉장헌데. 새벽엔 까치가 울구, 그 상나무 있잖니. 장자골집 형수 원래 잘 웃잖니. 하하하 하구. 그 형수 꽤나 부지런했다. 가마

---

3 앞의 책, 12쪽.

이 보문, 언제나 새벽에 젤 먼저 물 푸러 오군 하는 게 그 형수더라, 잉. 야하, 눈 보구 싶다, 눈이."[4]

「탈향」의 등장인물들은 전쟁이 끝나면 언젠가는 고향에 돌아갈 수 있으리라는 막연한 기대감으로 하루하루를 살았다. 고향이 전부였던 이들에게 고향을 떠나 평생을 산다는 것은 애초에 있을 수 없는 일이었다. 그렇기 때문에 이런 상황을 '좋은 경험'이라며 서로에게 위안 삼아주고, "금방 가게 되잖으리."라고 말하며 북으로 갈 수 있다는 소망으로 살아갔다. 이러한 대사는 고향에 심리적 애착을 느끼는 등장인물들의 회귀본능을 단적으로 보여준다. 고향은 포근한 하얀 눈이 내리고 반가운 까치가 울며 부지런한 형수가 웃어주는 정겨운 풍경이 그려지는 곳이었다. 따라서 고향은 돌아가서 편히 살 수 있는 마음의 안식처이자 현실의 어려운 삶을 이겨낼 수 있는 유일한 희망이었다. 전쟁 속에서 어쩔 수 없는 선택으로 타향살이를 하게 되었지만 귀향하면 안정된 삶을 살 수 있다는 희망이 현재의 삶을 버티게 한 것이다.

하지만 흥남철수 후 인민군은 38선 지역까지 남하했고, 국군은 의정부 방어선이 뚫리자 1월 4일 후퇴한다. 이때부터 전쟁은 휴전협정이 맺어진 1953년까지 38선 인근에서 지속되었다. 이러한 현실은 피난민들에게 고향이 있어도 돌아가지 못하게 했다. 전쟁이라는 물리적 요

4 앞의 책, 24쪽.

인은 고향을 잃은 인간의 모습을 더욱 피폐하게 만들었고, 가혹한 현실은 이들에게 갈 수 없는 고향이라는 한을 남기게 했다. 곧 돌아가리라 기대했던 고향은 존재하지만 갈 수 없는 공간, 그저 마음 한켠에 애틋하게 남아 있는 공간이 되었다. 가족과의 헤어진 것은 물론이고 이제 자신이 태어나고 자란 삶의 터전 또한 영영 갈 수 없게 되어 그리움만 남은 공간으로 바뀌어버린 것이다.

회귀본능의 억눌림, 선택의 기로에 서다

1953년 7월 27일, '한국전쟁의 정지, 평화적 해결이 이루어질 때까지 한국에서의 적대행위와 모든 무장행동의 완전한 정지'라는 목적 아래 판문점에서 정전협정이 체결되었다. 약 3년 1개월의 기나긴 전쟁이 멈춘 순간이었다. 남북의 적대행위는 일시적으로 정지되었지만 전쟁은 잠시 쉬는 형태로 유지되었고, 기존의 38선이 휴전선을 대신하게 되었다. 이로써 남북의 왕래는 사실상 금지되었고 수많은 실향민이 발생했다. 소설 속 인물들도 예외일 수 없었다.

"야하, 우리 이젠 꼽대가리(밤낮을 거푸 일하는 것) 자꾸

해서 돈 좀 줘자. 그러구 저기 염주동 산꼭대기에다 집 하나 짓자. 거기 집 제두 일 없닝기더라야. 잉야 조카야, 흐흐흐 우습다. 진짜 우스워. 난 너두 두찬이 형처럼 그렇게 될까 봐 얼마나 떨언 줄 안. 광석이 아제비두 맘은 좋은 폭은 못 됐시야, 잉. 우린 동네 갈 젠 꼭 같이 가자. 돈벌어서, 돈벌문 말야, 시계부터 사자."[5]

이들이 남쪽에 내려올 때는 몇 달 만에 고향으로 돌아갈 줄 알았다. 잠시 혼란스러운 상황을 피해 내려왔을 뿐이었다. 이들은 전쟁이 끝나기만을 기다렸다. 고향에 갈 수만 있다면 언젠간 꼭 가겠다는 심정으로 시계도 사고 고향에 집을 지어 살기를 희망했다. 하지만 네 명의 젊은이들이 그리워했던 고향은 정전협정으로 더 이상 돌아갈 수 없는 공간이 되었다. 주인공 '나'의 회귀본능은 현실과 맞닥뜨릴수록 망향의식으로 변해만 갔다. 돌아갈 공간이 아닌 그저 그리워할 수밖에 없는 공간이 되어버린 것이다.

한국전쟁으로 이들에게 고향은 송두리째 뿌리 뽑혀버린 접근 불가의 허망한 곳이 되었다. 우리 민족에게 고향은 삶의 터전이자 태어나 죽을 때까지 함께하는 공간이었기 때문에 정전협정이란 이들에게 본능에 대한 억눌림을 요구하는 것이었다. 그러므로 고향에 대한 회귀본능은 점차 망향의식으로 변해갔다. 하지만 망향의식마저

5 앞의 책, 24쪽.

도 현재의 삶에 적응하지 못하고 삶을 불안정하게 했다. 그러므로 살기 위해서는 어쩔 수 없이 고향과의 분리됨을 선택해야 했다. 고향과의 분리는 고통을 수반하고 있었다. 새로운 곳에 뿌리를 내려 현실에 적응하는 것만이 살아가기 위한 유일한 방법이었다.

송두리째 뿌리 뽑힌 고향, 망향에서 탈향으로

> 무엇인가 못 견디게 그리운 것처럼 애탔다. 그러나 누가 알랴! 지금 내 마음 밑 속에서 일어나는 돌개바람 같은 것을……. 아, 어머니! 이미 내 마음은 하원이를 버리고 있는 것이다. 순간 나는 입술을 악물었다. 와락 하원이를 끌어안았다. 눈물이 두 볼에 흘러내렸다.[6]

광석이의 죽음에 양심의 가책을 느낀 두찬이는 나와 하원이로부터 도망치고, 나 역시도 하원이로부터 벗어나려 한다. 결국 부산에 정착해서 살아야 하는 나는 마음 한편에 자리 잡은 고향으로의 회귀를 열망하는 나와 충돌한다. 그 충돌의 결과물은 하원이를 버리는 것으로 나타난다. 단순히 고향을 잃었다고 생각했을 때는 전쟁이 끝나면 고향에 함께 돌아갈 줄 알았다. 그렇기에 서로의

6 앞의 책, 24쪽.

지했고, 이들과의 관계를 소홀히 할 수 없었다. 하지만 이제는 돌아갈 수 없는 현실이 되어 더 이상 저들의 필요성을 느끼지 못하게 된 것이다. 그들을 책임질 필요도, 그들과의 관계를 유지할 필요도 없는 것이다. 오히려 과거는 새로운 공간에서 출발하는 데 있어 족쇄와 같았다. 나 혼자 건사하기도 힘든 피난살이의 삶은 망향을 넘어 탈향을 선택할 수밖에 없게 했고, 이는 과거의 인간관계를 포기하게 만들었다.

결국 나는 과거의 것을 끊어버리고, 망향 때문이 아니라 스스로가 적응하기 위해 부산인 타향에 뿌리내린다. 소설에서는 실향민들이 각자 짊어지고 있는 여러 형태의 아픔을 타향에 묻어버릴 것을 제안하며 대안으로 '탈향(脫鄕)'을 제시한다. 삶의 기반이었던 고향에서 벗어나 새로운 곳에서 터전을 개척해서 살아가야 하는 것이 실향민들이 맞닥뜨린 현실이었다. 본능을 억제하고 이성적으로 과거의 애착공간에서 분리되어 탈향을 해야만 비로소 현실에서 안정을 찾을 수 있었다.

탈향을 넘어
다시 귀향을 꿈꾸며

당시의 실향민들에게는 양가적 감정이 존재했다. 언

젠가는 고향으로 되돌아가겠다는 마음과, 희망이 꺾였지만 살기 위해 또 다른 길을 모색하여 새로운 공간에 정붙이며 살겠다는 의지가 혼재되어 있었다. 그렇기 때문에 이들은 통일이 되면 그 누구보다도 고향을 빨리 갈 수 있는 휴전선 인근에서 눈앞의 고향을 바라보며 망향의식을 가지고 살아간다. 북녘의 함경도가 가까운 속초 아바이 마을의 사람들과 파주 접경지역의 사람들, 강화 교동도에 터를 잡은 사람들이 대표적이다. 이러한 월남인들의 사례 중에서, 우리는 기구한 사연을 가진 한 할아버지를 만날 수 있었다.

전쟁 후 연합군은 북에 올라와 남한에서처럼 자체 치안대를 조직했는데, 이때 아바이마을에서 만난 실향민 할아버지가 이 일을 맡게 되었다. 그런데 연합군은 중공군의 개입으로 후퇴를 결정하면서 치안대에 관여한 사람들에게 남쪽으로 가라고 미리 통보했다. 그리하여 목선 세 척 중 첫 번째 배에는 치안대 청년들이 타고, 두 번째에는 그들의 가족들이 탔으며, 세 번째 배에는 북에 있어도 목숨이 위험하지 않은 마을 사람들이 나섰다. 이 할아버지는 도중에 잠시 정박하고 있었을 때 가족이 궁금하여 두 번째 배에 갔다고 한다. 가보니 아내가 어린 딸을 안고 비좁은 배에서 웅크리고 앉아 있었다. 그래서 상대적으로 여유가 있는 세 번째 배로 가족을 옮겨주고 출발했는데, 풍랑이 심해서 세 번째 배의 사람들(치안대를 조직하는 데 아무런 연관성이 없었던 사람들)은 배를 돌려 고향으로 되돌아 가버렸다.

> 부락에서 나와두 좋구 안 나와두 좋은 사람들이 우리가 나오니까 이 사람들도 우리를 따라 나오게 됐지.
> 그때 목선이 세 척이 출발하게 됐어. 세 척이 출발해 나오다가 함흥에서 잠시 섰는데, 내가 1호선 탔는데, 내가 내 가족을 보니까, 가족이 2호선에서 몸을 쪼그리며 요러구 있어요. 그른데 3호선에 가 보이까, 이 배에는 여유가 있더라구. 그래서 내 딴엔 또 가족을 편안히 데리가구 퍼서 여기 있는 거 3호선에루 옮게 났거든. 그루구서 그 때는 출발, 세 대가 출발했는데. 우리랑 2호선에 탄 사람들은 만약에 다 여기서 우리가 잡히면 피해 보는 사람들이니까 죽으나 사나 나가야지. 근데 3호선 사람들은 안 나가두 괜찮으니까 풍랑이 부니까 도루 들어가 버렸단 말이야.[7]

이리하여 할아버지는 갑자기 가족과 생이별을 하게 되었다. 왕래가 되면 가장 먼저 북에 가기 위해 속초에 자리를 잡았지만, 휴전이 되면서 왕래가 불가능하다는 사실을 알게 되었다. 이후 재혼하여 자식을 낳고 살아갔지만 북에 남겨진 가족에 대한 그리움으로 중국과 수교가 된 1992년에 연변으로 향하여 가족들의 소식을 알고

7 여○○(1926년생, 강원도 속초)의 증언.

자 노력했다.

> 사람 하나 사서 북에 심부름 보냈는데, 목숨 걸구 해야 되는데. 고향에서 장사하는 사람이 한 명 있다 그래서 만났어요. 기래서 내가 부탁하는 거 들어만 주믄은 원하는 것만큼 내 돈 줄테니까 만나게 해달라고. 음, 그래서 내가 내가 최후 욕심은 할머니를 데리구 들어오는 사람만 있으믄 몇만 달러라두 준다 내가. 데리고만 오면 그 돈이 안 아깝지. 데리구 올 수가 없단 말이. 그 혼자 갓난애를 키웠을 거 생각하면 내가 데리고 와서 지금이라도 호강시키고 싶지.
>
> 내 살면 얼마나 살겠어. 내 이만큼 남한에서 가족들을 위해서 열심히 살았으면 이제는 북에 있는 할머니랑 가지고 있는 돈 쓰면서 쓰고 싶지.[8]

북에 있는 아내를 만나게만 해준다면 많은 금액을 지불해도 아깝지 않다는 아바이마을 실향민 할아버지의 말에 헤어진 가족에 대한 절절함이 묻어난다. 이 할아버지는 비록 남쪽에 가족이 있지만, 갓난아이였을 적 헤어진 자식과 홀로 아이를 키웠을 아내에 대해 지금도 미안함과 한을 가지고 있다. 이산의 아픔은 고향을 잃은 실향의 아픔과 상호의존적으로 작동한다. 가족은 고향에서 함께 자라며 고향에 대한 기억(편안함, 안정감 등)을 공유하기 때

8 앞의 증언.

문에, 가족을 잃은 슬픔은 고향을 잃은 것과 등치된다.

그동안 번 돈을 북에 있는 가족과 평생 쓰면서 살고 싶다는 소박한 꿈은 실향민 할아버지가 고향을 벗어난 것(탈향)이 아닌 고향에 대한 애틋한 마음을 잠시 접어둔 것이었음을 말해준다. 이 할아버지는 남한 사회에서 돈도 많이 벌며 적응하였다. 그렇지만 마음 한구석에는 가족에 대한 그리움, 더 나아가 가족과 함께 지낸 고향에 대한 심리적 애착이 남아 있다. 현실을 살아가기 위해서 타지에서 뿌리내리며 탈향을 하도록 요구받았지만, 통일이 되는 그날까지 고향이라는 본능이 주는 편안함과 안정감을 버리지 못하고 고향에 대한 그리움을 잠시 접어둘 수밖에 없었던 것이다. 우리의 삶에 많은 변화를 가져온 한국전쟁은 더 이상 돌아갈 수 없는 고향에 대한 회귀본능을 억제시키게 만들었다. 이것은 현대사의 비극인 동시에 어쩔 수 없는 이 시대의 아픔이다.

이호철은 월남하여 실향민의 신분으로 살면서 자신의 의지를 소설로 표출했다. 소설에서 보여준 의지는 고향에 대한 귀향의식이었다. 아바이마을에서 만난 실향민 할아버지 역시 북에 두고 온 가족을 그리며 고향에 대한 회귀본능을 보여주었다. 이렇듯 인간에게 고향은 마음에서 인위적으로 지워낼 수 없는 공간이다. 전쟁과 같은 큰 물리적 힘이 가해져도 막아설 수 없는 본능의 공간으로서 고향은 항상 존재할 것이다.

9

수복지구
사람들의
끝나지 않은
전쟁

박성은
건국대학교 통일인문학 박사

『순이』, 『세 번째 집』, 「잃어버린 시간」, 「빨갱이 바이러스」 작품 배경: 분단선이 만든 수복지구

1945년 8월 15일, 위도 38도를 따라 그어진 직선에 의해 한반도는 38선 이남과 이북으로 나뉘었다. 1950년 6월 25일 전쟁이 발발하자 38선은 무너졌고, 1953년 7월 27일 휴전협정에 따라 새로운 38선이 휴전선으로 고착되었다. 새로운 38선에서 동쪽의 선은 북으로 올라갔고 서쪽의 선은 남으로 내려왔다. 새롭게 남으로 편입된 지역을 두고 남쪽은 수복지구라 불렀고, 새롭게 북으로 편입된 지역을 두고 북쪽은 신해방지구라 불렀다. 수복지구는 되찾은 지역, 신해방지구는 새롭게 해방시킨 지역이라는 뜻이다. 수복지구에 살고 있던 원주민은 전쟁 전에는 북측의 인민으로, 전쟁 중에는 국적 없는 주민으로, 휴전 후에는 남측의 국민으로 편입되었다. 5년 동안 북에서 생활했다는 이유로 수복지구의 원주민은 간첩으로 의심받는 많았고, 그 때문에 아직도 그로부터 자유롭지 않은 어두운 면을 간직하고 있다.

작가: 이경자, 이순원, 박완서

이경자는 전쟁 전 38선 이북이었던 강원도 양양에서 태어나서 전쟁을 경험했다. 휴전이라는 사건이 가져온 마을의 풍경은 어린 이경자에게 잊히지 않는 기억이 되었다. 그만큼 수복지구 주민들의 전쟁은 그녀에게 남다른 상처를 남겼다. 이경자는 38선 이남에서 변방인 수복지구의 과거와 오늘을 담담하게 기억하고 기록하는 일에 힘쓰고 있다. 『순이』의 주인공 순이는 이경자의 어린 시절을 모티브로 만들어진 인물로 수복지구의 과거를, 『세번째 집』에 나오는 정숙은 수복지구에서 평생을 살아온 인물로 수복지구의 현재를 드러낸다. 여기에서는 이경자의 장편소설 『순이』와 『세번째 집』 이 두 편을 인용했다.

전후 강원도 강릉에서 태어나고 자란 이순원은 어려서부터 집안 어른과 동네 어른들에게 전쟁기에 있었던 사건들을 들으며 자랐다. 그 이야기 속에는 인근 지역 양양에 관한 것들도 있었다. 수복지구 양양에 관한 이야기는 드러내놓고 말하지 못하는 것들이 많았다. 그는 이웃에 있는 양양의 이야기를 추적하고 관찰하여 1970년대 양양의 현실을 「그대, 양진을 아는가」(1990)와 「잃어버린 시간」(2016)에 담아냈다. 여기서는 2016년 『소설문학』에 발표된 「잃어버린 시간」을 인용했다.

스무 살에 전쟁을 경험한 박완서는 '적치 3개월' 동안의 서울의 모습을 소설로 그려내어 전쟁을 증언한 작가로 높이 평가받는다. 전쟁과 분단이 일상 속에 존재하는 모습을 예리하게 포착하여 소설화했던 박완서는 시대의 변화에 따라 전쟁의 상처를 치유하는 방법을 모색했고, 일정 정도 성과를 거두었다. 그리고 시대와 인식의 변화에도 여전히 '말할 수 없는 사람들'이 수복지구에 존재한다는 것을 환기시키는 「빨갱이 바이러스」를 발표했다. 이 소설을 통해 박완서는 통일을 향해 나아가려면 망각한 것처럼 보이는 기억을 소환하고 상처를 말할 수 있어야 한다고 역설한다. 여기에서는 2013년 문학동네에서 발간된 박완서의 단편소설집 『그리움을 위하여』에 실린 판본을 인용했다.

작품: 『순이』, 『세 번째 집』, 「잃어버린 시간」, 「빨갱이 바이러스」

이경자의 소설 『순이』는 여섯 살 난 순이의 눈과 귀를 통해 1953년 휴전협정이 체결되던 해 수복지구 양양의 풍경을 그려냈다. 고작 여섯 살의 아이가 전쟁과 휴전, 마을에서 일어났던 사건들을 기억할까 싶지만 전쟁은 아주 어린 아이들의 마음에도 깊은 상처를 남겼다. 『순이』는 휴전으로 새로운 전쟁 상태에 돌입한 수복지구의 특수한 상황도 그려내며 그동안 알려지지 않았던 전쟁의 뒷모습을 보여주었다.

이경자의 다른 소설 『세번째 집』은 수복지구 이산가족이 안고 있는 상처의 복잡한 사정과 깊이를 보여준 작품이다. 부모가 버리고 북으로 가면서 고아가 된 언니와, 부모가 선택한 북에서 탈출해 남으로 온 동생의 만남은 이산가족이 꼭 가족을 만나고 싶어할 것이라는 허상에 도전한다. 수복지구의 이산가족에게 있어서 헤어질 때의 상처와 만났을 때의 상처를 치유하는 힘은 어디에 있는지를 질문하는 소설이다.

이순원의 「잃어버린 시간」은 수복지구 사람들이 북에서 보낸 5년이라는 시간의 무게에 관한 소설이다. 그 5년 동안 쌓았던 학력과 경력은 남에서 쓸모가 없을 뿐만 아니라 오히려 숨겨야 할 과거가 되었다. 북에 가족이 있는 사람들은 끊임없이 간첩이라는 오해를 받았다. 나고 자란 고향이 감옥이 되어버린 것이다. 이 소설은 그 속에서 고통받으면서도 묵묵히 살았던 수복지구 사람들의 억울한 사연을 풀어내고 있다.

박완서의 「빨갱이 바이러스」는 수복지구 사람들이 수십 년 동안 빨갱이라고 손가락질 받을까봐 전전긍긍하며 전쟁과 분단이 만들어낸 기억을 묻어버린 이야기다. 형제를 죽이고 이웃을 고발하며 살아남았던 사람들의 마음속에 있는 상처는 꺼내서 보여줄 수도 없다. 아무한테도 상처를 보여주지 못하는 수복지구 사람들의 고통이 수십 년이 지나도 여전히 감춰진 채 보존되어 있음을 잘 보여주는 작품이다.

휴전,
새로운 전쟁의 시작

1953년 7월 27일, '국제연합군 총사령관을 일방으로 하고 조선민주주의인민공화국 최고사령관 및 중공인민지원군 사령관을 다른 일방으로 하는 한국 군사정전에 관한 협정'이 맺어졌다. 이 협정으로 남북의 군사적 적대 행위는 일시적으로 정지되지만 전쟁상태는 유지되는 휴전상태에 돌입하게 되었다. 긴 전쟁이었고, 군인보다 민간인이 더 많이 사망한 전쟁이었으며, 적(敵)과 아(我)가 뒤섞인 전쟁이었다. 그러니만큼 당대를 살아가는 모든 사람들은 정전협정이 어서 체결되기를 소망했다. 그러나 휴전은 어디까지나 군사적 대결이 정지된 상태일 뿐, 남과 북의 서로를 향한 적대적인 대치가 종식된 것은 아니었다. 그것은 새로운 전쟁의 시작이었다.

휴전이 가져올 새로운 전쟁상태를 제일 먼저 감지한 이들은 3년의 전쟁 기간 내내 전선이었던 38선 접경지역의 주민들이었다. 전쟁 전에는 북의 영토였다가 전쟁이 난 후 남의 영토가 된 수복지구의 주민들은 휴전이 마냥 기쁠 수는 없었다. 무엇보다도 전쟁 준비가 시작되던 때 인민군으로 차출된 아들을 둔 부모에게 있어서 휴전은 아들의 생사조차 확인할 수 없는 당장의 현실로 다가왔다.

"난리두 끝났다는데 우리 새끼덜은 왜서 안 돌어오너."

할머니가 중얼거렸다.

순간 할아버지가 무서운 눈초리로 할머니를 꼬나보았다. 할머니는 부리부리한 할아버지 눈에 지레 질려서 눈을 내리깔았다. 잠깐 밥상머리가 침묵에 덮였다. 순이는 감자 위에 붙은 강낭콩과 보리쌀만 뜯어 먹다가 얼른 감자째 퍼서 입에 가득 물었다.

"하나는 인민군으로 나가구……."

할아버지가 툭 뱉었다.

할머니가 번쩍 고개를 쳐들고 할아버지를 바라보았다. 순이도 어른들을 쳐다보았다.

"하나는 국군으로 나가서 여태 소식이 없는데, 뭐이 어디루 돌어와! 그 아덜이 원족(소풍)을 갔너, 천렵을 갔너? 대관절 인간이 나이를 똥구녕으루 처먹었너? 아무리 낫 놓구 기역 자를 몰러두 그래 그렇게 대가리가 안 돌어가? 에이구우!"[1]

수복지구인 양양에서 태어나 자란 이경자는 자전적 소설이라 할 수 있는『순이』에서 여섯 살에 맞이한 휴전에 대한 기억을 풀어놓았다. 세상 물정을 잘 모르는 할머니가 전쟁에 나간 아들들이 돌아오기를 기다리자 할아버지는 할머니의 무지함에 화를 낸다. 그러나 정작 할아버지가 화를 내는 대상은 할머니가 아니라 세상이었다. 할아

---

1 이경자,『순이』, 사계절, 2010, 95~96쪽.

버지와 할머니는 아들 넷을 두었다. 그러나 순이의 아버지인 첫째만 제외하고 둘째와 셋째는 북의 체제 아래 있을 때 인민군으로 나갔고, 넷째는 수복된 후에 국군으로 나갔다. 그중에 둘째만 인민군에 나갔다가 다시 국군이 되어 살아 돌아온 것이다. 인민군으로 나간 셋째 아들은 살아있더라도 북으로 갔을 테니 소식을 들을 수 없고, 국군으로 나간 넷째 아들은 같은 하늘 아래서도 소식이 없으니 죽었거나 북의 포로가 되거나 해서 행방불명되었을 것이다. 두 아들 다 살아있더라도 소식을 알 수 없고 집으로 돌아올 수 없는 처지임은 틀림없었다. 그래서 휴전은 순이 할머니에게 전쟁터에 나간 아들들을 하염없이 기다리는 새로운 전쟁의 시작이었다.

마을을 덮친 빨갱이 공포

휴전이 선포된 후 수복지구에는 본격적으로 '빨갱이 색출'이라는 새로운 전쟁이 시작되었다. 순이네는 그래도 국군이 된 삼촌들이 있었기 때문에 빨갱이 소리는 듣지 않았다. 그러나 전쟁이 나기 전에 적극적으로 북의 사회주의에 동조하던 사람들 대다수는 후퇴하는 인민군을 따라 북으로 올라갔지만 그 가족들 중에 미처 합류하지 못하고 남겨진 사람들이 있었다.

> 아랫말 살던 빨갱이 김씨 부인과 자식 삼 남매가 하룻밤 사이에 사라졌다더라, 밤중에 인민군이 와서 데려가는 걸 보았다더라, 새벽에 기사문리에서 다리 건너는 걸 누가 보았다더라, 아무래도 이 지방에서는 살기 어려우니 다른 지방으로 갔을 거라는 둥, 임시 군정이 끝나면 민정관이 그대로 군수가 될 것이냐는 둥 떠도는 소문부터 직접 듣거나 본 것, 짐작하는 것들을 이것저것 이야기하였다.[2]

휴전이 되기 전부터 빨갱이로 지목된 가족들은 미군정의 감시를 받았고, 마을 사람들에게도 배척당했다. 그래도 그들이 마을을 떠나지 않았던 이유는, 밀리고 밀리는 전선에 따라 북의 땅도 되었다가 남의 땅도 되었다가 하는 전시였기에 미래를 관망했기 때문이었다. 하지만 휴전협정의 선포로 빨갱이라는 굴레에서 벗어날 수 없게 되자 그들은 마을을 떠나야만 했다. 그들이 38선 이남의 다른 마을로 갔는지 38선 이북으로 갔는지는 아무도 모른다. 다만 당시의 38선은 지금과 달리 경비가 허술해서 그 지역의 지리에 밝은 사람들은 얼마든지 밤을 틈타 넘나들 수 있었다. 그 점에서 그들이 이북으로 갔을 가능성을 배제할 수 없다. 반대로 38선 이북으로 갔던 사람들이 이남으로 내려오는 일도 어렵지 않았다. 그러나 이북에

2 앞의 책, 145~146쪽.

서 이남으로 내려오는 경우에도 문제는 있었다. 이미 체제 저쪽으로 간 사람들이었기 때문에 그들은 적으로 간주되었다. 따라서 그들이 이남 땅을 밟는 것은 금지된 행위였다. 다시 이남으로 내려온 이유는 중요하지 않았다. 적이 된 사람들의 방문은 '이적행위'였고 신고의 대상일 뿐이었다.

> "분이네 집에 이상한 사람 산다?"
> 공깃돌을 받다가 순이가 무심결에 말했다. 옥자가 손을 멈추고 순이를 빤히 바라보았다. 옥자는 누런 얼굴의 버짐이 가려워 손톱으로 꾹꾹 눌렀다.
> "얼굴이 털이 잔뜩 났어. 옥자 니두 그런 사람 봤너?"
> 순이가 호기심으로 부풀어 오른 목소리로 말했다.
> (중략)
> 이튿날 읍내에는 소문이 파다했다. 어른들은 만나기만 하면 가만가만 그 일을 이야기했다. 옥자네 고모부가 간첩을 신고해서 성안말 분이네 아버지가 잡혔다는 이야기였다. 분이 아버지를 숨겨 놓고 신고하지 않은 죄로 분이 할머니와 어머니도 함께 잡혀가고, 혼자 남은 어린 분이는 아무도 맡아서 길러 주려는 일가친척이 없어 결국 다시 고아원으로 가게 되었다는 소문이었다.[3]

이 소설에서 분이 아버지는 북의 사회주의 체제에 동

3 앞의 책, 246~247쪽.

조했던 인물이었다. 그런데 어찌 된 일인지 북으로 올라갔던 그는 휴전이 된 후에 밤을 틈타 월남했다. 순이가 분이네 집에서 본 분이 아버지는 흡사 귀신 같은 모습을 하고 어두운 방에 숨어 있었다. 분이 아버지가 없을 때 빨갱이 가족이라고 마을 사람들에게 배척당하던 분이네는 분이 아버지의 월남으로 '간첩 가족'이 되었다. 간첩이라는 단어는 빨갱이라는 단어와 다른 의미에서 수복지구 주민들을 공포로 몰아넣었다. 마을에 아직 남아 있던 빨갱이는 비난과 배척의 대상이지 법의 심판을 받을 대상은 아니었다. 그러나 북으로 올라간 빨갱이가 남으로 내려오는 순간 간첩이 되어 법의 심판 대상이 된 것이었다. 간첩의 등장은 수복지구 주민들에게 있어서 새로운 전쟁의 시작이었다.

빨갱이 가족,
잠재적 간첩

휴전을 맞이한 수복지구의 주민들은 곧바로 대한민국의 국민으로 등록되지 못했다. 그들은 전시와 마찬가지로 여전히 미군정의 통치 대상이었기에 국적이 부여되지 않았던 것이다. 수복지구는 1954년 미군정이 끝나고 국군에 의한 군정을 거친 후에야 대한민국의 영토가 되었다. 그때가 되어서야 주민들은 비로소 도민증을 발급받을 수 있었다. 그렇다고 한번에 완전하게 대한민국 국민으로 편입된 것도 아니었다. 국민으로서 의무는 다해야 했지만 권리의 하나인 선거권은 제한되었다. 이것도 1960년대에 가서야 완전히 행사할 수 있었다. 이것은 휴전 이후 수복지구에 거주하는 모든 주민들과 전쟁 이전부터 거주하고 있던 주민들과 전쟁 중에 피난 와서 정착한 주민들, 그리고 전후 이주해온 주민들 모두에게 똑같이 제한된 권리였다.

그런데 전쟁 이전부터 수복지구에 거주하던 주민들은 이주해온 주민들과 달리 '수복지구 원주민'으로 분류되어 특별히 관리되었다. 그들은 '적의 치하'에서 5년 이상을 살았고 북에 연고도 있는 사람들이었기 때문에 그들에 대한 사회적 인식은 복잡했다. 북의 체제에서 살았던 것 자체를 '착취'로 보아 동정하는 시선이 있는가 하면, '부역행위'로 보는 시선도 있었다. 그중에서 수복지구 원주민을 부역자로 보는 인식이 우세했다. 더 나아가 간첩이 있다고 보기도 했다. 그에 따라 원주민에 대한 반공교육을 강화하는 것은 물론이고 감시와 통제에 대한 필요성도 더욱 강조되었다. 사실상 북에 일부 가족이 있을 수밖에 없는 원주민은 '잠재적 간첩'으로 의심받고 있었다.

전쟁이 끝난 후 수복지구의 원주민은 해방 전과 비교해서 적은 곳은 70퍼센트, 많은 곳은 90퍼센트 내외로 급감했다.[4] 대다수의 원주민이 자신들의 삶의 터전을 버리고 북으로 가버린 결과였다. 전쟁 중에 적으로 분류된 사람들에게 가해지는 잔혹행위를 피하고자 함이었다. 미군정 치하에 남은 원주민은 상대적으로 북의 체제에서 소극적인 협조를 했거나 반공활동을 한 사람들이 다수였다. 여기에 북의 체제에 적극 지지를 보냈지만 미처 피하지 못한 극소수도 포함되었다. 이렇듯 어떤 이유로든 수복지구 원주민은 북에 가족의 일부가 있을 수밖에 없었다.

> 한 집도 온전한 식구들이 없었다. 인민군에 나갔거나 혹은 그쪽 체제에 적극적으로 협력한 경력 때문에 겁을 먹고 제집 제 땅뙈기보다는 체제를 택해 이북에 남은 식구나 친척이 없는 집이 없었다. 그런 식구들이 우리 삼촌처럼 야밤을 틈타 다녀가는 건 남한 당국에선 간첩으로 간주돼 반드시 신고를 하기로 돼 있었다. 도무지 간첩질을 할 것 같지 않은 자식이나 동기간이나 돈이나 식량 등 물질을 요구하는 걸 거절하거나 신고할 수 있는 사람은 없었다. 분명히 아무 눈에도 안 띄게 감쪽같이 다녀갔건만 다음날 경찰에 잡혀가 죽지 않을 만큼 얻어맞고 오는 일도 심심찮게 생겼다. 너무 얻어맞아서 병신이 되고 만 사람도 있었다. 도대체 누가 일러바쳤을까 서로 의심하고 넘겨짚어 다투기도 하면서 마을의 인심은 점차 예전 같지 않아졌다.[5]

---

4 한모니까, 『한국전쟁과 수복지구』(푸른역사, 2017) 참고.

5 박완서, 「빨갱이 바이러스」, 『그리움을 위하여』, 문학동네, 2013, 332쪽.

휴전이 되고 나서 북으로 갔던 사람들이 밤을 틈타 집에 다녀가는 일이 심심찮게 벌어졌다. 자신들의 집과 땅을 등지고 떠났기 때문에 북에서 그들은 피난민의 신세였다. 부족한 식량과 물자를 얻으러 집에 다녀가는 사람들이 생겼다. 개중에는『순이』에 나오는 분이 아버지처럼 가족에게 돌아오고 싶어 상황을 살피러 내려오기도 했다. 그러나 그들의 방문은 남에 남아 있는 가족들에게는 흉몽과 같았다. 그들이 다녀갔다고 의심받는 순간 '잠재적 간첩'에서 '확실한 간첩'으로 몰려 갖은 고초를 겪어야 했기 때문이다. 그런데 경찰에 끌려간 사람들이 실제로 간첩 행위로 재판받는 일은 드물었다. 북에 있는 사람들의 방문 목적이 그만큼 사소했기 때문이다. 그래서 죽지 않을 만큼 얻어맞고 집으로 돌아온 사람들은 자신들을 신고한 이웃에게 원한을 품었다. 마을 사람들은 사이 좋은 이웃에서 서로를 감시하는 사이로 변해갔다.

네 이웃을 신고하라

수복지구 원주민들에 의한 상호 감시체제야말로 그들을 통제하는 최고의 수단이 되었다. 감시하는 눈이 어디 있는지 알지 못하는 상황에서는 사방에 있는 모두를 의심하고 경계할 수밖에 없었다. 게다가 간첩으로 몰렸던 사람들이 국가의 의심을 떨쳐버릴 수 있는 최선의 방법은 똑같이 이웃에 대한 감시를 게을리하지 않는 것이었다. 이런 감시와 의심의 악순환으로 수복지구 원주민의 삶은 더욱 비참해졌다. 여기서 더 나아가 사적인 목적을 위해 모함하는 일도 벌어졌다.

> 그 무렵 아버지는 군청과 관계된 일을 보다가 오히려 군청 옆 경찰서에 불려갔다 온 일이 있었다. 사람들은 아버지가 일하는 대서소가 아버지의 반듯한 글씨와 손님보다 낮은 자리에서 손님의 말을 들어주는 일처리로 양진의 대서 일을 거의 독식해서 생긴 일이라고 했다. 이웃 대소서에서 투서한 것이라는 말도 있었다.
>
> "허 참, 대서 일을 하면서 주민 신상을 파악하면 얼마나 파악한다고, 그게 말이나 되는 소린지, 국가 기밀이 될 수 있는 일을 나중에라도 나쁘게 쓰이게 되면 어떻게 하냐고, 허 참 사람들, 그런 걸 신고해서……."
>
> 아버지가 경찰서에 갔다 오고 며칠 후 양진에 들어와 있는 어떤 군부대의 대공계라는 데에 불려간 날(불려간 게 아니라 그들이 아침 일찍 지프차로 사무실로 와서 데려간 날), 예전보다 나이가 들어 이제는 사무실에 나와도 자리만 지킬 뿐 일을 거의 하지 않는 김은규 소장이 집에 와서 어머니를 안심시키며 연신 혀를 차는 모습에서 서

하도 뭔가 심상찮은 일이 생겼다는 걸 알았다.[6]

1970년대 초를 배경으로 한 「잃어버린 시간」에서 서하 아버지는 사람들이 관공서에 제출해야 하는 서류를 대신 써주는 일을 했다. 글씨를 모르거나 관공서 서류 작성에 어려움을 느끼는 사람들을 대신해서 서류를 작성하고 수수료를 받는 일이었다. 주민의 신상을 파악하는 일도 아니고 국가의 기밀이 노출되는 일도 아니었다. 그런데 서하 아버지의 사소한 일거리가 의심받게 된 이유는 바로 북에 형의 가족이 살고 있기 때문이었다. 전쟁이 끝나고 시간이 흘렀어도 수복지구 원주민은 누군가의 의심만으로 경찰서나 군부대에 불려가 심문을 당하고 고초를 겪곤 했다. 현재의 법 규범에는 어긋나지만 불과 얼마 전까지도 '간첩'으로 신고된 사람들은 간첩행위에 대한 증거나 증인 없이도 체포, 감금, 강압적 수사가 가능했다. 반공이라는 이데올로기가 일반적인 법 규범을 초월했기 때문이다.

삭제된 시간,
그 속에 매몰된 사람들

수복지구의 원주민이 대한민국의 국민이 되어 살아

6 이순원, 「잃어버린 시간」, 『소설문학』, 도서출판 북인, 2015 가을호, 22쪽.

가는 것은 간첩과 접촉할 수도 있다는 의심을 꼬리표처럼 달고 다니는 것과 마찬가지였다. 거기에 더해 그들이 북에서 받은 교육과 북에서 활동한 경력을 대한민국에서는 인정받을 수 없었다.

> 아버지는 어머니가 양진의 지난 시절 얘기만 하면 어린 애를 붙잡고 무슨 얘기를 하느냐고 야단쳤다. 오히려 아버지의 공부 얘기는 어머니보다 할머니가 자랑처럼, 또 자랑 속의 한숨처럼 더 많이 했다.
> "형제가 모두 외지에 나가 누구도 하지 못한 좋은 공부를 했지. 좋은 공부를 해선 세월을 잘못 만나 형은 형대로 어딘지도 모르는 데로 가 소식이 없고, 동생은 동생대로 움치고 세월 눈치만 보며 사는 게지."
> 그게 할머니의 눈에 비친 아버지의 모습이었다. 아버지는 젊은 시절 군청에 잠시 근무했지만 사람들이 쉬쉬하는 아버지 형의 일로 군청에서 나와 행정대서소에서 일을 했다. 아버지가 세월의 눈치를 보며 산다고 할머니가 말하는 것도 바로 그런 일들 때문이었다.[7]

이 소설에서 서하 아버지는 북에서 살 때 원산에 있는 상업학교를 졸업했다. 당시로써는 마을에서 드문 최고 학력의 소유자였다. 그러나 수복지구의 원주민에게 북에서 쌓은 학력과 경력은 인정되지 않았다. 오히려 사

---

7 앞의 책, 19~20쪽.

람들에게 알려질까 두려워 쉬쉬하고 숨기기에 급급한 것이었다. 북의 체제를 추종하고 부역한 증거가 되어 의심받을 수 있었기 때문이다. 더군다나 서하 아버지의 형이 북에 살고 있다는 것을 모르는 사람이 없는 현실에서 서하 아버지는 더더욱 몸을 낮추고 행실을 조심하며 살아야 했다. 그렇게 사는 사람이 비단 서하 아버지만이 아니었다. 중학생인 서하의 과외 선생님인 정희 어머니도 마찬가지였다.

양진 읍내에 초등학교 아이들의 공부를 가르칠 수 있는 엄마는 더러 있을지 몰라도 중학교에 다니는 언니와 오빠들의 공부를 가르칠 수 있는 엄마는 농방을 하는 정희 어머니 말고는 없었다. 정희어머니보다 몇 살 아래인 서하어머니는 한글조차 더듬더듬 읽었다. 이따금 정희어머니가 도울 때 말고는 정희아버지는 부리는 사람도 없이 거의 혼자 손으로 널판을 자르고 대패를 밀며 장롱도 만들고 찬장도 만들었다. 매일 오후 늦게 양진의 신문보급소 주인이 농방 앞에 툭 던져놓고 가는 신문도 정희아버지가 주워 가게 안으로 가져오면 정희어머니가 읽고 정희아버지에게 세상 사정을 설명해 주었다. 서하는 중학생들까지 가르치는 정희어머니가 왜 학교 같은 곳에 나가 선생님을 하지 않고 낮에는 농방에서 아교 녹이는 일을 하고 저녁에는 아이들을 불러 모아 과외를 하는지 그

것이 늘 궁금하고 신기했다.[8]

이 소설에서 정희 어머니는 원산에 있는 사범학교를 졸업했다. 중등과정 교사가 될 실력을 갖췄지만 역시 학교 교사가 되지는 못했다. 최고로 높은 공부를 한 정희 어머니와 일자무식인 정희 아버지가 부부가 된 사연은 소설에 나와 있지 않다. 그러나 수복지구 원주민으로 최고의 학력을 갖춘 정희 어머니가 전쟁이라는 혼란 속에서 결혼 상대를 찾기는 쉽지 않았을 것이다.

작가 이순원은 양양지역의 학교들을 조사한 결과 놀라운 사실을 발견했다. 양양지역에 있는 대다수의 초등학교와 중학교가 1950년 이후 개교한 것으로 되어 있었기 때문이다. 그것은 1945년에서 1950년 사이에 설립된 학교의 흔적이 지워졌다는 뜻이다. 즉 이것은 그사이에 교육받은 거의 모든 사람들의 학력이 삭제되었음을 의미한다. 그렇게 수복지구 원주민들은 북의 체제 아래서 살았던 5년 동안의 시간을 통째로 잃어버린 것이다.

빨갱이 딸,
간첩 어머니, 탈북자 언니 정숙

수복지구 원주민에게 가해지는 의심의 눈초리와 감

---

8 앞의 책, 17~18쪽.

시의 규율은 시간이 지났다고 약화되거나 사그라지지 않았다. 그들의 의도된 침묵과 사회의 무관심 속에 잘 드러나지 않을 뿐이었다. 그러나 수복지구는 잊을만 하면 한 번씩 충격적인 사건으로 사회에 파문을 던졌다. 북에서 간첩이 넘어왔다거나, 어부들이 납북되었다가 돌아왔는데 간첩이 되었다거나 하는 일련의 사건들 때문이었다.

"할머니가 왜 동생분을 안 만나려는지 아시지요?"

최경사가 발걸음을 멈추고 진지하게 물었다. 명숙은 순간 눈앞이 캄캄해지며 아뜩했다.

"세 살에 혼자 남았다니…… 홍역을 앓아 젖도 잘 먹지 못하던 걸 억지로 젖을 먹이다 말고…… 우는 걸 떼어놓고 갔다니 그 난리통에 살아남은 게 기적이지요. 어린 것이 전투에 방해가 된다고 버리고서 후퇴하는 인민군 대열에 끼어서 갔다니……."

숙연한 목소리로 명숙이 말했다. 듣기만 하던 최경사가 흘깃 명숙을 바라보았다.

"여기선 아주 유명한 빨갱이였답니다. 자식 버린 빨갱이요."

(중략)

"겨우 아들 하나 얻고 청상과부가 되어 살았는데 외아들이 납북된 어부였는데 간첩으로 몰려서 고문을 많이 받았나봅니다. 아마 십오년 형을 받았는데 절반도 못 살고 나오긴 했지만 한두 해 지나서 병사했다더라고요."[9]

이경자의 소설 『세 번째 집』에 등장하는 인물 정숙은 전쟁 중에 북으로 올라가는 부모에게 버림받았다. 고아 아닌 고아로 자란 정숙은 얼굴도 기억나지 않는 부모를 그리워하기는커녕 오히려 원망하고 원수로 여겼다. '빨갱이의 딸'로 살아가게 한 것도 모자라 하나 있는 피붙이 아들이 간첩으로 몰린 것도 모두 정숙을 버리고 북으로 간 부모 때문이라는 생각을 떨칠 수가 없었기 때문이었다.

> "차라리 죽었다면…… 내가 죽던, 그쪽이 죽던, 그랬다면……"
>
> 정숙이 말했다. 날카롭고 싸늘하고 대쪽 같은 말투였다. 차라리 그래야 한다고 생각했다. 어부가 좋다던 아들이 고기잡이배를 타고 나가서 돌아오지 않더니 납북되었다고 했다. 그 아들이 돌아와서 간첩이 되어야 했던 건 아들도 모르는 외할아버지 외할머니 때문이라고 정숙은 믿었다. 자식을 버렸으면 그것으로 끝나야지 왜 얼굴도 모르는 자식의 평생을 짓밟느냐고, 이게 부모로 할 짓이냐고 정숙은 죽은 아들의 무덤에서 악을 썼다.[10]

휴전 이후로 강원도 해안의 어부들이 납북되는 일이 종종 있었다. 그러나 어부들이 납치되어 북으로 끌려갔

9 이경자, 『세번째 집』 문학동네, 2013, 81~82쪽.

10 앞의 책, 87쪽.

는지, 북의 수역을 침범해서 체포되었는지 명확히 알려지지는 않았다. 원인이 무엇이건 38선 이북의 땅에 발을 디뎠다가 돌아온 어부들 중 다수는 간첩의 혐의로 억울한 옥살이를 하고 후유증에 시달렸다. 반공의 시대에 적의 땅을 밟았다가 돌아온 사람들은 모두 간첩이라는 인식은 수복지구 원주민을 향한 사회적 인식과 맥을 같이 했다. 그래서 정숙이 아들의 죽음에 대해 자신을 버린 부모를 탓하는 것이 어쩌면 당연한 일일지도 모른다.

빨갱이 딸이며 간첩의 어머니로 불렸던 정숙에게는 '탈북자의 언니'라는 새로운 이름이 하나 더 생긴다. 정숙을 버린 부모에게서 태어나 북에서 자란 명숙은 고향으로 와서 어머니의 유언을 정숙에게 전했다. '정숙이를 평생 잊은 적이 없었다고, 어머니를 용서하지 말라고.'

침묵,
수복지구를 뒤덮다

빨갱이, 부역자, 잠재적 간첩, 잔재 공산주의자, 월북자 가족 등의 단어는 수복지구 원주민을 대하는 사회적 인식을 단적으로 보여준다. 그러나 이 중에 그들의 주도적인 행위에 의해서 그들이 원하는 방식으로 붙여진 이름은 하나도 없다. 단지 그들이 해방 전에도 전쟁 후에도 자신들이 살던 삶의 터전을 떠나지 않고 살았다는 이유만으로 '정상 국민'이 아니게 된 것이다. 정상 국민이 아닌 사람들은 국민이 되기 위해 과거를 망각하고 가족을 삭제하고 이웃을 고발하는 행위도 서슴지 않았다. 아마도 그들의 죄는 잘못이 없는데도 죄인으로 사는 것을 숙명으로 받아들이고 침묵한 죄일지도 모른다.

> 멀리 울산바위가 보이는 우리 마을은 앞벌만 빼고는 삼면이 짙은 숲에 둘러싸여 있다. 녹색도 극에 달하니까 지쳐 보인다. 힘겹게 저장하고 있는 과중한 수분을 언제 토해낼지 모르게 둔중한 빛을 하고 있다. 친구의 어머니 유해야 찾건 말건 내일은 나도 떠나리라, 망설이던 마음을 별안간 굳힌다.
> 앞벌 논배미 사이를 흐르는 도랑들도 격류로 변해 물소리가 요란한데도 이 옴팍한 마을에 고인 적막은 어쩌지 못한다. 적막이라기보다는 온 세상의 침묵이 다 모여서 짜고 짤 것 같은 견고한 침묵이다.[11]

박완서는 「빨갱이 바이러스」에서 수복지구 양양의 한 마을을 감싸고 있는 것이 '온 세상의 침묵이 모인 견고한 침묵'이라고 표현했다. 앞서 이경자와 이순원의 소설에서 나타난 수복지구의 역사와 원주민들의 삶에 일치되는 부분이다. 이경자는 『순이』에서 1953년의 사람들이

---

11 박완서, 「빨갱이 바이러스」, 「그리움을 위하여」, 문학동네, 2013, 306쪽.

쉬쉬하며 자신들의 처지를 드러내 말하지 못하는 것을 표현했고, 이순원은 「잃어버린 시간」에서 1970년대 초 서하 아버지가 과거와 현재에 대한 고집스럽게 침묵했던 것에 이어 서하에게 고향을 떠나 멀리 나가 살라고 당부했던 것을 통해 수복지구의 역사를 드러냈다. 그 연장선에서 박완서는 2000년대 수복지구의 현실을 보여주었다.

이 세 소설은 휴전 직후부터 2000년대까지 50년 동안 수복지구에서 일어난 변화의 추이를 보여준다. 『순이』에서는 수복지구 원주민이 빨갱이를 넘어서 간첩이 되었던 시작점을, 「잃어버린 시간」에서는 그들이 간첩으로 몰리지 않기 위해 과거를 철저하게 숨기는 과정을, 「빨갱이 바이러스」에서는 수복지구의 원주민이 그 모든 노력의 결정체인 '세상에서 가장 견고한 침묵'으로 과거를 숨긴 결과를 확인할 수 있다. 그러나 과거의 시간과 북에 있는 가족을 망각했다는 것 자체가 그들에게 커다란 죄책감을 안겨주었다는 사실도 알려준다.

박완서는 그 죄책감으로부터 벗어나고 싶은 고백의 충동을 억누르는 힘의 원천이 빨갱이라는 바이러스에 있음을 지적한다. 바이러스는 전염성을 가진 '더럽고 무서운 병균'이기 때문에 사람들은 그것을 경계하고 두려워한다. 그처럼 지난 시간 동안 빨갱이라는 단어는 사상이 의심되는 사람을 지칭하는 것으로 시작해서 접촉해서는 안 될 바이러스처럼 인식되기에 이르렀다. 그래서 억압적인 사회에서 살아남고자 선택한 망각과 침묵이, 시간이 흐른 뒤에는 도리어 과거와의 화해를 가로막고 나서게 된 것이다. 박완서는 이 소설에서 침묵을 깨는 고통을 감수하고 존재했던 시간과 존재했던 사람들의 이야기를 시작해야 한다고 주장한다. 수복지구의 아픈 역사와 원주민의 상처를 치유하기 위한 과정으로서 말이다.

수복지구 원주민들에게 달라붙은 빨갱이, 부역자, 잠재적 간첩이라는 꼬리표는 전쟁이 끝나고 수십 년이 지나도록 닳지도 않고 선명하게 남아서 현재까지 영향을 미치고 있다. 그들의 상처가 아물 수 있게 하려면 그들이 잃어버린 시간, 그들이 잊어버린 가족에 대한 기억을 자유롭게 말할 수 있도록 빨갱이의 굴레를 벗겨주어야 할 것이다.

10

아버지의
죽음으로
이어진
혈육의 끈

전영선
건국대학교 통일인문학연구단 HK연구교수

「아우와의 만남」 작품 배경: 한중수교와 이산가족의 은밀한 만남

1983년 뜨거웠던 여름, '실제 상황'임을 알리는 요란한 사이렌 소리가 전국에 울렸다. 온 국민을 불안에 떨게 만든 주인공은 중국 국적의 민항기였다. 대한민국 영토에 불시착하게 된 중국 민항기를 계기로 한국과 중국은 접촉을 시작했다. 한국전쟁 때 총부리를 맞댔던 대한민국과 중국은 이후 새로운 외교관계를 열었다. 그리고 무역대표부를 설치하고, 본격적인 수교 협상에 돌입했다.

1992년 8월, 한국과 중국은 마침내 적대관계를 청산하고 정상적인 외교관계를 맺었다. 한국과 중국이 수교 협상을 시작하면서 중국은 남북의 새로운 접경지가 되었고, 중국을 통해 북한 주민과의 접촉이 이루어졌다. 북한과 국경을 접하고 있는 중국의 일부 지역은 북에 있는 가족의 소식을 알아보거나 먼발치에서나마 공안의 눈을 피해 서로의 생사를 확인하는 이산가족들의 은밀한 접선지가 되었다.

작가: 이문열

대표적인 현대소설가인 이문열은 경북 영양 출신으로, 한국전쟁 때 월북한 부친을 두어 어려움을 겪었다. 대구매일신문에 단편소설「나자레를 아십니까」가 입선되면서 작가 활동을 시작하였다.『사람의 아들』,「금시조」,『황제를 위하여』,『영웅시대』,「우리들의 일그러진 영웅」등의 소설을 발표하였다.

이문열은 현실 문제에 대한 우화적 작품과 자전적 경험을 바탕으로 한 작품을 창작의 양대 축으로 삼고 활동했다.「아우와의 만남」은 한국전쟁 때 월북한 아버지를 두고 살아야 했던 작가의 자전적 고민과 갈등을 배경으로 한 작품이다.

작품:「아우와의 만남」

이산가족. 이들은 남북 분단이 낳은 상처를 안고 살아가는 사람들이다. 한반도가 남과 북으로 갈리고, 전쟁을 치르면서 이산가족은 남북 분단의 아픈 상처로 남아 있다. 분단이 70년을 넘어가서 지금까지도 그리운 가족의 목소리조차 제대로 듣지 못하고 살아간다. 1980년대를 지나면서 데탕트의 흐름 속에 세계의 냉전체제는 평화체제로 전환되었지만, 이산가족 문제는 여전히 해결을 기약할 수 없는 상황으로 남아 있다.

한중 외교관계의 수립은 이산가족에게는 한 줄기 빛이었다. 중국을 통한 남북 주민의 은밀한 접촉이 시작되었다. 중국 공안의 눈치를 보면서 쫓기듯 이루어지는 만남이었다. 핏줄을 보고파 하는 간절함의 결과는 보잘 것 없어 보였다. 하지만 무엇과도 바꿀 수 없었다. 살아 있음에 감사할 뿐이었다. 1994년 발표된 이문열의 「아우와의 만남」은 타국의 접경지에서 이루어진 이산가족의 은밀한 접촉과 가시지 않은 분단의 아픔을 그린 소설이다.

「아우와의 만남」의 주인공은 아버지의 죽음을 계기로 얼굴도 모르던 낯선 동생을 만나 이야기를 나누면서 가족이라는 '피땡김'을 확인하지만, 여전히 냉전체제가 유지되는 남북 현실을 마주한다. 그렇게 「아우와의 만남」은 현대사의 여전한 상처로 남아 있는 이산가족의 만남을 그려내고 있다. 여기에서는 2001년 아침나라에서 출간한 『(이문열 중단편전집 5) 아우와의 만남』에 실린 판본을 인용했다.

아버지의 사망, 동생과의 조우

"아우가 오지 않은 것은 갑작스런 사정의 변경이 있어서라기보다는 약속 자체가 그리 정확하지 않았던 탓인 듯했다."

이문열의 소설 「아우와의 만남」은 이렇게 시작한다. '아우가 오지 않았다.' 그런데 무슨 일인지 알 수가 없다. 사정이 생겼다기보다는 약속 자체가 정확하지 않았다. 무슨 일일까. 아우와의 약속을 주선한 이는 김한조 씨였다.

"김한조씨는 일이 거듭 어그러지는 것을 변명하면서 자신이 그런 일을 처음 하기 때문임을 유달리 힘주어 말했다." 약속을 하였지만 쉽지 않았다. 일은 거듭 어그러졌다. 변명하면서도 처음 하기 때문이라고 힘주어 말한다. '처음 하는 일'이란 어떤 뜻일까. 부탁한 사람을 안심시키려면 '일을 잘한다'고 해야 할 것 같은데, '처음 한다'고 힘주어 말하는 이유는 무엇일까?

김한조 씨는 무안하고, 무료한 마음에 자기가 이 일을 하게 된 경과와 그동안에 있었던 일을 주절주절 늘어놓는다. "돈도 되고 일도 별로 어려울 것 같지 않아 남 따라 시작해 본 건데 영 쉽지 않구먼요. 인차 될 듯한 일이 터지고, 이 사람 저 사람 사이를 왔다갔다하다 꿩궈먹은 소식이 되고-허궁에도 딸라 참 많이 뿌렸디오. 그러다보니 춘부장님 계신 곳을 알아낸 게 하마 장례 끝난 지 보름 뒤라…" 자신으로서는 최선을 다해 이리저리 알아보았지만 때를 놓쳤고, 이 교수의 아버지 소식을 확인했을 때는 이미 장례를 치룬 다음이라는 것이다.

김한조 씨가 "춘부장"이라고 부르는 사람은 이 교수의 아버지였다. 국립대학교 교수인 이 교수가 월북한 아버지의 소식을 듣고 싶다고 김한조 씨에게 부탁한 이후, 어렵게 수소문해서 아버지가 계신 곳을 찾아보았지만 이 교수의 아버지는 보름 전에 돌아가셨다는 것이었다. 이 교수는 아버지의 임종을 지켜보지도 못하고 상주 노릇도 못했으니 불효는 제대로 한 셈이었다.

아버지가 계신 곳을 물색해주던 김한조 씨는 문득 돌아가신 아버지 대신 아버지가 북에서 낳은 이복동생을 만나보겠느냐고 제안했다. 이 교수는 썩 내키지 않았지만 아버지의 임종을 지켜보지 못했다는 죄책감에 이복동생을 통해서라도 아버지의 근황을 알고 싶었다. 그렇게 해서 계획에도 없었던, 얼굴도 모르는 동생을 만나기로 했다.

한중수교와 아버지의 소식

이 교수의 연길 여행은 이번이 처음이 아니었다. 이 교수가 연길을 찾게 된 것은 세미나 때문이었다. "백두산 관광을 위해 어거지로 얽은 거나 다름없는" 세미나에 참석했었고, 그때 연길대학의 류 교수를 만났다. 동생과의 만남을 주선한 김한조 씨도 류 교수가 소개한 인물이었다.

세미나 일정을 마치고 연태(옌타이)로 떠나기 전, 이 교수는 시간이 남자 두만강 구경을 하고 싶다며 류 교수를 재촉했다. 류 교수와 함께 혜산으로 간 이 교수는 북한 땅을 바라보면서 아버지 생각에 눈물을 흘렸고, 술김에 그만 북한 땅을 보고 절을 하고 말았다.

젊은 시절 아내와 세 남매를 남기고 북으로 간 이 교수의 아버지는 어느덧 팔순에 가까운 나이가 되었다. 생사를 가늠하기 어려운 나이다. 북쪽으로 가신 이후 행방도 모르고 살았으나 간간이 편지도 오고 소식도 들려왔다. 소식은 제각각이었다. 종잡을 수 없는 소식에 의지해 실마리를 잡고 있었으니 살아계시는지 돌아가셨는지도 알 수 없었다. 그러다 지척에 있는 북녘땅을 바라보면서 마시던 술에 취해 그만 감정에 북받친 눈물을 쏟아냈다. 돌아보면 아버지가 아직 살아계실 때였는데, 예의에도 없는 망제(望祭)를 지낸 셈이었다.

이 교수의 모습을 지켜보던 류 교수가 직접 아버지를 만나보라고 권하였다. '아버지를 두만강까지 불러온다면 부자 상봉도 불가능한 일이 아닐 것'이라고 했다. 그리고 아버지 소식을 찾아 줄 김한조 씨를 소개해주었다.

백두산 관광 그리고 연길

이 교수가 중국을 통해 북으로 간 아버지를 만날 수 있다는 사실을 모르는 바는 아니었다. 상황이 바뀌었다. 전쟁으로 총칼을 맞대고 싸웠던 한국과 중국이 수교를 코앞에 두고 있었다. 제한적이지만 중국 방문도 허용되었다. 이 교수가 바쁜 일정을 쪼개어 세미나에 참가한 것도 이유가 있었다. 아버지의 소식이 궁금했기 때문이었다. 풍문으로 들었던 아버지의 소식을 확인하고 싶었다. 중국에서 사람을 넣으면 만날 수도 있다는 소문도 있었다. 시대가 바뀌어 언감생심 꿈에도 생각하지 못했던 이산가족의 은밀한 만남이 한중수교를 계기로 이루어지기 시작했다.

적성국이었던 중국과 공식적으로 접촉하기 시작한 것은 1983년이었다. 한여름, 뜬금없이 한반도 전국에 사이렌 소리와 함께 '실제 상황'임을 알리는 방송이 울렸다.

중국 민항기가 대한민국 영토에 불시착한 것이다. 민항기 사건을 계기로 공식 접촉을 가진 양국은 1990년 1월 무역대표부를 설치하고 수교 협상을 본격적으로 추진했다. 한국과 중국의 수교 과정은 순탄치만은 않았다. 중국과의 수교는 한국과 외교 관계에 있던 대만과의 단절을 의미하는 것이었다. 중국 역시 혈맹이라는 북한의 눈치를 보지 않을 수 없었다. 몇 차례의 회담 끝에 1992년 8월 24일, 한국과 중국은 적대관계를 청산하고 외교 관계를 수립했다.

한국과 중국이 수교를 본격적으로 논의하면서 대한민국 국민의 중국 방문이 허용되었다. 중국 방문은 백두산 관광과 함께 조선족과의 접촉으로 이어졌다. 한국인과 조선족 간의 관계는 1980년대 초중반 한국에서 이산가족 찾기 운동이 벌어진 뒤 한국인이 사회교육방송을 통해 중국 동북지역에 사는 조선족 친지를 찾으면서 시작됐다. 탈냉전적 세계적인 정세변화 속에서 1992년 8월 한중수교가 이루어진 것이 본격적인 관계의 계기가 되었다.[1] 조선족과의 관계 맺기는 중국 국경 너머로 이어졌다. 중국을 오갈 수 있게 된 남한 주민과 북한을 오갈 수 있는 조선족의 만남은 자연스럽게 조선족을 매개로 한 이산가족의 상봉으로 이어졌다. 조중접경 지역은 헤어진 이산가족의 은밀한 접선지가 되었다.

1 곽승지, 『한국인과 조선족 간 갈등 요인 및 갈등해소 방안』, 동북아역사재단, 2010, 20쪽.

한중수교와 이산가족

한중 수교가 본격적으로 논의되기 시작한 이후 이산가족 상봉은 문학의 주요 소재가 되었다. 대중문화는 늘 그 시대 대중의 감수성과 정서를 반영하기 마련이다. 1988년 서울올림픽을 계기로 해외여행이 자유화되면서 중국을 비롯한 사회주의 국가 방문이 가능해졌고, 예기치 않은 공간에서 이산가족의 접촉이 일어났다. 그렇게 이루어진 시대가 낳은 경험은 문학의 소재가 되었다.

이문열의 「아우와의 만남」(중국에서 이복동생과의 만남), 홍상화의 「어머니 마음」(중국에서 아버지와의 만남), 최윤의 「아버지 감시」(북한에서 중국으로 탈출해서 살고 있는 아버지를 파리로 초청), 이원규의 「강물은 바람을 안고 운다」(러시아 여행 중에 북한 주민과 접촉), 이호철의 「보고드리옵니다」(폴란드 여행 중에 북한 주민과 접촉), 이순원의 「혜산 가는 길」(압록강 접경 마을에 사는 어머니를 만나러 가는 여정) 등은 모두 낯선 땅에서 만난 북한 주민이거나 이산가족 상봉을 통해 결과로 이루어진 만남을 다루고 있다.

북한 사람은 물론 중국 동포들 역시 낯설기는 마찬가지였다. 사람으로 보기 이전부터 내재되었던 이데올로기가 먼저 다가왔다. 사회주의권에 사는 사람들이었다. 머리에 뿔이 달리지 않은 것은 분명했지만 속이 어떤지는 알 수 없었다. 혈육을 보겠다는 '피땡김'에 이끌려 국경을 넘어 두만강 변 북한 땅 코앞까지 왔지만 불안감을 떨칠 수 없었다. 가족을 만나게 해주겠다는 사람도 쉬이 믿음이 가지 않았다. 동포들이 말이라도 걸어오면 깜짝 놀라 뒷걸음질 치기 일쑤였다. 가족을 만나기 위해 코앞까지 왔다가도 "강 건너 가족들을 생각한다면 그만 돌아가거라"(이순원, 「혜산 가는 길」)는 말을 듣고 발길을 돌려야 했다.

이 교수 역시 다르지 않았다. 월북한 아버지를 두었으니 세상이 바뀌었다고 해도 불안한 마음은 가시지 않았다. 연길로 오기 전 인편을 통해 국정원 직원을 만나 자문도 받아 보았다. 예상에서 빗나가지 않았다. 신분을 보장받을 수 없고, 혹시라도 잘못되면 가족은 물론 사회적으로도 문제가 될 수 있다는 대답이 돌아왔다.

> "설령 저희 요원들이 따라간다 해도 그런 비밀스런 접촉이 있을 때는 박사님의 안전을 보장할 길이 없으니까요. 막말로 그때 저쪽 특무(特務) 몇이 아버님을 따라와서 이 교수님을 북한으로 끌고 가버리면 그게 바로 의거(義擧) 입북이지요. 그때 가서 납치당했다고 끝까지 주장할 수 있을 것 같습니까? 또 그리 주장해 본들 무슨 소용이 있겠습니까? 단념하십시오. 아직은 이릅니다. 박사님이 별 이름 없는 보통 사람이어도 우리가 나서서 이렇게 말리지는 않을 겁니다. 만약 일이 잘못되면 박사님과 가족

분들만 불행해지는 게 아니라 남한 사회까지도 심각한 영향을 받기 때문에 신중해 달라고 부탁드리는 겁니다."[2]

사실이었다. 한반도의 분단은 한반도 내에 국한된 문제가 아니었다. 지리적으로나 정치적으로나 중국은 아직 위험한 땅이었다. 북한 쪽 특무(特務)에게 잡혀 북으로 들어가기라도 하는 날이면 가족들이 월북자 가족으로 살아가야 한다는 사실을 알고 있었다. 북한 사람을 만나는 것이 위험하다는 것은 월북한 아버지를 둔 자식으로 익히 잘 알고 있었다.

그럼에도 사람을 넣어 소식을 수소문하고 연길까지 오게 된 것은 아버지 소식을 들었기 때문이었다. 1980년대부터 이런 저런 인편을 통해 평양으로부터 아버지의 편지가 전해졌다. 재일교포 친척을 통해 아버지가 청진에 살고 있다는 소식도 들을 수 있었다. 아버지의 소식은 반갑기도 했지만 불안하기도 했다. 아버지의 나이를 생각하면 하루가 답답했다. 초조해진 이 교수가 연길까지 오게 된 것도 죽기 전에 아버지를 만나야겠다는 일념 때문이었다.

2 이문열, 「아우와의 만남」, 『(이문열 중단편전집 5) 아우와의 만남』, 아침나라, 2001, 15쪽.

북한에서도 제사를 지낼까

'북한 사람도 제사를 지낼까요?'라고 물으면 적지 않은 남한 사람들이 지내지 않을 것이라고 대답한다. '북한은 사회주의 국가 아니에요?'라는 답이 돌아오기 십상이다. 북한 사람들도 제사를 지낸다고 하면 상당히 놀란다. 북한 사람들에게 같은 질문을 하면 물어보는 것 자체를 의아하게 생각한다. '같은 민족인데 조상 제사를 안 지내느냐'고 반문하기도 한다.

우리는 늘 북한은 다르다고 교육받았다. 남한은 시장경제고 북한은 계획경제, 우리는 자유민주주의국가지만 북한은 독재국가라는 식이었다. 우리는 아이스크림이라고 하는데 북한은 얼음보숭이라 한다고 배웠다. 머릿속에 자연스럽게 남과 북은 뭐가 달라도 다르다고 각인되어 있다. 그러니 남북이 같다고 하면 놀라는 것이 당연하다.

이산가족 상봉에서도 남북의 문화 차이가 작동한다. 남한가족과 북한가족들은 이산가족 상봉에서 나타난 서로의 문화적 차이로 인해 낯섦과 거부감을 느끼고, 남한에 이주해온 북한 이주민은 문화적 갈등과 남한 사람의 편견과 배타성으로 인해 가족, 지역사회 및 직장생활에서 어려움을 겪는다.[3]

연길에서 사람을 만나지 못하고 돌아온 이 교수가 다

3 이민영, 『남북한 이문화 부부의 통일이야기-북한이탈주민과 남한주민의 결혼 생활에 관한 네러티브 연구-』, 한국학술정보, 2007, 9쪽.

시 연길을 찾은 것은 제사 문제 때문이었다. 아버지 소식을 기다리던 이 교수는 뜻밖에 아버지의 부음을 접한다. 지난여름에 이 교수의 부탁으로 돈을 받고 아버지를 수소문하던 김한조 씨는 흐지부지 이 교수의 돈을 써버리고는 이복동생을 만나겠느냐고 물어보았다.

이복동생이 있다는 사실은 알고 있었다. 인편을 통해 소식이 오고가면서 북한에 다섯 남매가 있다고 들었으니. 아버지의 다산은 이 교수를 비롯해서 삼남매를 홀로 키운 어머니에 대한 배신감처럼 다가왔다. 그래도 할 일이 있었다. 아버지가 돌아가셨다는 사실을 알았으니 사망신고를 하고, 호적을 정리해야 했다. 사망신고를 하면 받아줄지도 알 수 없었다. 그렇지만 아버지의 부음을 들었으니 상주가 된 것이고, 상주로서 예를 치러야 했다. 이북에서 낳은 동생들도 어떻게 해야 할지 몰랐다. 족보에 올려야 하는 것일까? 이 교수의 머리는 복잡했다. 이 모든 일에 앞서 아버지의 정확한 기일부터 알아야 했다.

그렇게 제안을 받아들이고 다시 찾은 연길은 이전의 연길과는 많이 달랐다. 한중수교가 이루어지면서 한국에서 온 관광객들도 북적거렸고, 통일사업을 하겠다는 사람들이 찾는 곳이 되어 있었다. 한중수교 이후 서울을 통해 연길에는 자본의 물결이 밀려왔고, 많은 것이 바뀌었다.

아우와의 첫 대면은 감격스럽지 않았다. 삼남매를 남기고 홀로 북으로 간 아버지가 남긴 자식이었으니 호감이 갈 리가 없었다. 마흔이 다 되도록 본 적 없는 이복아우였다.

> "마흔이 다 되도록 보지 못한 아우, 그것도 묘한 생래(生來)의 적의가 끼어 있는 이복아우와의 마땅한 대사는커녕 말을 바로 낮출 수 있을까조차가 쉽게 가늠되지 않았다."[4]

하지만 이 교수의 걱정은 아우를 보는 순간 사라졌다. 한눈에 가족임을 직감했다.

> "그런데 김한조 씨를 따라 쭈볏거리며 들어서는 아우를 바라보는 순간 내가 그동안 아무 쓸모 없는 고심을 해왔음을 깨달을 수 있었다. 아주 낯익은 얼굴이-기억에서는 거의 지워져 가지만 몇장 남은 옛 사진의 도움으로 그 윤곽과 음영은 아직 내 머릿속에 뚜렷이 남아 있는 아버지와 유복자 격으로 태어났으나 가엾게도 마흔을 못 채우고 죽은 아우를 연상시키는 얼굴이 군에 가 있는 큰아이의 좀 휘인 듯한 등과 '잔나비허리'라 불리는 우리 문중의 특징적인 체형에 실려 있었기 때문이었다. 낯선 것은 다만 우리 70년대풍으로 잔뜩 멋 부린 것 같은 아우의 신사복차림뿐이었다."[5]

---

4 이문열, 「아우와의 만남」, 『(이문열 중단편전집 5) 아우와의 만남』, 아침나라, 2001, 42쪽.

5 위의 책, 42~43쪽.

아우도 다르지 않았다. "왠지 굳어 있는 듯한 얼굴로 들어서던 아우도 나와 눈길이 마주친 순간 흠칫하는 듯했다. 그러나 이어 눈에 띄게 표정이 풀"렸다. 이 교수가 "마음속으로는 나와 비슷한 경험을 하고 있음에 틀림없었다"고 느낄 정도였다.

이 교수는 아우의 이름을 물어보고는 아버지가 항렬을 따라 동생들의 이름을 지었음을 알게 된다. 처자식을 버리고 갈 정도의 이념가에게도 가문과 항렬을 지켜야겠다는 의식은 강력하게 남아 있었다. 가족이 뭐라고….

그래,
애들은 모두 살 만하냐?

이복형제의 이름을 알게 된 이 교수는 동생으로부터 아버지의 재혼 사실과 살아생전에 있었던 일을 물어보았다. 그리고 물어본다. "그래, 애들은 모두 살 만하냐?"

이 교수는 혈연의 정으로 안부를 물었을 뿐이지만 아우의 귀에는 곱게 들리지 않았다.

> 내 딴에는 혈연의 정을 나타낸다고 그렇게 물은 것이나 아우의 눈길이 드러나게 실쭉해졌다. 표정도 미리부터 각오하고 있던 험한 일을 당하게 되었구나, 하는 데가 있

었다.

"뭘 말입니까? 우리가 강냉이죽도 변변히 못 먹고 고생하는 애기 듣고 싶습네까?"[6]

1980년대의 남북은 상반된 경제 상황을 맞이한다. 남한의 경제는 고속성장의 정점을 찍은 뒤 한반도 울타리를 넘어 세계 경제의 한 축을 담당하기 시작했다. 반면 북한 경제는 1980년대 초반을 고비로 극심한 침체기로 접어든다. 원조국이었던 소련 연방의 해체와 중국의 경제 위기는 북한에도 영향을 미쳤다. 이런 상황에서 남한은 단군 이래 최대 행사라고 불리던 서울올림픽까지 치렀다. 남북이 경쟁상대가 아니라는 확인을 받았다. 남이 북을 바라보는 시선은 적대에서 동정으로 옮겨갔다.

아우가 이 교수의 물음을 온전한 안부로 듣지 않은 데는 남한이 북한을 바라보는 시선이 어떤지 잘 알던 동생의 반발심도 크게 작용했다. 동생은 이 교수가 생각지도 않았던 말을 내뱉는다.

"우리는 형님이 남조선에서 고생이 많을 줄 알았는데 국가보위부에서 처음 형님 소식을 가지고 왔을 때 실은 놀랐습니다. 아버님은 모두들 학살당했을 거라고 하신 적도 있으니까요. 미국놈 앞잡이들이 어째서 그렇게 형님에게 선심을 쓰게 됐는지는 모르겠습니다만."

6 앞의 책, 53~54쪽.

> 내용은 그랬는데 들리기로는 무슨 짓을 해서 미국놈 앞잡이들과 붙어먹게 되었습니까, 라고 묻는 것 같았다. 솔직히 말하면 나는 한 번도 내가 사는 체제를 적극적으로 옹호할 필요를 느껴본 적이 없었다. 그런데 아우의 그 같은 물음을 받고 나자 갑자기 내가 무슨 남북대회담의 대표라도 된 듯 까닭 모를 호승심이 일었다.[7]

아우가 뱉은 말은 곧 북한에서 남한을 보는 시선이었다. 월북자 가족이었으니 온갖 박해를 받았을 것이고, 필시 학살당했을 것이라고 생각했다. 북한에서 나고 자란 사람이라면 누구나 다 미군의 학살을 교양으로 배운다. 동생 역시 미제의 만행을 배웠을 것이고, 그 잔인한 죽임에 가족이 있었을지도 모른다고 생각하고 분노했을 것이다.

아우의 말을 들은 이 교수는 발끈한다. 평소 체제를 옹호하고 싶은 생각은 없었지만 아무렴 북한 체제보다 못할 리가 없다는 확신이 있었다. 이 교수는 호승심이 작동해서 남한에서 사는 자신이 북한에 사는 동생보다 잘 산다고 자랑한다. 몇십 년 만에 처음 보는 아우와의 만남이었지만 기존의 분단 체제가 구성해놓은 문화로부터 자유로울 수는 없었다. 분단 이후 반공은 다양한 형태로 사회구성원의 정체성 형성에 관여했다. 국가의 구성원으로서 실존하는 '타자'로서 개인의 자의식은 기존의 체제와 권력, 관습으로부터 자유로울 수 없다.[8]

---

7 앞의 책, 55쪽.

8 박소연, 「문화번역 및 변역된 젠더에서 바라 본 식민 여성-1983년 작 조선영화 「어화」를 중심으로」, 『여성문학연구』 35, 한국여성문학학회, 2015, 286쪽.

아직 못다 한 말이 남아 있어서

시간을 아껴 혜산으로 간 이 교수와 동생은 북한을 바라보면서 제사를 지냈다. 그리고 돌아오는 길에 아우와의 작별을 예감하며 인사를 나눈다. 저녁에 다시 오겠다고 했지만 기약할 수 없는 약속이었다. "안 되면 이게 마지막이 되는구나. 이제 헤어지면 언제 다시 만나게 될지." 이 교수의 예상은 빗나갔다. 저녁이 되어서 아우가 찾아왔다.

"형님, 저야요. 내래 못다 한 말이 있어서……"

이 교수와 단 두 사람이 마주한 방안에서 동생은 마음에 담아두었던 말을 꺼내놓았다. 아우는 늘 이 교수와 비교당했던 어린 시절이며, 평생에 걸쳐 아버지가 죽도록 일해야 했던 이유를 이야기했다. 냉전 시절, 북한이든 남한이든 맞은편에 가족을 둔 가족들은 이런저런 이유로 감시 대상이 되었다.

월북자 아버지 때문에 위축되어 살아왔던 이 교수만큼이나 북쪽 가족들도 고생도 컸다. 남쪽에 가족을 두고 있다는 이유로 군관이 될 수 없었고 당 간부나 국가보위부를 지원할 수도 없었다. 남과 북으로 연결된 아버지의 삶은 어디서든 편하지 않았다. 남북에 있는 가족들에게 아버지는 끊어낼 수 없는 굴레였고, 감옥이었다.

"바로 남반부와 이어져 있는 아버님의 삶, 특히 다른 것은 다 끊을 수 있어도 그것만은 끊을 수 없는 혈연의 사슬 때문이었습네다. 남반부 출신의 지식인에게 일반적으로 품는 당과 인민의 의심은 아버님의 노력과 열성으로 충분히 씻길 수 있었으니까요. 따라서-그때 우리에게 형님으로 대표되는 남반부 가족들은 사람이라기보다는 그대로 보이지 않는 재앙이고 저주였습네다……"[9]

동생을 연길까지 이끈 것은, 보이지 않았지만 그 어떤 것보다 강렬하게 가족의 삶에 얽힌 아버지의 끈이었다. 북쪽 가족에게는 재앙 같은 출신 성분의 굴레가 어떤 것인지 확인하고 싶었다. 한반도 분단 이후 남북 사이에 작동했던 분단 체제의 '아비투스'가 아우에게도 작동한 것이다.[10]

"내가 형님을 만나기로 한 건 오히려 그런 아버님의 유언보다는 궁금함 때문이었시오. 우리의 오랜 재앙과 저주가 실제로는 어떤 모양을 하고 있나가 못 견디게 궁금했시오. 아니, 그 이상으로 한평생의 원쑤를 찾아 떠나는 심경이었시오……. 그런데 형님을 만나보니 첫눈에 벌써 아니었습네다. 아직도 내래 잘 설명은 못하갔지만 만나는 순간부터 형님은 그저 우리 형님일 뿐입디다. 함께 쓸어안고 울 사람이지 원망하고 미워할 사람은 아니더란

---

9 이문열, 「아우와의 만남」, 『(이문열 중단편전집 5) 아우와의 만남』, 아침나라, 2001, 98쪽.

10 이성철, 『안토니오 그람시와 문화정치의 지형학-일상생활의 사회학적 조망을 위하여』, 호밀밭, 2009, 13~14쪽.

말이야요. 시간이 갈수록 내가 품고 온 적의가 당황스럽고 부끄러워지더란 말입네다. 되레 오래 그리워내온 사람인 듯한 착각까지 들고……. 글티만 그럼 이거 어드렇게 된거야요? 형님의 한은 어디 가서 풀고 우리 한은 어디 가서 풀어야 하는 거야요? 뭐이가 잘못돼 일이 이렇게 된 거야요? 형님은 아십네까? 이거 덩말 어드렇게 된 겁네까……"[11]

국제적으로는 동서 냉전 구도가 해체되었지만, 남북은 여전히 긴장 상태에 있었다. 어렵사리 연길을 통해서 혈연의 만남이 이루어졌다. 두 사람은 혈연의 정을 강하게 느끼면서, 숨겨두었던 마음의 말을 뱉어낸다. 남과 북에서 월북자, 남조선 출신이라는 이유로 당해야 했던 설움을 토해낸다. 하지만 역사의 수레바퀴 속에서 두 사람의 한은 한으로 끝날 수밖에 없다. 남북을 가로지르는 분단 체제가 작동하는 사회 속에서 개인의 존재는 미약하고, 희생을 강요받을 수밖에 없는 희생자였다.[12]

이 교수는 돌아오는 길에 분단 체제 속에 살고 있음을 다시 한번 더 절감한다.

"이문희 씨가 돌아오시면 남쪽에서 온 오라버니가 만나고 싶어 전화했더라고 전해 주십시오. 네시 비행기로 서울에 돌아가는데 언제 북경엘 다시 올지 몰라 몹시 서운

11　이문열, 「아우와의 만남」, 『(이문열 중단편전집 5) 아우와의 만남』, 아침나라, 2001, 99~100쪽.

12　모춘흥, 「영화 〈그물〉을 통해서 본 분단체제론에 대한 비판적 고찰」, 『문화와정치』 4-3, 한양대학교 평화연구소, 2017, 158쪽.

하군요. 다시 온다 해도 그때 문희가 여기 남아 있을지 모르고. 그렇지만 한시까지는 이 호텔 로비에 그대로 있고, 두시 이후부터는 공항에 있게 될 테니 혹시라도 그 전에 돌아오시면 그거라도 전해 주십시오."

나는 그 여자가 바로 문희일 것이라 단정하고 그렇게 간접화법과 직접화법을 섞어 내 뜻을 전했다. 짧은 침묵 뒤에 그 여자가 받았다.

"알겠습니다. 돌아오시면 꼭 그렇게 전해 드리지요. 그럼 안녕히…… 가십시오."

그렇게 들어서 그런지 인사 부분에서 말소리가 묘하게 떨리는 듯했다.

아우와 헤어진 이 교수는 돌아오는 길에 베이징에서 여동생 문희에게 전화를 건다. 동생이 전해준 번호로 북한 대사관 2등 참사 부인인 여동생 문희에게 전화한 뒤 기다렸지만 연락은 오지 않았다. 연락을 당부하면서 전화를 끊던 이 교수는 전화를 받은 여인에게서 젊은 시절 누이의 목소리를 떠올린다. 전화기 건너편이라고 이를 모를 수가 있을까.

비행기를 타기 직전 다시 한번 전화를 건 이 교수는 문희에게 직접화법도 아니고 간접화법도 아닌 어정쩡한 말투로 동생에게 안부를 전한다. 수화기 너머로 들리는 여인의 떨리는 인사는 전화로 나눈 첫인사가 마지막 인사가 되어야 함을 직감한 작별이었다. 그렇게 이 교수의 이산 상봉은 끝이 났다.

중국 조선족 사회를 통해 이루어지던 은밀한 만남을 그토록 치열하고도 간절하게 그릴 수 있었던 데는 작가의 개인적 경험이 바탕에 깔려 있다.

이산가족들은 한중수교 이후 조선족을 통해 인편으로 소식을 알아보거나 기약 없는 편지를 보내기도 했다. 운이 좋으면 기억도 희미해진 친척을 만날 수도 있었다. 그래도 부여잡을 수 있는 핏줄이 있다는 것, 살아 있음을 확인하는 것만으로도 감사한 만남이었다.

참고자료

1. 불완전한 해방이 빚은 한국현대사의 비극적 존재, 빨치산

국내 소설

조정래, 『태백산맥』 전 10권, 해냄, 1996.

국내 저서

김득중, 『'빨갱이'의 탄생』, 선인, 2009.
이기봉, 『빨치산의 진실』, 다나, 1992.

2. 메마른 하늘에 울려 퍼진 민중의 소리

국내 소설

강형구, 「연락원」, 『문학』 삼일기념, 임시증간호, 1947.
전명선, 「방아쇠」, 『문학』 삼일기념, 임시증간호, 1947.

국내 저서

김상숙, 『10월 항쟁』, 돌베개, 2016.
김상웅, 『해방후 양민학살사』, 가람, 1996.
김승환·신범순 엮음, 『해방공간의 문학: 소설 1』, 돌베개, 1988.
박세길, 『해방에서 한국전쟁까지』, 『다시 쓰는 한국현대사 1』, 돌베개, 2015.
정해구, 『10월 인민항쟁 연구』, 열음사, 1989.

국내 논문

김낙년·박기주, 「해방 전후(1936-1956년) 서울의 물가와 임금」, 『경제사학』 42권, 2007.
김일수, 「대구와 10월 항쟁: '10·1사건'을 보는 눈, 폭동에서 항쟁으로」, 『기억과 전망』 8, 민주화운동기념사업회 한국민주주의연구소, 2004.
박성진, 「한국의 국가형성과 미군정기 식량정책」, 『사회연구』 4, 한국사회조사연구소, 2002.
부미선, 「1945~46년 美軍政의 米穀市場 自由政策」, 서강대학교 대학원 석사학위논문, 2003.

이동진, 「기억의 '10.1사건': 기억의 변경에서 변경의 기억으로」, 『사회와 역사』 97, 한국사회사학회, 2013.
이재영, 「전평의 9월 총파업과 10월 인민항쟁의 역사적 성격」, 『레프트대구』 10, 2015.
정민준, 「미군정기 대구지역 우익청년단체들의 전개양상과 성격」, 동국대학교 대학원 석사학위논문, 2018.
허종, 「1945~1946년 대구지역 좌파세력의 국가건설 운동과 '10월인민항쟁'」, 『대구사학』 75, 대구사학회, 2004.

기타

정용욱, 〈정용욱의 편지로 읽는 현대사-미군정은 왜 일제도 안 했던 하곡 공출을 강행했나〉, 《한겨레》, 2019.04.14일자. http://www.hani.co.kr/arti/culture/religion/889911.html#csidxb6b5144612da79e987d018ac4e56442
한국민족문화대백과사전, 「구월총파업(九月總罷業)」, http://encykorea.aks.ac.kr/Contents/Item/E0005960

3. 순이 삼촌의 일생으로 비극의 역사를 말하다

국내 소설

현기영, 「순이 삼촌」, 『순이 삼촌』, 창비, 2015.

국내 저서

건국대학교 통일인문학연구단, 『통일인문학-인문학으로 분단의 장벽을 넘다』, 알렙, 2015.
이청리, 「꽃비」, 『제주 4·3의 노래』, 이룸신서, 2016.

국내 논문

권귀숙, 「제주 4·3의 기억들과 변화」, 『4·3과 역사』 제3호, 제주4·3연구소, 2003.
이재승, 「화해의 문법-시민정치의 관점에서-」, 『민주법학』 제46집, 민주주의법학연구회, 2011.

기타
제주 4·3사건 진상규명 및 희생자 명예회복위원회, 『(제주4·3사건진상)조사보고서』, 2003.

4. 국가에 의해 설계된 악, 국가폭력의 시작

국내 소설
양영제, 『여수역』, 바른북스, 2017.

국내 저서
안재성, 『이현상 평전』, 실천문학사, 2007.

기타
하동향토수호전기편찬위원회, 『河東鄕土守護戰記』, 하동군, 1987.

5. 골짜기의 비탄을 기억하라!

국내 소설
이창동, 『소지』, 문학과지성사, 2003.
조갑상, 『밤의 눈』, 산지니, 2012.
조갑상, 「물구나무서는 아이」, 『병산읍지 편찬약사』, 창비, 2017.
최용탁, 「어느 물푸레나무의 기억」, 『벌레들』, 북멘토, 2013.

국내 저서
이재승, 『국가범죄』, 앨피, 2010.
발터 벤야민, 최성만 옮김, 『발터 벤야민 선집 05-역사의 개념에 대하여/폭력비판을 위하여/초현실주의 외』, 길, 2008.

국내 논문
강성현, 「전향에서 감시·동원, 그리고 학살로-국민보도연맹 조직을 중심으로」,『역사연구』14호, 역사학연구소, 2004.

기타

김재수 감독, 영화 〈청야〉, 2013.
임영태, 〈국민보도연맹 사건(5): 누가 보도연맹 학살을 주도했나?〉,《통일뉴스》, 2016.08.23일자. http://www.tongilnews.com/news/articleView.html?idxno=117886

6. 한국전쟁의 숨은 이야기, 마을전쟁

국내 소설

임철우,「곡두 운동회」,『아버지의 땅』, 문학과지성사, 2018.
임철우,「볼록거울」,『달빛 밟기』, 문학과지성사, 1987.

국내 저서

박찬승,『마을로 간 한국전쟁』, 돌베개, 2010.
신동흔 외,『한국전쟁 이야기 집성』1~10권, 박이정출판사, 2017.

국내 논문

김주선,「임철우 초기 중·단편 소설 연구 –역사적 폭력에 대한 트라우마적 기억을 중심으로」,『인문학연구』55, 조선대학교 인문학연구원, 2018.
박찬승,「한국전쟁과 마을–기존 연구의 정리와 향후 연구의 과제」,『지방사와 지방문화』12-1, 역사문화학회, 2009.

7. 전쟁의 또 다른 주체, 중국의 시각에서 본 한국전쟁

국내 소설

김연수,「뿌넝숴不能說」,『나는 유령작가입니다』, 문학동네, 2016.

국내 저서

홍학지, 홍인표 옮김, 『중국이 본 한국전쟁-중국임민지원군 부사령관 홍학지의 전쟁 회고록』, 한국학술정보, 2008.

해외 저서

등소평, 『등소평등문선』 2권, 인민출판사, 1994.

국내 논문

김명섭, 「전쟁명명의 정치학: "아시아 · 태평양전쟁"과 "6 ·25전쟁"」, 『한국정치외교사논총』 30권 2호, 한국정치외교사학회, 2009.
김애연, 「김연수 소설 연구」, 한국교원대학교 대학원 석사학위 논문, 2009
주지영, 「전쟁을 사유하는 세 가지 방식-미체험 세대를 중심으로-」, 『한국문예비평연구』 42, 한국현대문예비평학회, 2013.

기타

손영옥, 〈한중문학인대회 중국 작가 샤롄셩-한국 소설가 김연수 대담〉, 《국민일보》, 2007.10.17일자. https://news.naver.com/main/read.nhn?mode=LSD&mid=sec&sid1=103&oid=005&aid=0000292201

8. 회귀본능과 심리적 애착의 공간, 고향

국내 소설

이호철, 「탈향」, 『탈향, 나상 외』, 새미, 2001.

국내 논문

김종군, 「구술을 통해 본 분단 트라우마의 실체」, 『통일인문학』 51집, 2011.
이은숙 · 신명섭, 「한국인의 고향관: 그 지리학적 요인과 정서(ethos)의 관계」, 『대한지리학회지』 35권 3호, 2000.
조진수 · 김석향, 「홍남철수작전의 재구성: 아비규환과 질서정연 사이의 진실 재조명」, 『사회과학연구』 27집 1호, 2019.

9. 수복지구 사람들의 끝나지 않은 전쟁

국내 소설

박완서, 「빨갱이 바이러스」, 『그리움을 위하여』, 문학동네, 2013.
이경자, 『세번째 집』, 문학동네, 2013.
이경자, 『순이』, 사계절, 2010.
이순원, 「잃어버린 시간」, 『계간 소설문학』 가을호, bookin(북인), 2015.

국내 저서

한모니까, 『한국전쟁과 수복지구』, 푸른역사, 2017.

10. 아버지의 죽음으로 이어진 혈육의 끈

국내 소설

이문열, 「아우와의 만남」, 『(이문열 중단편전집 5) 아우와의 만남』, 아침나라, 2001.

국내 저서

곽승지, 『한국인과 조선족 간 갈등 요인 및 갈등해소 방안』, 동북아역사재단, 2010.
이민영, 『남북한 이문화 부부의 통일이야기-북한이탈주민과 남한주민의 결혼생활에 관한 내러티브 연구』, 한국학술정보, 2007.
이성철, 『안토니오 그람시와 문화정치의 지형학-일상생활의 사회학적 조망을 위하여』, 호밀밭, 2009.

국내 논문

모춘흥, 「영화 〈그물〉을 통해서 본 "분단체제론"에 대한 비판적 고찰」, 『문화와 정치』 4권 3호, 한양대학교 평화연구소, 2017.
박소연, 「문화번역 및 번역된 젠더에서 바라본 식민 여성-1938년 작 조선영화 「어화」를 중심으로」, 『여성문학연구』 35, 한국여성문학학회, 2015.

〈기억과 증언〉을 만든 사람들(차례순)

이병수

전반기에는 식민지배라는 혹독한 시련을 겪었고, 후반기에는 민족분단과 동족상잔의 전쟁 그리고 국가폭력의 역사적 상처로 얼룩진 20세기 한반도 역사에 관심을 가지고 있다. '고난'에 대한 울분에 치중했던 때도 있었지만 지금은 그 극복의 저력에 더 마음이 가는 편이다.

윤여환

한 가정의 아들이자, 남편이자 아빠로 살아가고 있다. 요즘 아빠로서의 역할이 커지다 보니 모든 생각과 시선이 두 아이에게로 향해 있다. 자연스레 아이들이 살아갈 세상에 대해 걱정하고 염려하지만, 문화콘텐츠를 공부하면서 문화가 가진 힘을 알고 있기에 통일문화가 평화로운 세상을 만들 수 있다고 믿는다. 아이들이 성장해서 살아갈 세상이 평화로운 세상이길 바라며, 그리고 그 모범이 될 수 있도록 열심히 노력하고 있다.

남경우

사람들의 희로애락을 담고 있는 말들, 그리고 그 속의 다양한 이야기들을 연구하고 있다. 언젠가 제주 너븐숭이에 가서 본 애기 돌무덤 위의 아기 신발을 잊지 못한다. 채 꽃을 피우지 못하고 스러져버리는 슬픈 일들이 일어나지 않기를 바라며, 다양한 형태로 이루어지는 폭력적인 일들의 원인과 양상을 연구하고 있다. 자신이 겪은 아픔을 말하지 못하는 사람들, 국가와 사회의 위압적인 힘으로 고통받는 사람들이 자유롭게 자기의 말을 풀어낼 수 있는 세상을 만들기 위해 고민하는 중이다.

김종군

우리의 옛이야기인 설화와 고소설을 전공하여 문학 작품 속 서사의 의미를 탐구하는 일을 주로 하였다. 최근 10년 동안 우리의 분단과 통일 문제에 관심을 두고 전쟁과 분단시대를 살아 온 이들의 인생 역정을 파고들면서 그들의 구술

생애담이 현실의 문제를 가장 적실하게 담은 서사임을 깨달았다. 이들의 살아온 이야기 속에서 구술치유의 방법을 찾고, 사회통합의 장치로서 통합 서사를 발굴하는 데 힘쓰고 있다.

김종곤

법학도 시절 파업 노동자들이 노조 사무실에 출입을 해도 된다는 법원의 판결문이 나왔음에도 경찰이 곤봉과 방패를 휘두르는 것을 보고 '역사는 진보하는 것인가'라는 물음을 진지하게 던져보았다. 역사 속에서 온갖 폭력으로 인해 평생 마음의 상처를 안고 살아가는 생존자들과 유가족 그리고 죽어갔던 사람들, 그들의 말이 오늘날 들리게 하고 현재와 관계하면서 이전과는 다른 미래를 만들고 싶다는 마음으로 공부하고 있다.

박재인

인간의 갖가지 욕망을 그대로 그려내며, 스스로에게 실망하는 사람들에게 위안과 깨달음을 주는 문학의 치유적 힘을 연구하는 사람이다. 그중에서도 고전문학을 활용한 탈북민을 위한 문학 치료, 문학적 상상력을 통한 평화 교육 등에 마음을 두고 책상과 현장을 오가며 공부하고 있다. 조금 더 많은 사람들이 문학 치료적 '공명(共鳴)'을 체험하기를 기대하고 있다.

한상효

민중들의 입에서 입으로 전해지는 구비문학이야말로 문학적 진실과 철학적 사유를 드러내는 문학의 본류라는 믿음으로 신화, 전설, 민담을 공부하고 있다. 특히 서사문학적 허구 속에 나타난 민초들의 역사적 상상력으로 어떻게 오늘날의 현실 문제를 해결할 수 있을 것인지에 대한 관심이 많다. 오늘도 어떻게 하면 '이야기'가 좀 더 사람들을 이롭게 그리고 자유롭게 할 수 있을지 고민하며 연구를 계속해 나가고 있다.

곽아람

대학 시절 개성공단에 다녀온 아버지의 이야기를 듣게 되면서 한반도 위쪽의 세상이 궁금하여 호기심을 안고 공부를 시작했다. 당시 내가 느꼈던 북한은 옥류관에서 냉면을 먹고자 벽에 기대었던 아버지의 옷에 석면이 묻고, 밤이면 짙은 어둠만 있는 곳이었다. 하지만 지금은 〈사랑의 불시착〉 속 현빈과 같은 나의 반쪽이 북한에 있기를 소소하게 꿈꾸고 있다. 남과 북, 더 나아가 재일 조선인과 재중 조선족의 국어 교과서까지 비교하며 통일 후 국어 교과서 통합에 조금이나마 힘을 보태고자 노력하고 있다.

박성은

문학을 통해 분단이라는 괴물이 창조한 기괴한 상처를 본다. 그것들은 꼭꼭 숨어 있는 것 같지만 누군가 찾아와 말 걸어주기를 기다리기 때문에 언제나 작은 문을 만들어 놓는다. 그 문을 열고 상처들에게 어서 나와 함께 미래로 가자고 설득하는 일을 하고 있다. 과거에서 미래를 여는 힘, 문학이 가진 치유의 힘을 믿는다.

전영선

'진정한 소통은 상대방을 정확히 이해하고 말하는 것'이라는 화두로 남북 소통과 통일을 고민하는 통일디자이너이자 통일문화번역가이다. 남북 주민이 잡(雜)스러운 뒷담화를 나누는 시대를 만들고자 현장과 이론을 연계하는 플랫폼을 기획 중이다.